KB167931

어쩌다 9회말

반전은 지금부터

어쩌다 9회말

초판인쇄	2016년 6월 18일
초판발행	2016년 6월 23일
지은이	정광민
발행인	조현수
펴낸곳	도서출판 더로드
표지 & 편집 디자인	오종국 Design CREO
일러스트	서설미
ADD	경기도 고양시 일산동구 백석2동 1301-2
	넥스빌오피스텔 904호
전화	031-925-5366~7
팩스	031-925-5368
이메일	provence70@naver.com
등록번호	제2015-000135호
등록	2015년 06월 18일
ISBN	979-11-87340-12-6-03810

정가 15,000원

파본은 구입처나 본사에서 교환해드립니다.

어쩌다 9회말

반전은 지금부터

우리도 살아가면서 크고 작은 실수와 실패를 반복한다.
대부분은 중간에서 주저앉아버리고 그 중 일부만이 극복해내며 해피엔딩을 맺는다.
연이 날기 위해서는 바람이 있어야 한다.

정광민 지음

도서
출판 **더로드**
The Road Books

"판세는 언제든 뒤집힌다"

우리의 인생에도 클러치는 항상 찾아온다.
그것이 고비처럼 보여서 찬스라고 알아채지 못할 뿐이다. 앞으로 우리는
이 책을 통해 반전이 될 순간을 찾아 떠날 것이다.

"이런 멍청이!"

공장에 있던 모든 사람들이 그를 쳐다보았다. 고개를 숙인 채 그는
쏟은 크림을 닦아냈다. 하지만 이미 엎지른 크림을 다시 주워 담을 순
없었다.

19세기 프랑스 파리 과자 공장에서 한 견습생이 초콜릿을 만들려고
준비해놓은 틀에 뜨거운 크림을 쏟고 말았다. 바보 같은 실수에 선생
님은 소리쳤고 모두들 그를 멍청이 가나슈라고 수근 댔다. 그럼에도
그는 자신이 망쳐버린 초콜릿을 살리기 위해 크림과 섞기 시작했다.
놀랍게도 둘은 하나가 되면서 아주 부드러운 맛을 내었다. 사람들은
그 맛에 반했고 결국 초콜릿으로 제작하기에 이르렀다. 이것이 바로

전 세계가 사랑하는 '가나슈'가 탄생한 순간이다. 원래 프랑스어로 가나슈는 얼간이, 바보 멍청이라는 뜻으로 견습생의 얼간이 같은 실수로 만들어졌다는데서 이름을 땄다. 고급스러운 맛으로 인하여 장인의 손에서 나왔을 법한 초콜릿의 숨겨진 반전이다.

만약 그가 실수를 했다고 초콜릿을 버렸다면 어떻게 되었을까? 우리는 부드럽고 달콤함을 맛보지 못했을 것이고, 그 또한 사소한 것조차 제대로 못하는 어리버리 멍청이라는 딱지를 달고 다녀야 했을 것이다. 하지만 그는 망친 채로 내버려두지 않고 실수를 만회할 방법을 고민했다. 결국 그 실수와 고민이 위대한 초콜릿을 탄생시키는 멋진 반전을 만들었다.

우리도 살아가면서 크고 작은 실수와 실패를 반복한다. 대부분은 중간에서 주저앉아버리고 그 중 일부만이 극복하며 해피엔딩을 맺는다. 연이 날기 위해서는 바람이 있어야 한다. 특히 순풍보다는 역풍에서 연은 더 높이 난다. 사람에게 부는 역풍 역시 괴로울지라도 더 향상된 곳으로 이끈다. 실제로 우리가 저지르는 실수와 실패는 멋진 반전을 만들어 낸다. 흔히 위대한 인물로 꼽히는 사람들에게도 위기의 바람은 늘 있어왔다. 보통의 사람은 역경에도 불구하고 이들이 업적을 남겼다고 생각하지만 사실은 위기의 바람 덕분에 그 자리에 올랐다.

이미 실패를 극복한 사람은 절대 이전의 상태로 돌아가지 않고 더 높은 수준에 도달한다. 위험이 있는 곳이 기회가 있고, 기회가 있는 곳에 위험도 있다. 이 둘은 분리될 수가 없으며 함께 간다는 나이팅 게일의 말처럼 위기일 때가 승패를 뒤바꿀 수 있는 찬스의 순간이다. 스포츠에서는 이 순간을 '클러치^(결정적 순간)'이라고 한다.

F1 경기는 0.0001초 만에 순위가 나뉘고, 1위와 10위의 기록 차이가 1초 밖에 되지 않는다. 매 초마다 긴박한 상황에서 승리를 좌우하는 순간을 잡는 자가 우승을 가져간다. 바로 '코너' 구간이 F1의 클러치이며 이를 어떻게 잘 이용하는지가 관건이다. 직선은 코너보다 안전하게 속력을 낼 수 있지만 그렇기 때문에 순위변동이 힘들다. 반면, 코너는 직선보다 훨씬 위험하지만 굳히기와 역전을 노릴 수 있는 곳이다. 동시에 그만큼의 충돌과 사고의 위험이 따르는 곳이기도 하다. 때문에 보통의 선수들은 코너에서 속도를 줄인다. 반대로 우승자들은 코너에서 오히려 속도를 높인다. 일반 선수와 우승자 모두에게 코너의 리스크는 같다. 다만, 우승자는 그것을 기회로 삼는다.

우리의 인생에도 클러치는 항상 찾아온다. 그것이 고비처럼 보여서 찬스라고 알아채지 못할 뿐이다. 앞으로 우리는 이 책을 통해 반전이 될 순간을 찾아 떠날 것이다. 이제부터는 자신에게 좀 더 많은 실수를 저지르도록 마음껏 쏟아버리고 섞어 버리자. 시작은 두려울지라도 끝은 달콤할 테니까. 마지막으로 가나슈 같은 나를 믿고 끝까지 기다려준 부모님께 감사드리며, 응원해준 친구들에게 고마움을 전한다.

2016년 5월 봄날에...

저자 **정광민**

왜 '클러치 히트인가'

배는 항구에 있는 것이 가장 안전하다.
그러나 그것이 배의 존재는 아니다. – 존셰드

몸과 마음의 공통점

아름다운 몸을 만드는 방법은 아름다운 정신을 만드는 방법과 크게 다르지 않다. 한 번쯤 초콜릿 복근 만들기를 시도해본 사람이라면 알 것이다. 근육은 생각보다 만들기 힘들지만 일단 만들어지면 전보다 유지하기는 훨씬 쉬워진다. 웨이트 트레이닝의 기본 원리는 근육이 최대로 힘겨워하는 1~2분을 버텨낼 때, 그 마지막 몇 초 동안 근육이 발달한다는 것이다. 코치들이 "조금만 더, 1분만, 1분만 버티자"라고 하는 것도 일리가 있는 말이다. 이러한 웨이트 트레이닝의 원리가 마인드 트레이닝의 원리와 아주 비슷하다. 사람들이 평소 많이 걷고 움직이는 데도 멋진 모델처럼 아름다운 몸이 만들어지지 않는 이유도 여기에 있다. 일반적인 움직임은 근육이 발달하려고 하는 마지막 고통스러운 순간까지 가지 않는다. 그전에 멈추어 버린다. 반면에 근육을 만드는 사람들은 그 순간을 견뎌낸다. 정신도 고통스러운 순간을 잘 극복하면서 더 단단한 마음 근육이 생기는 것이다.

영화 '에반 올마이티'에서 신이 물었다. "어떤 이가 인내심을 달라고 한다면 하느님께서는 그에게 인내심을 주실까? 아니면 그가 인내하며 참을 기회를 주실까? 어떤 이가 용기 내기를 원한다면, 하느님께서는 그에게 용기를 주실까? 아니면 용기를 낼 기회를 주실까?" 이런 의미에서 지금 사회는 우리의 몸과 마음을 튼튼하게 할 기회로 가득차 있다.

쉽게 흔들리지 않고 내 안에 중심을 잘 잡고 싶은가?

더 단단한 마음 근육으로 무장하고 싶은가?

걱정하지 않아도 된다. 이미 세상은 당신이 탄탄해지도록 곳곳에 수많은 트레이닝을 숨겨두었다.

우리는 계속되는 위기에 살고 있다

우리는 살면서 '위기, 실패 = 나쁜 것, 안 좋은 것, 피해야 하는 것'임을 익숙하게 받아들여 왔다. 정말로 위기는 기를 쓰고 막아야 할 만큼 우리에게 끔찍한 해를 입히는 걸까? 전혀 그렇지 않다. 스키를 타 본 적이 있는가? 처음 스키를 배울 때는 일어서는 것도 앞으로 내려가는 것도 버겁다. 멋지게 슬로프를 내려가려면 수없이 많은 엉덩방아를 찧어야 한다. 그 시간들이 모여 무작정 앞으로 내려만 가던 실력이 방향 전환도 가능하고 뒤로도 내려갈 수 있게 된다. 스키를 타면서 넘어지거나 방향 전환에 실패하는 것은 배움을 위해 당연한 것이다. 이를 보고 우리가 위기라거나 나쁜 것이라고 하지는 않는다. 아예 넘어지려고 보호대를 한다. 절대 넘어지지 말라는 말은 곧 배우지 말라는 말과 같다. 위기와 실패도 마찬가지로 인생에서 당연히 따라오는 것이다.

인생은 문제의 연속이고 문제의 파도라는 말이 있다. 삶에서 우리는 무수히 많은 문제를 만나고 고민한다. 숨을 쉬는데 공기를 마셔야 하는 것처럼 살면서 문제를 피해갈 순 없다. 앞으로 사회는 지금보다 더욱 혼란스럽고 더 큰 시련이 닥칠 것이다. 현재 청년들은 잇 다른 취업실패로 포기하는 법에 더 익숙해졌고, 부모 세대가 자녀를 더 오랫동안 부양하고 있다. 하지만 수명이 늘어난 만큼 부모의 노후 대책 마련도 시급한 상황이다. 서로 꼬리에 꼬리를 물고 악순환이 계속되고 있다. 과연 우리는 이 상황을 어떻게 헤쳐 나가야 할까?

답은 '위기'에 있다

더 이상 안전을 최우선으로 추구하는 삶의 방식으로는 해결하기 어려울 것이다. 모두가 '위기'라고 말하는 상황에서 답 또한 '위기'에 있다. 위기는 위험과 기회가 합해진 말이다. 이 둘은 항상 같이 있으며 우리는 하나만을 취할 수는 없다. CEO와 높은 직급에 있는 사람들이 일반 사원보다 더 많은 월급을 받는 이유도 위기 때문이다. 이들은 더 높은 리스크를 가지고 일을 한다.

운동선수들이 훈련받는 것을 보면 모래주머니를 차고 달릴 때가 많다. 이들은 평소에 일부러 무겁게 달고 다님으로서 시합 때 주머니를 벗었을 때 더 강해지게 한다. 모래주머니를 차고 운동한 사람은 그렇지 않은 사람보다 훨씬 더 가볍게 상대를 제압할 것이다. 위험에서 피하기만 한다면 우리는 절대 그 이상으로 넘어서지 못한다. 그러나 이를 받아들인다면 승리의 반전을 이끌어낼 것이다. 경기에서 득점의 기회는 곧 실점의 기회다. 점수를 낼 수 있는 결정적인 순간에 제대로 실력을 발휘하는 클러치 히터처럼, 우리에게 온 기회를 꽉 잡아야 한다. 자신의 발목을 잡았던 장애물이 트라우마가 될 것인가, 나를 더 강하게 하는 동력이 될 것인가는 스스로에게 달렸다. 실패, 그것은 결코 피해갈 것이 아니라 함께 갈 것이다.

Contents : 차례

Contents : 차례

Chapter 07 | 비바람을 이겨낸 나무는 쓰러지지 않는다

클러치로 돌파하라 그리고 그라운드를 누벼라

젊음은 그 자체만으로 빛나고
모든 이들의 부러움을 받는다.
늙은 닭이 갓 태어난
병아리의 윤기 나는 털,
반짝이는 눈빛에서
자신의 전성기를 떠올리듯
청춘이 지나버린 이들에게 젊음은
무한한 가능성이자 잠재력이다.

Chapter **01**

아프냐
나도 아프다

클러치 히트가 필요한 결정적 순간

01

청소년도 아닌, 그렇다고 어른도 아닌

청년기의 고민은 사실 동굴이 아니라 터널이다.
끝없이 이어진 어둠에 처음 갇혀본 사람은 절망한 채로 동굴에 갇힌 것이라며 착각한다.
하지만 이미 건너온 사람은 동굴에도 출구가 있다는 걸 안다.

제목은 전체 내용을 보듬는다. 짧은 제목만 보아도 우리는 담고 있는 내용을 예상하고 상상할 수 있다. 사랑을 주제로 한 영화 제목이 '냉정과 열정 사이'라면, 아마도 다양한 감정의 폭을 표현하는 영화라는 것을 짐작할 수 있다. 즉, 특징을 잘 잡는 게 제목을 짓는 유용한 팁이다. 어떤 대상의 특징을 파악해보고 싶다면, 그것에 붙여줄 제목을 떠올려 보아라. 많은 요소들 중에서 가장 큰 특징에 집중할 수 있다. 2030 세대 이야기를 영화로 만들 때도, 처음에는 너무 많은 에피소드로 중구난방이 될 수 있다. 이 때 '제목 붙이기'는 큰 줄기를 잡는데 도와준다. 나였다면 제목을 '미묘한 사이'라 할 것이다. 내가 볼 때 이 시기의 가장 큰 특징은 성인과 청소년 둘 사이에 걸쳐진 애매모호함이라고 생각하기 때문이다.

당신은 지금 어른인가요?

인간의 일생은 크게 태아기, 유아기, 아동기, 청소년기, 성인기, 노년기 6단계로 나뉜다. 태아기는 임신에서 출생까지, 출생 후 2세까지는 유아기, 2~12세는 아동기, 12~18세는 청소년기, 18~65세를 성인, 65세 이후를 노년기라 한다. 가족 구성원을 이러한 분류로 나누어본다면, 11세의 딸은 아동기, 16세의 아들은 청소년기, 40세의 아버지와 어머니는 성인기, 67세 70세의 할머니 할아버지는 노년기에 해당한다. 그러나 인간에 대한 점차적인 연구가 이루어지면서, 인간을 6단계로 나누어 설명하기에 어려움이 있다는 의견이 제기되고 있다. 우리의 세계는 1 다음은 2, 2 다음은 3이 아니라, 1과 2 사이에 0.1, 0.2, 0.11115, 0.00003과 같이 무수한 수가 존재한다. 이제는 인간의 생을 분류하기 쉽게 나눈 단계만으로 설명하기에는 포함되지 않는 변수들이 많다.

대표적인 예로, '스물'에는 법적으로 성년이 되지만 청소년의 모습과 성인의 모습을 동시에 보인다. 19살이 12월 31일이 지난 다음날 갑자기 완전한 성인이 되지 않는 것처럼, 성인기 나이에 속하더라도 모습까지 완전히 갖추어지지 않는다. 어른이 되어가는 과정은 점차적이며 청소년기와 성인기 사이에 어느 정도의 시간을 필요로 한다. 스물을 넘긴 대학생도, 직장을 두 번이나 옮긴 서른 두 살의 직장인도, 결혼한 서른 넘은 아저씨도 경계선에서 예외가 아니다. 심리학자 제프리 아넷은 성인의 나이가 되었지만, 청소년기와 성인기 사이에서 완전한 성인이 되지 못한 이러한 상태를 이머징 어덜트 후드(Emerging Adulthood)라고 표현한다. 그 또한 생애를 여섯 단계로 나누는 것은 한계가 있으며, 특히나 청소년에서 성년으로 넘어가는 사이 단계가 있어야 한다고 생각했다. 요즘은 그 경계가 모호해져 사이에 걸친 사람들이 많아졌고 그 길이도 길어졌다. 성인진입기라고 불리는 이것은 쉽게 말하자면 병아리 단계이다. 닭이 부화하는 과정에서 알에서 바로 닭이 되지 않고 병아리 단계를 거치는 것과 비슷한 이치다.

우리의 밤은 당신의 낮보다 아름답다

젊음은 그 자체만으로 빛나고 모든 이들의 부러움을 받는다. 늙은 닭이 갓 태어난 병아리의 윤기 나는 털, 반짝이는 눈빛에서 자신의 전성기를 떠올리듯 청춘이 지나버린 이들에게 젊음은 무한한 가능성이자 잠재력이다. 그러나 병아리에게는 온 세상이 두려움이자 불안함이다. 마냥 젊음을 즐기기에 무한한 가능성은 불확실하고 불투명한 미래이며, 잠재력은 너무 막연한 일이다. 이처럼 병아리 단계에 있는 사람과 지나온 사람 간에는 같은 시기를 바라보는 시각이 굉장히 다르다. 심리학자 아넷은 어른들이 10대 후반과 20대를 매우 즐거운 시기로 보는데 반해 정작 당사자들은 버거워 하는 경우가 많다고 전한다. 마치 삶이 멀리서 보면 희극이고, 가까이서 보면 비극이라는 말처럼 어떤 이에게는 불안한 시간이, 또 다른 이에게는 좋아 보이는 때이다.

실제로 청소년의 끝자락이나 성인의 시작점에는 갑자기 정신적 공허함이 찾아와 무력한 사람이 되기 쉽다. 한창 자신의 정체성에 대해 고민하고 흔들릴 수밖에 없기 때문이다. 다행히도 이런 문제는 대게 나이가 들면서 서서히 줄어들고 자신만의 대처 방법을 터득해간다. 그러나 당시에는 끝없는 고민이 지나가게 된다는 것을 모른다. 청년 시기는 섬 위에 서 있는 것과 같아서 이 길로 갈지 저 길로 갈지 아무것도 정해져 있지 않다. 동시에 원한다면 어디든 갈 수 있다. 단, 연결된 길이 없어서 자신이 개척해야만 한다. 이러한 이유로 때로는 섬이 아니라 출구 없는 동굴에 갇힌 듯이 막막한 느낌이 든다. 80대를 제외한 전 세대 중에서 10대와 20대가 우울증, 불안 등의 정신질환을 가장 많이 겪는 세대라는 사실도 이를 잘 보여주는 사례다. 청년세대는 자아, 직업, 가치관을 확립해 가는 과정에서 엄청난 고통과 공포에 떨고 있는 중이다.

이때는 무엇보다 조급해하기 보다는 절대적으로 평정심을 유지하는 게 좋다. 무엇이든 눈앞에 두고 보면 전체를 보기가 어렵다. 대신에 한 발짝 떨어져 보게 되면 생각의 폭과 시야를 훨씬 넓힐 수 있다. 아이를 키울 때도 가끔은 남의 집 아이를 보듯이 한 걸음 떨어져서 자녀를 관찰하라는 육아 조언을 하는 이유도 거리를 두고 보면 이전에는 볼 수 없던 아이의 모습을 발견할 수 있기 때문이다. 또한 감정적으로 대하지 않고 스스로 할 때까지 천천히 기다려주는 게 더 쉬워진다. 청년 시기에도 너무 급하게 눈앞에 두고 보면 앞에 놓인 것도 잘 보이지가 않는다. 가끔은 한 걸음 떨어져서 자신을 바라보고 차근히 생각을 정리해보는 게 필요하다. 그러면 출구 없는 동굴 같은 현실에서도 희미하게 빛이 비춘다는 것을 발견하게 된다.

청년기의 고민은 사실 동굴이 아니라 터널이다. 끝없이 이어진 어둠에 처음 갇혀본 사람은 절망한 채로 동굴에 갇힌 것이라며 착각한다. 하지만 이미 건너온 사람은 동굴에도 출구가 있다는 걸 안다. 이들에게 암흑은 터널이고 다시 또 긴 어둠 속에 들어가더라도 끝이 있다는 희망을 품고 건넌다. 이런 의미에서 우리는 아주 중요한 순간에 와 있다. 앞으로 마주할 어둠을 동굴이라고 판단하도록 보탤 것인가, 터널이라고 보는 데 힘을 실어줄 것인가. 늦더라도, 멈추었다가 가더라도 일단 터널을 통과해보는 게 중요하다. 비로소 그때서야 암흑은 터널이었고, 계속되는 어둠에도 포기하지 않을 수 있는 희망을 얻게 된다. 만약 그렇지 않고 포기한다면 출구란 없다는 주관을 가질지도 모른다. 앞으로 우리에게 캄캄한 밤이 계속될 수 있다. 하지만 반짝이는 별을 보려면 불을 끄고 어둠 속으로 들어가야 한다. 어둡고 지친 우리의 밤에는 달이 뜨고 별은 반짝일 것이다. 이 밤이 희망이 될 날을 그리며 살아내야 한다. 걸어가야 한다. 출구를 찾아 발걸음을 내딛어야 한다. 치열했던 이 날 또한 지나간다는 것을 몸으로 느낄 때, 어둠은 용기가 된다.

'우리의 밤은 당신의 낮보다 뜨겁다.'

02

대학, 너만 믿었다

이제 대학이 모든 걸 해결해 줄 세상은 지났다.
좋은 대학만 나오면 성공한다는 방정식에는 금이 가고 있는 중이다.
오래된 고정관념을 깨고 나오자.

뉴욕 맨해튼 거리에 회색 승복을 입은
스님이 서있다.

"쿵푸 보여주세요." 스님 주변으로 아이들이 몰려든다.

"명상을 하루에 얼마나 하나요?" 사람들이 묻는다.

승복을 입은 스님이 서울에 서있다.

사람들은 물어본다. "스님, 어느 절에서 오셨나요?"

어느 대학 출신이세요?

위 이야기는 '비우면 비로소 보이는 것들' 의 저자 혜민스님이 직접 겪은 이야기다. 외국에서는 스님 복장을 한 이를 보면 사람들은 무엇을 하는 사람인지 궁금해 하고, 어떤 일을 하는지 관심을 가지고 다가온다. 그들에게 혜민스님은 무언가를 '하는' 사람이다. 그러나 한국에서는 어디에 '소속된' 스님이다. 우리는 어디 출신의 스님인지가 주된 관심사다.

혜민스민이 대중의 관심을 얻게 된 것도 출신이 밝혀지면서부터였다. 그는 할리우드 배우 리차드 기어가 내한했을 때 통역을 맡았고 이를 기점으로 얼굴을 알렸다. 나중에는 하버드 대학 출신의 최연소 교수라는 사실이 알려지면서 사람들의 호기심도 더욱 높아졌다. 출신, 소속을 중시하는 문화에 대해 혜민스님은 이렇게 말한다. "나이가 5~60대가 되도 어느 대학에 나왔냐는 게 중요한 나라니까요. 서양에선 이런 얘기 안 하거든요. 그 사람이 지금 무엇을 하고 있는지를 더 중요하게 생각하지요."

그렇다. 우리나라에서 출신은 아주 중요한 요소다. 특히나 대학교는 높은 세계의 인맥을 맺는 만남의 장이자, 신분상승의 계단, 혹은 엘리트로 가는 정거장쯤으로 여겨왔다. 부모들은 무슨 일이 있더라도 꼭 대학에 가야하고, 대학을 졸업해야만 제대로 된 사람 구실을 할 수 있다는 생각이 뿌리 깊게 박혀있다. 때문에 대부분의 사람들은 인생이 가지는 큰 목표이자 첫 목표는 대학교가 되었다. 동시에 처음으로 성공과 희열, 실패의 좌절을 느끼는 순간이 되기도 한다.

20년 삶 중에서 대략 6년에서 12년, 혹은 절반 이상을 좋은 대학을 위해 살아간다. 심지어 요즘은 유치원부터 대비하는 경우도 많아졌다. 힘들어 포기하고 싶을 때도 일단 대학만 가면 해결될 거라는 막연한 믿음과 좋은 대학에 입학하는 날로 고생도 끝날 거라는 말을 지표로 따라왔다. 학생들은 '지금 자면 지방대에 가지만, 지금 공부하면 인서울 한다. 공장가서 미싱할래? 대학가서 미팅할래?' 등의 무시무시한 어록을 벽에 붙여가며 스스로를 압박한다. 마침내는 학창시절을 수능 성적으로 평가하기에 이른다. 원하는 만큼의 성적이 나오지 않았거나 좋은 대학에 갈만한 성적이 안 될 경우, 20년의 시간을 낭비한 거라며 자책한다. 슬프게도 수능 다음날이면 스스로도 목숨을 끊는 사건이 빠지지 않고 뉴스에 보도된다.

우리의 청소년 시기는 '대학'에, '대학'을 위한, '대학에 의한' 삶이다. 자신의 학창시절만 돌아보아도 아침부터 저녁까지 대입을 겨냥한 대학맞춤식 인생이었음을 쉽게 알 수 있다. 도대체 언제부터 좋은 대학교를 믿고 대학교에 목숨까지 걸게 되었을까? 아마도 어릴 때부터 사회에서, 가정에서 혹은 학교에서 소위 말하는 명문대학교가 성공으로 가는 길이라는 이야기를 듣고 자라왔기 때문이다. 이렇게 말하는 어른조차도 똑같은 말을 듣고 커왔고, 그 어른들의 부모님, 선생님도 다르지 않았다. 명문대학교가 성공을 보장한다는 무서운 방정식, 그것이 오늘날의 대학지향적인 삶을 만들었다.

성공에 대한 잘못된 방정식

시간 앞에 영원한 것이 없듯이 세월 앞에서 절대적인 것도 없다. 불과 10년 전만 하더라도 대학교 졸업한 학생들은 졸업 후 바로 일자리를 얻거나 꽤 괜찮은 직업을 가졌다. 그러나 시간이 흐르고 더 이상 출신 학교가 우리를 지켜주는 완전한 울타리가 되지 못하고 있다. 사회는 엄청난 속도로 변화하면서 대학교에 입학하는 사람 수가 고등학교를 졸업한 수와 같아졌다. 즉, 고등학교를 졸업한 보통의 학생 대부분은 대학교에 입학한다. 더구나 대학교와 더불어 이미 대학원까지 학력이 평준화 되면서 나를 차별화할 수 있는 요소가 아니라 평균 기준선이 되어버렸다. 고학력과 자격증을 가진 사람의 수가 늘어날수록 그들이 가진 차별점이나 강점은 사라지고 평범해지는 것이다. 이는 의미 없이 보통의 기준을 계속 높이는 일이고 그 기준에 맞추려는 사람만 늘어나게 한다.

아직도 이름만 들으면 알만한 대학교 타이틀에 목메고 있는가? 그렇다면 지금 당신은 순수한 고등학생 수준에 멈춰있다. 학생 때야 좋은 대학만 들어가면 인생이 달라질 거라는 부모님, 선생님의 말을 믿으며 공부했을 것이다. 하지만 졸업을 하고 자신의 생각을 가질 나이에도 '대학빨'에 물들어 있다면 정말 위험하다. 대학에 가보면 느끼듯이 '대학빨'이 예전만큼 큰 힘을 갖지 못하고 대단한 방패막이 되어주지 못한다. 지금은 하버드 경영학 석사 MBA도 인생을 보장해줄 수 없는 현실이다. 오히려 하버드 비즈니스 스쿨이 직접 'MBA는 결코 안락한 인생을 보증해주는 티켓이 아니다'라고 못을 박을 정도다. 이제 대학이 모든 걸 해결해 줄 세상은 지났다. 좋은 대학만 나오면 성공한다는 방정식에는 금이 가고 있는 중이다. 오래된 고정관념을 깨고 나오자. 대학만 믿고 있다가는 자신이 꿈꾸던 지상 낙원은 어디에도 없을 것이다.

그래도 여전히 대학교가 중요한 무기가 된다는 말을 믿는 사람이 있다면 한 발 양보해서 출신 대학이 나를 업그레이드해준다고 가정해보자. 그렇다면 그것이 언제까지 나를 보호해줄 수 있을까? 30대, 40대, 50대? 미안하지만 대학교뺵의 유효기간은 오래간들 20대까지다. 나이가 들수록 학벌로 승패가 결정되는 일은 점점 줄어든다. 시간이 흐를수록 학교에서 배운 지식만으로는 뒤처지기 마련이다. 사회는 날마다 빠르게 변화한다. 이러한 현상을 이미 예상한 중국 푸딴대학교 총장 양푸자교수는 오늘날의 대학생은 졸업하여 교문을 나서는 그 날부터 4년 동안 배운 지식의 절반이 노후화되어버린다고 했다.

A+로 가득한 성적표를 믿고 자신만만해 하고 있다면 얼른 정신 차리길 바란다. 높은 성적표는 열심히 노력한 결과로 사용될 수는 있지

---

1) 세계최고의 인재는 실패에서 무엇을 배울까, 사토지에.

만 인생마저 완벽한 A+로 만들 수는 없다. 이해하기 쉽게 '스무살, 절대지지 않기를'에 나온 운전면허시험에 비유를 들어 보자. A+풍년의 성적표는 운전면허시험으로 따지자면 100점 만점에 해당한다. 그러나 운전면허시험을 만점 맞았다고 해서, 운전시험에 수석 합격했다고 해서 벤츠나 렉서스가 생기는 것은 아니다. 성적표는 다만 운전면허에 대한 지식과 능력이 뛰어난 것을 말한다. 대학성적도 마찬가지다. 4년 전액 장학금을 받은 학생은 학업 면에서 굉장히 뛰어난 학생임에 틀림없다. 그러나 공부를 잘했다고 해서 사회에서도 무조건 성공이 확실하다 말 할 수는 없다. 반대로 성적이 좋지 않은 학생이 무조건 실패한다고 볼 수도 없다. 나는 지금 공부가 그리 중요하지 않다고 말하는 것이 아니라 학교와 사회는 다르며, 서로가 필요로 하고 원하는 사람이 다를 수 있다는 점을 말하고 있다. 요즘은 기업에서도 무조건적으로 성적이 높은 학생보다는 실무 경력, 자기만의 특징이 있고 회사와 잘 융화될 수 있는 인재를 더 선호한다.

사회가 진정 원하는 것은?

사회로 나가기 전 배우고 연습하는 곳, 학교. 사회와 학교는 서로를 떼어놓고 생각하기 힘든 관계지만 꽤나 다른 점도 많다. 학교에서는 배운 것을 확인해보는 일이 많은데 주로 보기 중에서 답을 찾는 문제나 답이 있는 문제를 푼다. 정답을 고르지 못했다면 오답이 되는 것이다. 그러나 사회에서는 정해진 정답도, 오답도 없다. 대신 스스로가 정답과 오답을 만들 뿐이다. 한 번의 실수에도 수정할 기회는 언제든 주어진다. 물론 혹독한 대가를 치러야할 때도 있지만, 실수가 삶 전체를 지배하도록 놔두지는 않는다. 오히려 이를 계기로 잘 활용한다면 전보다 더 좋은 방향으로 풀어갈 수 있다. 사회는 내가 선택한 것을 정답으로 만들어가는 과정이기 때문이다.

학교 밖에서는 무엇보다도 실패를 얼마나 잘 극복하는가, 흐름을 빠르게 긍정적으로 돌리는지가 관건이다. 세상은 하루에도 수천 번씩 변수가 생기며, 그 속에는 불확실한 정보와 속임수로 가득하다. 정해진 답만 잘 선택하는 능력은 여기서 크게 힘을 쓰지 못한다. 대신 변화 속에서 적응하고 시행착오를 버텨내는 사람, 다시 배우며 나갈 수 있는 사람이 사회에서 성공할 확률이 더 높다. 영국의 경영평론가인 찰스 핸디는 "학교는 인생을 그렇게 많이 준비시켜주지 않는다. 시험 위주의 공부로 학교에서 배운 것 중에 많은 부분이 지금은 거의 남아있지 않다. 훗날 인생학교를 다니며 중요한 것들을 다시 배워야 했다."라고 말하기도 하였다. 사실 학교에서 배운 것들이 사회에서 힘을 발휘하는 경우가 적고, 너무나 달라서 놀랄 때가 많다. 그래서인지 사회생활을 시작할 때 우리는 꽤 혼란스럽고 어려움을 겪는다.

우리의 학력 편견을 단적으로 잘 보여주는 질문 하나가 생각난다.

"20대로 방송통신대학을 졸업했다. 평점평균은 1.0, 중소기업에 비정규직으로 취업했다. 연봉은 800만원, 영어는 전혀 못한다. 이 사람의 30대는 어떨까?" 이지성 작가 특강에서 들은 질문으로 대부분 사람이 거의 '실업자, 노숙자'라고 답했다. 심지어 어떤 학생은 '실패하고 자살할 것 같아요'라고 말하기도 했다. 나 역시도 당연히 계속 비정규직으로 일하고 있거나 어쩌면 아직도 변변한 일자리를 구하지 못해 여기저기를 옮겨 다니고 있을 거라고 예상하였다. 그러나 놀랍게도 그 사람의 현실은 20대 후반에 이미 억대 연봉을 돌파했고, 30대 중반인 지금은 연매출 10억 원대에 달하는 기업을 운영하는 CEO가 되었다고 한다. 현재는 내년 중국 진출을 하느냐 마느냐를 두고 고민하더라고 말했다.

뒤이어 강연자는 이 이야기를 통해 사회에서 성공하는 방법은 따로 있다고 전했다. 내세울 것 없어보였던 사람이 성공한 이유는 스펙이 좋아서, 취직을 잘해서가 아니라 성공하는 법을 알았기 때문이라고 말이다. 그러면서 20대에 배워야할 것 중 하나로 성공하는 법을 꼽았다. 그 순간, 나는 우리가 제일 먼저 배워야할 것은 어쩌면 성공하는 법보다도 실패하는 법일지도 모르겠다는 의문이 들었다. 살아가면서 사람은 엄청나게 대단한 성공을 하는 일은 손에 꼽을 정도지만, 잘 되지 않은 일은 셀 수 없이 많다. 하지만 성공하는 법에 관해서는 자주 듣고 배우지만, 잘 실패하는 법에 대해서는 거의 접한 적이 없다. 실패 속에서 자신을 보살피는 법, 이것만큼 쓸모가 많은 게 또 있을까? 거친 사회에서 나를 보호해줄 방패막은 학력이라는 작은 울타리보다 내 몸을 둘러싸는 실패력이라고 생각한다. 아무리 머리가 좋고, 자신의 분야에서 뛰어난 사람이라도 실패를 경험한 사람에게는 배워야 하는 이유도 바로 이것이다.

학교에서 평가하는 점수들은 사회에서는 단지 하나의 요소에 불과하다. 학업에 뜻을 둔 사람은 타이틀이나 학점보다는 지식과 지혜에 뜻을 두고 그렇지 않은 사람은 자신이 관심 있는 분야를 깊게 넓혀가는 일이 더 좋을 것이다. 바다에서는 파도를 타는 방법을 먼저 알아야 제대로 배를 몰아간다. 세상은 물살이 빠르게 바뀌는 바다와 같아서 사람도 거센 파도 속에서 다시 일어나 기회를 찾는 법을 최우선으로 알아야 한다. 배의 타이틀을 믿고 안일하게 있기보다는 지금 나의 배를 제대로 몰고 가고 있는 것인가 다시금 점검해봐야 할 때이다.

03

너무나 닮은 우리, 173만 쌍둥이

청년을 움직이게 하는 건 자신의 행복이 아니라 두려움이다.
분명 다른 삶을 꿈꾸며 견뎌 왔지만 무리 속에서 같은 설명서를 가진 제품이 되었다.
무작정 다른 사람을 따라 하기보다 원하는 직무에 맞게 준비하는 것이 필요하다.

          멘토링은 경험과 지식이 풍부한 사람이 멘토가 되어 지도가 필요한 멘티에게 조언과 배움을 주는 활동이다. 같은 길에서 비슷한 고민을 했던 사람의 이야기는 고군분투 중인 초행자에게 큰 길잡이가 된다. 대학교에 입학했을 당시, 나는 고등학교와 다른 생활환경에 익숙해지기 위해 멘토링 프로그램에 도움을 요청했다. 그 때 멘토에게 좋은 이야기를 많이 들어서인지, 그 활동이 꽤 재밌었는지 나에게는 좋은 기억으로 남았고, 당시 나처럼 방황하는 후배에게 무언가 도움이 되고 싶었다. 그렇게 나의 멘토의 나이가 되었을 때 나는 멘토로서 활동을 하게 되었다.

대학교 사용 설명서

"앞으로 학교생활을 하면서 무엇을 해야 할까요?" 멘티가 건넨 첫 마디였다. '내가 다시 멘토링 도움을 받던 시절로 돌아가면 무엇을 할까?' 다시 새롭게 대학 생활을 하게 해준다면 나는 다양한 경험을 해보겠다고 다짐했었다. 그리고는 멘티에게도 똑같이 대답했다. 가만히 듣고만 있던 그녀는 다시 물었다. "그래서 뭘 어떻게 준비해야하죠?" 그제야 나는 질문 의도를 알아차렸다. 같은 '준비'의 단어를 서로가 다른 의미로 쓰고 있었던 것이다. 멘티에게 '준비'는 '취업·스펙을 위한'이라는 말이 생략되었고, 나에게는 '20대 청춘으로서의 대학생활'이라는 뜻을 담고 있었다. 멘티가 원한 것은 취업을 목적으로 어떤 스펙을 쌓는 것이 나중에 가장 도움이 되느냐하는 현실적이면서 구체적인 지도였다. 프로그램 신청 이유도 단계별 리스트를 알기 위함이었다. 결국 나는 요구대로 취업 전 필요한 목록을 알려주기로 했다. 더불어 스펙에 관한 노하우를 전수해주기 위해 친구와 선배들에게 조언을 구했다.

여러 사람과 상담을 하는 중에 굉장히 재미있는 현상 하나를 발견하게 되었다. 아이는 태어나 4개월이 되면 머리를 가누고 10개월이 되면 두 발로 서고, 18개월이 되면 혼자 숟가락으로 먹을 수 있는 정도로 발달한다. 보통의 아기는 이같이 비슷한 순서의 성장을 한다. 그런데 대학생에게도 똑같은 발달기가 존재했다. 학생들은 1, 2학년에 주로 친구들을 탐색하고 무리를 만들며, 상대적으로 많은 시간을 대외활동에 투자한다. 특히 남학생의 경우 군대를 마치고 돌아온 2학년이 되면 학점을 관리하는데 초점을 둔다. 3, 4학년이 되면 토익, 학점 관리, 취업 스터디 등의 활동을 한다. 취업의 정석 코스로는 대외활동 → 공모전 → 봉사활동 → 영어성적 만들기 → 취업 스터디 → 인턴 → 취업 순으로 단계를 따른다.^(각각의 단계가 동시에 이루어지기도 한다.) 대학생은 지금 성별·나이 불문 거의 매뉴얼대로 움직이고 생활한다.

　대학교 첫 날, 학교 오리엔테이션에서 수첩 하나를 받았었다. 대학교 설명 자료와 함께 Freshman Guide라고 적힌 작은 수첩이었다. 안에는 '성공적인 대학생활을 위한 Tip'이라는 이름으로 다양한 내용이 적혀있었다. 제목은 주로 'A⁺ 학점 받는 법, A⁺ 레포트 작성하는 법, 중간고사·기말고사 잘 보는 법' 부류의 글로 기억한다. 이제 막 입시 전쟁에서 벗어난 신입생에게, 성인으로서 첫발을 내딛은 아이들에게 다시금 새로운 전쟁의 서막을 알리는 선전포고였다. 지금에 와서 돌아보면 어쩌면 그 수첩이 대학교 매뉴얼을 암시하는 복선이 아니었을까 싶다. 자유로울 줄 알았던 대학교는 중·고등학교 6년 동안 교복을 입고, 교실에서 주어진 시간표대로, 같은 목표를 가지고 움직이던 때와 비슷했다. 우리는 분명 다른 삶을 꿈꾸고 견뎌왔지만 복장과 두발 자유 외에는 다를 게 없는 상황이었다. 튀지 않고, 무난하게, 무리 속에서 따라가는 태도 그대로였다.

두려움이 나를 움직이게 해서는 안 된다

고용 노동부에서는 최근 공식적으로 '취업 8대 스펙'을 공개했다. 2002년에는 학벌, 학점, 토익, 어학연수, 자격증 5가지를 취업 스펙으로 꼽았고, 14년이 지난 현재는 3가지가 더해졌다. 추가된 항목은 봉사, 인턴, 수상경력이다. 원래는 학벌이나 학점 외에 인성, 그 분야에 대한 열정과 전문성, 개인의 노력을 보고자 하는 의도였으나 취업 준비물로서 공공연하게 발표되면서 취업 준비생들에게는 비교가 더해져 더 움츠러들게 한다. 다른 사람들의 스펙이야기를 듣고 있자면 나만 뒤쳐져있다고 느끼기에 충분한 상황이다. 또한 준비해야 할 것들이 늘어날수록 취업준비생들의 마음은 더 불안해진다. 기본 사항이 많아진다는 건 남들이 하는 것을 하지 않으면 왠지 초조해지게 한다. 온라인 취업 포털 사람인에 따르면, 2013년 상반기 205개 회사의 신입사원 평균 스펙을 조사한 결과, 토익 730점, 학점 3.5점에 자격증 2개를 가지고 있었다. 이제는 취업을 위한 필승 전략 대신 필수 스펙 조건이 등장한 것이다.

이미 청년의 생활에서 '취업'이 중심이 된지는 오래다. 친목과 취미활동, 공통 관심사를 나누는 시간이 예전에는 조금이라도 있었다면 지금은 동아리 설립이나 가입에도 취업과 관련되거나 도움이 되는 활동들만이 살아남는 현실이다. 취업에 도움이 되지 않는 동아리들은 신입생이 없어 폐쇄 위기에 놓여있는 반면, 도움이 되는 동아리는 지원자들이 넘쳐난다. 특히, 유명 기업에서 일하는 선배가 입사 비결을 전수해주거나, 기업들과 연계하여 프로젝트를 수행하는 등의 취업 동아리는 자기소개서를 포함한 서류전형과 면접 등을 거쳐야 한다. 경쟁률 또한 높아 '동아리고시' 라는 말까지 나오고 있다.

그래서인지 지금의 청년들을 움직이게 하는 건 자신의 행복이 아니라 '두려움'이 되어버렸다. '내가 좋아하니까, 하고 싶으니까' 하는 말은 아예 사라지면서 '뒤쳐질까 두려워서, 무엇이라도 하지 않으면 안 될까봐' 라는 마음인 것이다. 상황이 이렇다 보니 결국 모두가 똑같이 생각하고 공부할 수밖에 없다. 이제는 이런 맹목적인 스펙 쌓기의 고리가 끊어져야 한다. 그렇지 않다면 누군가 죽어야 끝나는 치킨 게임식 구직 활동이 계속될 것이고 청춘이 없는 청춘기, 대학 생활이 없는 대학 생활이 이어질 것이다.

잃어버린 대학생활을 찾아서

먼저, 청년들에게 스스로 자신의 행복을 향해 움직일 수 있도록 용기를 주는 게 필요하다. 당장은 무리한 말일지라도, 무의식적으로 가장 중요한 것은 내가 행복한 삶이라는 걸 되새기도록 해야 한다. 어디서나 떠들어대는 식상한 충고임에도 가장 우선되어야 하는 것이 무시되는 현실이다. 스펙은 마치 초등학교 받아쓰기 점수와 같다. 받아쓰기는 한글을 깨우치기 위한 방법이다. 스펙도 회사마다 원하는 인재를 뽑거나 거르기 위한 수단일 뿐이다. 한글을 공부하면 저절로 받아쓰기가 해결되듯이, 무작정 다른 사람을 따라하기보다 원하는 직무에 맞게 준비하는 것이 필요하다. 직무를 위한 일인지, 스펙을 위한 스펙인지 제대로 구분해야 한다.

현재 대학교의 수는 엄청나게 많아졌고, 석사, 박사의 수도 못지않게 늘어났다. 정작 사회에서는 전문지식만을 앞세워 졸업한 사람은 메리트가 없다. 자신의 목표를 가지고 도전하는 정신을 가진 사람을 더 원한다. 고학력에 높은 지식수준을 갖춘 사람은 많아도 자신의 목표를 제대로 가진 사람이 드물다는 게 현실이다. 세상에는 아주 많고 다양한 길이 있지만 사람들은 2,3개의 길에만 몰려있다. 확실하고 안정적인 길에 몰려 좁은 길에서 서로를 잡아먹는다. 그러니 독특한 생각이나 특이한 이력을 지닌 사람이 피 튀기는 경쟁 없이 승승장구하게 된다. 사회는 다양한 일을 하는 사람이 존재할 때 잘 돌아간다.

세상을 바꾼 인물들도 모두가 교과서적인 획일화를 거부했다. 평범한 사람이 획일화되는 데 편안함을 느끼는 반면, 이들은 남과 다른 자신의 능력과 적성에 맞는 일을 찾아서 나만의 인생을 살아가는 것에 행복을 느낀다. 전기를 발명하고, 특허만 1천 종 이상을 가진 발명왕 에디슨이나 산업혁명에 결정적 계기가 된 증기기관을 만든 제임스 와트의 공통점은 초등학교도 졸업하지 못한 사람이라는 점이다. 안전면도기를 세계 최초로 생산한 질레트사의 초대사장도 병마개행상이었다. 이들은 내노라하는 학위 대신 자신만의 적성과 개성을 살려 성공했다. 다른 사람이 붙여주는 것 대신 스스로가 이름 붙이는 삶, 멋지지 않은가? 내가 원하는 대로 살아 보기에도 부족한 시간이 젊은 날이다. 인생을 두 번, 세 번 살 수 있다면 지금 그대로 살아도 좋다. 그러나 인생은 한 번 뿐이고, 젊은 날은 더군다나 10년, 20년 아주 짧다. 화폐에 최초로 모자가 얼굴을 올린 어머니 신사임당의 이름은 신인선이다. 그녀는 13살이라는 어린 나이에 자녀를 훌륭하게 키워낸 '태호'를 롤모델로 삼아 호를 지었다. 스스로 '사임'이라 이름붙인 것이다. 이는 곧 앞으로의 내 인생은 이렇게 살겠다고 뜻을 세웠다는 말이다. 자신만의 삶을 산 사람은 초기에 모두 손가락질 당하지만 시간이 지날수록 손가락질이 박수로 변한다. 이쯤에서 우리는 진짜 인생에서 중요한 것을 다시 들여다봐야 한다. 청춘은 이제 시작이다. 서로가 다르게 태어나 같은 설명서(SPECification, 스펙)가 들어있는 제품이 되는 게 아니라 세상에 하나뿐인 핸드 메이드 작품이 되어야 한다.

한 장의 자소서로 시작된 자아 찾기

나와 대화하는 시간은 인생을 풍요롭게 만드는 시간이다.
우리는 스스로가 이 시간을 만들고 지켜야만 한다.
내가 없는 삶은 언제든 쉽게 무너질 수 있기 때문이다.

첫 만남에서는 긴장의 공기가 흐른다. 새로운 사람을 만난다는 기대감과 나를 소개해야하는 초조함이 더해지기 때문이다. 살면서 우리는 수많은 자기소개를 해왔다. 말을 하기 시작하면서부터 혹은 태어나면서부터 자기소개세계에 강제 입장한다. 타인과 같이 살아가는 존재로서 유치원, 초·중·고·대학교, 어디에서든 계속된다. 졸업 후에는 벗어나면 좋으련만, 출구는 없다. 아마 죽어서도 옥황상제 앞에서 제 소개는 해야 하지 않겠는가.

자기소개에 진짜 나는 없었다

입을 떼면서부터 지금까지 자기소개를 해오고 있지만 할 때마다 어렵고 긴장되는 건 왜 일까? 이유는 간단하다. 나로서 살아 온지 수 십 년이 되었어도 진짜 자신에 대해 거의 생각해보거나 바라본 적이 없었던 탓이다. 이름, 나이, 직업처럼 나를 분류할 수 있는 단어만으로 충분히 나를 설명할 수 있었다. 내가 진짜 어떤 사람인지 깊은 이야기 없이도 관계를 맺는데 문제가 없다. 하지만 나이가 쌓여갈수록 스스로 무언가 선택하고 판단해야하는 일들이 많아진다. 서서히 나를 들여다 보면서 자신에 대한 의문이 들기 시작한다. 일을 할 때에도 내가 누구이며, 이곳에 왜 필요한 존재인지 설명해야 한다. 심지어 사랑을 할 때도 자신이 어떤 사람인지 아는 것이 꽤나 큰 도움이 된다.

주로 대부분의 성인이 곰곰이 자신을 돌아보게 되는 시기는 자발적으로 이루어지기 보다는 구직활동의 자기소개서라는 것을 쓰게 되면서부터다. 그 때부터 우리는 꽤나 진지해져야만 한다는 걸 깨닫는다. 나와 상대방 모두가 확실히 규정할 수 있는 이름, 나이, 주소와 같은 사실 외에 자기소개서는 내가 어떻게 살아왔는지, 어떤 가치관을 가지고 살아갈 것인지, 나에게 있어 소중한 것은 무엇인지 좀 더 깊이 있게 말해야 한다. 그래서인지 쓰는 동안 자기 자신에 대해 아는 것이 그리 많지 않다는 불편한 진실과 마주하게 된다. 동시에 '내 삶이 제대로 가고 있는 건지' 의구심이 든다.

나와 함께 하는 시간이 필요한 이유

사실 이러한 현상은 아주 지극히 정상적이다. 우리는 10대 때부터 시작한 입시전쟁과 20대에는 배경만 바뀐 스펙전쟁에서 싸워 이겨야 했다. 나를 알아가는 시간 같은 건 사치이자, 비효율적인 전략일 뿐이다. 문득 내게서 질문이 솟아날 때면 재빨리 눌러 버리거나 마음 속 작은 유리병에 담아 '나중에' 라는 미래 바다에 던져 버리곤 했다. 청소년 때는 대학생이 되면, 대학생이 되면 직장인이 될 때 돌아볼 여유가 올 줄 알았다. 그러나 그 여유는 시간이 지나도 절대 오지 않는다. 오히려 그 질문이 다시 돌고 돌아왔을 때는 상황은 예전보다 더 쫓기고 있다. 그제야 나와 마주하는 시간이 필요하다는 걸 느낀다. 자기소개서가 진자 나를 돌아보게 하는 출발점이 된 것이다. 물론 사람마다 시작점은 다를 수 있다. 누군가는 적성에 맞지 않는 전공 때문에 고민을 하다가, 직장을 다니다가, 혹은 회사를 그만두고 여행을 하면서 나를 돌아볼 기회를 갖는다. 대게 이러한 계기는 좋은 일보다는 안 좋은 상황일 때 나타난다. 그럼에도 스스로에게 끊임없이 질문하며 나를 찾아간다는 점에서 꼭 안 좋은 상황이 나쁜 것만은 아닌 것 같다.

요즘은 나를 찾아 용기 있게 떠나는 일이 간혹 있다. 잘 다니던 직장을 그만두고 여행을 떠난다거나 지금까지 해오던 것과는 전혀 다른 일을 시작해보는 사람들 말이다. 얼마 전 잡지에서 '서른셋 그리고 인생' 이라는 제목의 비슷한 특집 기사를 보았다. 다양한 서른셋의 이야기를 담은 기사는 꿈을 이미 이루어 성공한 사람, 반대로 처절하게 바닥을 찍은 사람, 전자도 후자도 아닌 인생의 터닝포인트에서 다시 새롭게 서있는 사람들이 나왔다. 그 중 국제구호 전문가로 활동 중인 한비야의 이야기가 꽤 인상 깊었다. 그녀의 서른 셋은 마지막 경우에 해당했다.

33살, 한비야는 사표를 냈다. 승진을 앞두고 있었지만 미련은 없었다. 오래 전부터 꿈꿔오던 세계 일주를 하기로 마음먹었다. 돈도 없고 체력도 없던 20대에는 불가능한 꿈이었지만, 서른셋에는 어느 정도 번 돈이 생겼고, 굳은 일을 하며 생긴 체력도 있었다. 한비야는 그로부터 6년간 오지 여행을 했다. 아마 구호활동에 관심을 가진 것도 그 때쯤이었다. 현재는 이것이 계기가 되어 월드비전에서 일하고 있지만 갑작스레 직장을 그만두고 간 여행 후에 구호 일을 하게 될 줄은 자신도 전혀 예상하지 못했다. 새로운 일을 시작하면서도 많은 고민을 했다. '이 길이 맞을가? 지금 너무 늦은 건 아닐까?' 그럼에도 그녀는 내면에서 하는 말에 귀를 기울였고 주저 없이 그 길을 택했다. 서른을 훌쩍 넘긴 나이에도 그녀가 자신의 선택을 믿고 나아갈 수 있었던 건, 자신과 대화하는 시간 덕분이었다. 다른 사람과 시간을 보내는 것만큼 평소에 혼자만의 시간을 가졌다. 혼자의 시간은 생각을 정리하고 나를 들여다보는 소중한 일이다. 홍보회사의 괜찮은 직업도 있었고, 여행사를 차릴 수도 있었지만 자신과의 대화를 통해 스스로 원하는 것을 선택할 수 있게 되었다.

낯선 곳으로의 여행은 새로운 시각으로 나를 바라보게 하는 또 하나의 자기 대화 방법이다. 새로운 환경은 알지 못했던 나의 모습을 발견하게 해준다. 이런 점에서 한비야도 여행을 통해 자신도 모르던 새로운 모습을 혹은 숨겨진 모습을 발견한 것 같다. 여행이 대중화되면서, 단순히 관광의 목적을 넘어서 자신을 찾고자 하는 여행자들이 급증했다. 작년 4월에는 자신의 정체성을 고민하는 세 명의 청년들이 모여 떠난 여행기를 기획하여 방송하기도 했다. 29살 무명 뮤지컬 배우로서 서른을 앞두고 '무엇을 먹고 살아야 하나? 성공 가능성이 보장되지 않은 일을 계속 해도 되는가?'를 고민하는 현준씨, 그림을 그리며 사는 꿈과 재능을 가졌지만 입시에 실패한 20살 혜리씨, 현실적으로 대학 전공을 택했지만 자신과 맞지 않음을 뒤늦게 깨닫고 배우라는 진로를 선택한 혜민씨. 각자 다른 사연을 가진 셋은 보통의 청춘이 가지는 꿈에 대한 고민과 현실에 대한 걱정을 전형적으로 보여준다. 여행을 통해 이들은 자신에게 좀 더 솔직해졌다. 그리고 여행에서 만난 인생 선배들, 사람들을 통해 자신만의 실마리를 찾아갔다. 여행이 비록 모든 고민과 걱정을 없애줄 순 없지만, 해결해 나갈 힘을 주었다.

나는 사람들이 좀 더 자신과의 시간을 가졌으면 한다. 당장의 생계와 눈앞에 닥친 일들에 여유가 없다는 것쯤은 안다. 하지만 나의 시간을 스스로가 만들어가야만 한다. 내가 없는 삶은, 언제든 쉽게 무너질 수 있기 때문이다. 거창하게 모든 것을 그만두고서 해외로 떠나라는 말이 절대 아니다. 국내든, 해외든, 설사 내 방이든 어디라도 좋다. 주변의 이야기보다는 나에게 집중하고 치열하게 대화해보길 바란다. 오늘 하루는 어땠는지, 내 감정에 솔직해지는 사소한 것부터 시작해보자. 점차 시간이 쌓이면 내가 언제 기쁜지, 무엇을 원하고 있는지, 내가 절대 포기할 수 없는 것들을 관찰하게 된다. 나와 대화하는 시간은 인생을 가장 풍요롭게 만드는 시간이다. 무언가를 선택해야하는 긴급한 상황에서 이 시간들이 그 어떤 것보다 나에게 현명한 답을 줄 것이다.

05

나는 대학교 6학년입니다

낭만의 캠퍼스 생활을 꿈꿀 여유는 없다.
일찍이 취업과 진로를 준비하지만 자리를 잡기란 하늘에 별따기다.
막연히 아무것도 없이 사회로 나가기엔 겁이 난다.

　　　　　　고향 친구에게서 전화가 왔다. 중·
고등학교를 같이 다닌 우리는 다른 대학교에 가서도 꾸준히 연락하며
지냈다. 그러다 2년 전 친구가 취업 준비를 시작하면서부터 만나는 날
이 뜸해졌다. 모임에서도 바쁘다는 핑계로 얼굴 보기가 어려웠다. 그래
서인지 먼저 만나자는 연락에 무척 반가웠지만 또 한편으로는 힘없는
목소리에 걱정스러웠다.

20대 흔남흔녀 일기

　　오랜만의 만남이 무색하게 친구는 너무 지쳐있었다. 나는 그녀를
웃게 해주고 싶었다. 하지만 이야기가 계속 될수록 아무것도 해줄 수

없는 내가 미안했다.

"아침에 토익 학원가서 수업 듣고, 스터디를 하고, 끝나면 곧바로 취업스터디에 가야돼. 집에 와서는 피드백을 바탕으로 다시 자소서를 쓰고 고치고 그게 내 일과야. 처음엔 이렇게 매일을 했거든. 진짜 나 고등학교 때보다 더 열심히 한 것 같아. 근데 서류에서 2개 붙더라. 진짜 힘들었어. 물론 처음이라 그럴 거라고 생각했는데 무서운 건 이렇게 하는데도 취업할 수 있다는 확신이 안 선다는 거야. 무조건 열심히 하고는 있지만 취업이 된다는 보장이 없잖아. 시간이 지날수록 점점 자신이 없어지고 막막해. 이제 취업준비한지 2년이 다 되어 가는데 나 솔직히 두려워. 정말 취업할 수 있을까? 휴학 1년하고 호주갈 때도 부모님께 미안했는데, 아직 취업도 못하고 있으니까 눈치도 보이고. 졸업한지도 꽤 됐는데. 회사에서도 공백동안 뭐 했냐고 그럴 거고. 솔직히 주변에서 친구들이 취업했다는 소리 듣잖아? 그러면 진짜 축하할 일인데 완전 자괴감 들어. 내가 뭘 잘못 한 건지. 어디서부터 뭐가 잘 못 된 건지. 진짜 이대로 계속 준비만 하다 끝나는 건 아닌지. 어떻게 해야 할지 모르겠어. 왜 이렇게 안 되는지 정말 미치겠다."

결국 친구는 참았던 눈물을 흘렸고, 이렇게 힘들어하고 있는 친구를 방관한 것 같아 가슴이 아팠다. 그리고 위로 밖에 해줄 수 없는 나의 처지에 또 슬펐다. 이것은 나와 친구의 이야기이자 20대 우리의 이야기이다.

취업준비생과 백수

20대는 모든 것이 불안정하고 확실한 것이 없다. 아직 제대로 자리를 잡지 못하고, 아무것도 정해지지 않았다. 더구나 학교를 졸업하는 순간, 뚜렷한 무언가는 완전히 사라져버린다. 대학교를 졸업했지만 확실한 직업을 갖지 못한 20, 30대에게 가장 스트레스는 자기소개이다. 자기소개란 것은 원래 자신이 어떤 사람인지 소개하는 것이나 한국에서는 이름, 나이, 그리고 '직업'을 이야기하는 것이다. 그 중에서도 직업은 가장 먼저 묻는 1번 질문 중 하나다. 대학생의 경우는 스스로를 학생이라고 말한다. 그러나 졸업을 하면서부터 매일 도서관에서 공부를 하더라도 학생이란 직업을 더 이상 쓸 수가 없다. 학생은 학예를 배우는 사람, 학교에 다니면서 공부하는 사람 두 가지 뜻을 갖지만 우리가 쓰는 뜻은 후자에만 해당한다. 그렇기 때문에 졸업 후에는 아무것도 한 것이 없어도 '학생'이라는 이름만으로 보호막이 되어주던 큰 울타리를 잃게 된다. 부족해도 서툴러도 '대학생'이기에 귀엽고 풋풋하게 봐주는 관용을 더 이상 바랄 수 없다.

매일 공부하고, 눈 코 뜰 세 없이 하는 일로 바쁘지만, 세상의 기준에서는 직업이 없는 백수일 뿐이다. 요즘에는 이런 사람들을 부르는 말이 새로 생겼다. 학생은 아니지만, 직업을 가지기 위해 준비하는 사람이라는 뜻으로, 취업준비생. 줄여서 취.준.생이라고 한다. 일주일 전

오전에 미팅이 있어 카페에 잠깐 들렀었다. 보통 오전의 카페는 자유롭게 시간을 낼 수 있는 사람들이 한정되어 있어 주로 아침 일과를 마친 아줌마들, 대학생이 주요 고객층이다. 그런데 한 테이블에 대학생이라기엔 풋풋하지 않은 20대 중, 후반 사람들이 모여 있었다. 나는 그 옆 테이블에 앉게 되었고, 자연스레 그들이 나누는 이야기를 듣게 되었다.

"우리 다 백수만 모였네." 그러자 옆에 있던 한 여자가 말했다. "백수 말고, 취.준.생이라고 해두자. 우리도 곧 아침 출근길에 합류할 거야. 이렇게 오전에 카페에서 다 같이 볼 수 있는 시간도 얼마 안 남았어." 그들은 스스로를 다독이며, 우리는 아무것도 하지 않는 일반 백수와는 다르다며 위로했다. 속히 백수라 함은 할 일 없이 빈둥대는 사람이다. 그러나 내가 보기에 그들은 백수라고 부르기엔 너무나도 노력하는 사람이었다. 직업을 갖기 위해 애쓰는 사람은 그 누구보다 사력을 다하는 중이다. 백수에도 클래스가 있다면 취.준.생은 아마 최상위 클래스에 있지 않을까 싶다. 누가 뭐래도 그들은 자신의 꿈을 위해 치열하게 살아내고 있다.

4년제 대학교, 4년 만에 졸업하나요?

대부분 4년제 학교에는 4년 만에 졸업하는 사람이 거의 없다. 무엇이든 '빨리 빨리'를 좋아하는 한국인이지만 대학교 졸업만큼은 어떻게 해서라도 늦추고 싶은 게 대학생들이다. 예전에는 어학연수, 휴식, 다른 경험을 위해 1년 정도의 휴학을 했다면, 지금에 와서 1년 휴학은 애교정도랄까. 물론 휴학을 해야 하는 특별한 사정이 있는 사람도 있지만, 특별한 사유가 없는 사람도 4학년이 되는 것이 두려워 3학년을 마치는 시기에 모두 휴학을 한다. 막상 4학년이 되려고 하니, 준비해 놓은 것은 없고 무턱대고 졸업하려니 무섭기 때문이다. 졸업할 때도 상황은 비슷하다. 일찍이 취업이 되거나, 다른 길을 찾은 학생들은 학교를 나가고 그렇지 못한 사람은 졸업을 해야 하지만 미루는 일이 많아졌다. 막연히 아무것도 없이 사회로 나가기엔 겁이 난다.

학교에서도 28에, 29세의 대학생, 대학교 5학년, 6학년은 흔히 볼 수 있다. 그렇다고 이들이 놀다가 제대로 학교생활을 못했거나 준비하지 못해서 바로 졸업하지 못하는 것은 아니다. 오히려 더 열심히 공부한다. 도서관에 가보면 1학년 학생들로 가득하다. 예전에 1학년은 주로 동아리방, 술집에서 찾았다면 지금 1학년을 찾으려면 도서관으로 가야한다. 수능을 끝낸 지 얼마 되지 않았지만, 일찌감치 준비해도 쉽지 않은 취업을 위해 학점, 영어공부, 자격증 공부로 바쁘다.

낭만의 캠퍼스 생활을 꿈꿀 여유가 없다. 2000년대 인기 시트콤 '논스톱'과 같은 캠퍼스 라이프는 더 더욱 힘들다. 잔디밭에서 기타 치며, 친구들과 토론하는 모습은 이제 오래전 영상에서 찾아봐야 한다. 90년대 대학생의 이야기를 그린 응답하라 1994에서는 하숙집을 배경으로 다양한 청춘의 모습을 보여준다. 친구들의 고향에 함께 내려가 시간을 보내고, 밤 새워 놀던 M.T, 모두가 참여했던 체육대회의 모습은 지금과는 너무도 달라 부러웠다. 만약 20년 뒤에 응답하라 2016이 만들어진다면, 정이 넘치는 하숙집 대신 24시간 개방 독서실과, 도서관에서 자리 잡기, 전교생이 참여하는 체육대회대신 스펙에 유리한 활동을 찾아다니는 모습이 담길 것이다.

저성장의 시대, 청춘에게 일자리가 부족한 사회는 버겁다. 그러나 고성장의 시대에서도, 미래의 사회에서도 고민 없는 청년은 불가능한 일이다. 시대에도 변하지 않는 고민은 항상 존재한다. 청춘이라는 이름으로 존재하는 고민과 걱정들. 나 자신에 대한 고민, 미래에 대한 불확실함, 친구와의 갈등, 현실과 이상의 차이에서 방황하는 시기가 곧 청춘이다. 지금은 여기에 현실의 버거움이 더해져 청년으로서 고민해야할 불안들을 생각해볼 겨를도 없이 힘겨워졌다. 그럼에도 피할 수 없는 불안을 기꺼이 껴안아 아껴주고 자신을 믿고 사랑하는 청춘이길 응원해본다.

06

절벽에서 뛰어 내리는 스프링 벅

주류에서 벗어났다고 불안해하지 않아도 된다.
특히나 떠밀려 가는 길에서 나와 되돌아가는 길은 더 더욱 옳은 후진이다.
가장 중요한 것은 자신의 목적지가 어디인지 잊지 않는 것이다.

11미터 높이, 줄 하나에 의지하여 뛰어 내리는 번지점프는 웬만한 강심장의 사람이 아니고서는 오금 저리게 무서운 일이다. TV에서 자신감 넘치게 올라간 연예인들도 막상 점프대에 도착해서 포기하는 장면을 많이 보곤 한다. 그러나 아프리카에는 스스로 낭떠러지로 떨어지는 동물이 있다. 심지어 아무런 줄도 없이, 절벽 아래로 뛰어내린다.

그 주인공은 '스프링 벅'이라는 양이다. 이들도 원래부터 절벽 아래로 뛰어내렸던 것은 아니다. 수가 적을 때에는 아주 평화롭게 풀을 뜯으며 사는 평범한 동물이다. 하지만 숫자가 늘어나면서 앞에 가는 양들이 풀을 뜯어 먹게 되고 뒤에 있는 양이 먹을 풀이 줄어들게 되자 자신이 먹을 풀을 찾아 앞으로 먼저 달려간다. 이를 본 양들은 덩달아

뛰기 시작한다. 결국 모두가 달리게 된다. 그런데 뛰는데 너무집중한 나머지 양들은 풀을 먹지도 않고 앞으로만 간다. 자신이 풀을 먹기 위해 달린다는 걸 잊어버린 것이다. 그렇게 무서운 속도로 뛰던 양들은 절벽을 앞에 두고도 멈추지 못한다. 이미 너무나 빠른 속도에 멈추고 싶어도 멈출 수가 없다. 때문에 양들은 절벽 아래로 떨어져 죽는다. 황당하게 끝맺은 비극적인 양의 결말에 나는 꽤나 허무했다. 그리고 자신이 떨어져 죽을지도 모른 채 뛰는 양들이 한심해서 웃어버렸다.

스프링 벅맨

그 순간 갑자기 무언가 내 머릿속을 스쳤고 나는 계속 웃을 수가 없었다. '과연 내가 스프링 벅을 보고 웃을 수 있는가?' 이제껏 내 모습이 파노라마처럼 지나갔다. '그래, 나도 스프링 벅이었어. 누구보다 앞장서서 절벽을 향해 뛰어가던 스프링 벅.' 나 또한 달리는 이유를 알지 못한 채 초·중·고등학교, 그리고 대학교, 대학원 입학까지 쉬지 않고 전력질주 해왔다. 한 번쯤 멈추어 무언가 이상한 낌새에 눈을 돌려볼 수도 있었지만 나는 계속해서 달렸다. 멈추는 순간 뒤처지는 거라고 생각했다. 그렇게 무려 16년이 넘게 달려왔다.

의미 없는 전력질주는 비단 나의 이야기만은 아닐 것이다. 어쩌면 나보다 더 오랜 시간동안 앞만 보고 달려온 사람도 많을 것이며, 한 번도 의문을 가져보지 않은 사람도 있을 것이다. 이미 많은 사람들이 스프링 벅에 물들어 있다. 내가 하고 싶은 것보다도 남이 하는 것을 똑같이 하는 데 우선순위를 둔다. 같은 무리에 들어가지 않으면 뒤처질 것 같아 불안하다. 내 앞에 풀이 있는데도 뛰어가는 옆 사람을 보고는 먹지도 않고 따라서 달려간다. 간혹 왜 이렇게 뛰고 있는가 하는 멈춤 신호가 오기도 한다. 그러나 지금까지 뛰어온 게 아깝다는 말도 안 되는 논리로 스스로 계속 뛰도록 합리화한다. 전력질주를 멈추고 서있는 지금, 나는 마냥 뛰는 게 능사가 아니었다는 것을 깨달았다.

때로는 돌아가도 된다

사람들은 가던 길을 다시 돌아가는 것을 굉장히 싫어한다. 설사 우리가 잘못된 길을 가더라도 말이다. 운전을 하다 잘못된 길로 들어섰을 때 돌아가야 하지만 괜한 자존심으로 잘못 온 줄 알면서도 끝까지 밀고 간다. 상식적으로 길을 잘못 들었다면 다시 돌아가는 것이 맞다. 그러나 우리는 이미 온 길이 아까워 쉽게 발걸음을 돌리지 못한다. 한 번 정한 길이 무조건 맞는 길이면 좋겠지만, 현실은 그렇지 않다. 아무리 신중하게 결정한 것이어도 여러 번 다시 번복해야 할 경우가 많다. 확실하게 진로를 정했어도 결국 돌고 돌아서 나의 길을 가는 것처럼 말이다. 그러니 너무 확고하게 이 길로만 가야 한다는 생각을 버리는 것이 좋다. 언제든 이 길이 아니라는 판단이 들 때, 그것을 빠르게 인정하고 다시금 새로운 길을 떠날 수 있는 열린 마음이 필요하다. 단, 제대로 된 길을 잡았음에도 힘들다고 방향을 바꿔버리는 우유부단함은 버려야 한다.

언제든 계획은 바뀔 수 있고, 이상한 길로 갈 수가 있다. 그때, 잘못된 방향임을 알고 이미 온 길을 아쉬워하지 않고 재빨리 갈 수 있는 결단력이 더 중요하다. 그러니 절대 주류에서 벗어났다고 불안해할 필요 없다. 특히나 떠밀려 가는 길에서 빠져나와 되돌아가는 길은 더더욱 옳은 후진이다.

무리에서 이탈한 자가 다른 무리를 이끈다

내가 하고 싶은 건 다른 것이지만 다른 사람에 휩쓸려 따라한 적이 있는가? 이른바, 친구 따라 강남 간다는 말처럼 모두가 Yes라는 답에 나도 덩달아 Yes라고 말하지는 않는가? 심리학 용어로는 양떼효과, 군중심리라고 부르는 이것은 비슷한 무리의 사람들 속에서 위험을 회피하거나 뒤처지지 않기 위해 타인의 생각이나 행동을 맹목적으로 따라가는 현상을 말한다. 20대의 경우 이러한 군중심리는 주로 별 흥미도 없고 도움도 안 되지만 스펙을 채우려 어쩔 수 없이 이리저리 몰려다니는 일에 해당한다.

불안함은 우리를 달리게 한다. 그러나 달린다고 불안함은 없어지지 않는다. 오히려 더 초조해질 뿐이다. 다른 가능성을 보지 못하게 하고, 우선순위를 잊게 만든다. 가장 중요한 것은 자신의 목적지가 어디인지 잊지 않는 것이다. 목적 없는 달리기는 시간 낭비, 에너지 낭비일 뿐이다. 그런 의미에서 무작정 달리기를 했다면 잠시 멈출 필요가 있다. 그리고 생각해봐야 한다. '내 목적지가 이곳인지.' 멈추면 비로소 더 정확한 길이 보인다.

빌게이츠는 일부러 시간을 내어 생각할 시간을 가지기로 유명하다. 1년에 두 번씩 일주일간 모든 일을 멈추고 섬 같은 곳에서 이전의 업무를 돌아보고 미래를 계획한다. 이른바 '생각주간(Think Week)'라 불리는 이 시간은 속도보다는 방향을 통찰하는 시간이다. 빌 게이츠 외에도 세계적인 리더들이 비슷한 시간을 가진다. 소프트뱅크 손정의 회장은 아무리 바빠도 하루 10분은 반드시 자신의 생각에 몰입할 시간을 갖는다. 워렌 버핏은 1년에 50주일을 생각하고 2주일을 일한다고 말할 정도로 읽고 생각하는데 많은 시간을 보낸다. 그리고 다른 사람이 나를 어떻게 생각할지 보다는 자기 내면의 채점표를 마음에 들도록 살아야 한다고 말하는 사람이다. 외면의 채점표를 신경 쓰게 되면 모든 것이 끝난 다음에 공허함을 느끼기 때문이다. 스마트한 삶을 위해서 스마트폰을 보는 시간을 늘리는 게 아니라 나를 바라보는 시간을 늘려야 한다. 나 역시도 무작정 달리기를 그만두지 않았더라면 절벽을 10미터 앞에 두고 생각했을지 모른다. '어쩌지? 낭떠러지야. 멈춰야 해.' 그러나 이미 속도가 붙어서 멈추지 못하고 앞으로 미끄러진다. 그리고 이렇게 말하겠지. "그 때 멈췄어야 했구나."

이제라도 늦지 않았다. 낭떠러지 앞에 서기 전에 자신의 이정표를 다시 한 번 점검해보자. 지금 혹시 목적지가 아닌 절벽으로 전력질주하고 있는 건 아닌가.

사람들은 가던 길을 다시 돌아가는 것을
굉장히 싫어한다.
설사 우리가 잘못된 길을 가더라도 말이다.
운전을 하다 잘못된 길로 들어섰을 때
돌아가야 하지만
괜한 자존심으로 잘못 온 줄 알면서도
끝까지 밀고 간다.
상식적으로 길을 잘못 들었다면
다시 돌아가는 것이 맞다.
그러나 우리는 이미 온 길이 아까워
쉽게 발걸음을 돌리지 못한다.
한 번 정한 길이 무조건 맞는 길이면 좋겠지만,
현실은 그렇지 않다.
아무리 신중하게 결정한 것이어도
여러 번 다시 번복해야 할 경우가 많다.
확실하게 진로를 정했어도 결국 돌고 돌아서
나의 길을 가는 것처럼 말이다.

눈에 보이지 않는
것일지라도
소중함을 지킬 줄 아는 사람이
진정 멋진 사람이다.
설사 그것이 가려지거나
숨겨져 존재 자체에
의문이 생길지라도.

Chapter

Chapter 02

어쩌다 9회말

더러워진 유니폼, 복기와 리빌딩을 시작한다

2시간을 위한 365일

백화점 쇼윈도의 제품은 언제나 신상일 수 없다. 시간이 지나면
아무리 예쁜 것이라도 사람들의 관심을 잃고 사라진다. 당시 잠깐의 시선과 부러움이
탐날지라도 내 생활을 꾸며내지 않고 진짜 나로 존재해야 한다.

"우리 작은 딸이 이번에 구글에 합격 했잖아."

큰 아버지의 총알 공격이 시작된다.

삼촌은 잽싸게 날아오는 총탄을 피해 활을 겨누고는 시위를 당긴다.

"저번에는 큰 아들 좋은 데로 장가보내시더니 축하드려요, 형님. 우리 작은 애도 이번에 서울대학교에 합격했어요."

화살은 날고 날아 옆에 가만히 앉아있던 우리 아버지에게로 향한다.

방패막이 하나 없던 그는 공격을 피하지 못한 채 온 몸으로 받아낸다.

NEW 명절 스트레스

노총각, 노처녀들이 피하고 싶은 날이 있다면, 바로 '명절'이다. 온 가족이 도란도란 모여 이야기를 나누는 명절이 가장 두렵다. 명절의 두려움은 이제 어머니만의 전유물이 아니게 되었다. 노총각·노처녀는 물론 파릇한 청춘에게도 지옥 같은 날이다. 설문조사에 따르면 대학생 10명 중 7명이 명절로 인해 심한 스트레스를 받는다고 한다. 친척들의 부담스러운 관심, 덕담을 가장해 아픈 곳을 찔러대는 잔소리, 자랑할 것이 없는 나의 처지를 비교하는 명절 3종 세트로 인해 명절이 다가올수록 긴장하며 예민해진다. 때문에 간단한 안부와 근황을 물어보는 대화에서도 쉽게 상처받는다. "좋은 데 취업해야지", "졸업하면 뭐할 거니", "우리 딸(아들)은 장학금 탔잖아.", "어릴 때 참 잘했는데", "애인은 있니"와 같은 걱정 어린 말이 오죽하면 명절에 가장 듣기 싫은 말로 꼽혔을까. 최근에는 이런 말을 듣지 않으려고 일부러 고향에 내려가지 않는 사람도 많아졌다. 이들은 변변치 못한 자신의 상황에 친척들을 만나는 일을 꺼려했다.

나의 처지도 어른들의 관심을 끌만한 명문대나 탄탄하고 빵빵한 직장과는 거리가 아주 멀다. 더구나 졸업 후에 마땅한 직업을 갖지 않고 시간을 보내고 있던 때도 있었던 터라 누구보다 명절이 두려웠다. 대학교를 가기 전에는 어느 대학에 갈 것인지를 물어보며 기를 죽이더니, 대학에 가니 졸업 하고는 무엇을 할 것인지 걱정스러운 눈빛으로 움츠러들게 했다. 취직을 하면 결혼은 언제할 건지, 결혼 후에는 아이는 언제 가질 건지, 안부 질문이지만 무시무시한 이 질문들은 뫼비우스 띠처럼 끝없이 계속될 것 같다. 나는 숨 막히는 명절에서 벗어나고 싶었다.

방법은 두 가지, 어른들이 더 이상 말을 꺼내지 않을 만큼의 높은 학교와 유명한 자리에 오르는 것, 친척의 말에 신경 쓰지 않는 것이다. 전자를 선택하기에 나는 이미 너무 멀리 와버렸다고 판단했고 두 번째, 어른들의 말에 크게 개의치 않아하자고 마음 먹었다. "그래, 내 인생이야. 명문대, 대기업 아니면 어때? 내가 원하는 대로 살면 되는 거야." 생각해보면 대학을 가기 전에도, 졸업을 하고서도 나는 언제나 열심히 하고 있었다. 그런데 친척들의 질문 앞에만 서면 아무것도 하지 않는 사람처럼 느껴지는 것이 참 이상하다. 인생은 내 것이고 남들이 대신 살아주는 게 인생은 아니라고 수없이 되뇌었다. 설날, 추석 몇 시간 친척들에게 잘 보이려고 사는 것만큼 자신의 인생에 빚지는 어리석은 일은 없다며 스스로를 다독였다. 아마도 그때부터 나는 숨 막히는 명절에서 살아남기 위해 스스로 ME-프레임 사고를 터득했던 것 같다. 살.아.남.기.위.해.서.

ME-프레임

ME-프레임 사고는 타인을 의식하는 것을 넘어서 자신의 관점으로 세상을 바라보는 것을 말한다. 작가 김철수는 책[2]에서 사회나 남들이 만들어 놓은 프레임, 즉 소셜 트랩에 갇히지 않고 스스로 자기 주도적인 삶으로 리프레임하기 위해서는 자신만의 프레임이 필요하다고 말한다. Me-프레임은 삶의 새로운 관점을 주는 방법이다.

우리는 살아가면서 자신의 기준에 맞춰 생각하고 판단한다. 더 나아가서는 다른 사람이나 사회가 만들어놓은 틀에 많은 사람들이 자신을 가둔다. '내 행동에 저 사람이 속으로 날 비웃지 않을까?' 나의 주도권을 남에게 넘긴 채 남들이 어떻게 생각할까를 의식해 행동한다. 주로 비교에서 우위를 선점하지 못할 경우, 스스로를 한심하게 여긴다. 부모 역시 자녀에게 내세울 무언가가 없으면 괜히 주눅이 들고 목소리가 작아진다.

나를 이렇게 불러다오

'관점 디자이너', '소통테이너', '콘셉트 디자이너' 라는 직업을 들

---

2) 당신의 한 줄은 무엇입니까, 김철수.

어본 적이 있는가? 이 단어들의 공통점은 기존 직업이 갖는 관점과 편견을 깼다는 점이다. 원래 직업이라는 게 이미 존재하는 직종이거나 대리, 팀장, 부장 등 다른 사람이 직위를 승진시켜주는 구조이다. 그러나 이들은 스스로 세상 사람들과 소통하는 직업이라는 의미로 '소통테이너', 생각을 생산하고 관점을 디자인 하는 '콘셉트 디자이너, 관점 디자이너'라 이름 붙였다. 우리가 당연하게 원래부터 있었던 것이라고 생각되는 선생님, 경찰관과 같은 직업도 누군가 길을 닦아준 사람이 있었기에 자리 잡은 것이다. 모두가 처음에는 이상한 취급을 당했다. 이들 역시 이미 사회에서 만들어 놓은 직종만으로는 스스로 하는 일을 표현할 수 없어 새로운 길을 만든 사람들이다. 예전에는 자신만의 가치를 따르며 살고 싶었던 사람들에 대한 시선이 부정적이었다면, 이제는 평범함을 따르며, 누군가에 의해 불러지는 삶이 살아남기 힘들다.

백화점 쇼윈도의 제품은 언제나 신상일 수 없다. 시간이 지나면 아무리 예쁜 제품이라도 사람들의 관심을 잃고 없어진다. 그러나 장인들이 만든 수제품은 다르다. 시간이 지날수록 값이 올라가고 가치는 더 높아진다. 온전히 자신의 인생을 사는 생도 그러하다. 다른 사람이 부러워하는 생활을 하는 것에는 유통기한이 있다. 그리고 그 유통기한은 생각보다 빨리 다가온다. 시간으로 따진다면 사람들과 만나는 시간은 고작 하루에 2~3시간, 그 중 자랑하고 다른 사람이 내 자랑을 귀담아 듣는 시간은 고작 10~20분이다. 내 남은 365일을 이틀을 위해 사는 건 부모를 위한 것도, 나를 위한 것도, 그 누구를 위한 것도 아니다. 당시 잠깐의 시선과 부러움이 탐날지라도 내 생활을 꾸며대지 않고 진짜 나로 존재해야 한다.

　내가 상상하던 것과 전혀 다르게 살고 있다 해도, 설사 실패만 계속할지라도, 오롯이 내가 있는 모습을 추구해야 한다. 무언가가 되기 위해서는 준비 기간이 필요한 법이다. 작은 나비조차도 애벌레가 되고 변태되는 과정을 견디어 냈는데 사람이라면 마늘과 쑥을 먹고 버틸 인내심은 잊어야하지 않겠는가. 그 힘듦 속에서도 나를 잃어버리지 않을 때 우리는 행복할 수 있다. 혹시나 보이는 시간을 위해 살고 있다면 무엇이 정말 멋지게 사는 것인지 되돌아보는 계기가 되었으면 한다.

02

이유일랑은 제게 묻지 마세요

어떤 동기로 살고 있는가.

제대로 된 동기를 가진 사람은 느릴지라도 멈추지 않는다.

타인이 주는 당근과 채찍은 잠깐 반짝하게 할 수는 있어도 오래도록 빛나게 하지는 못한다.

자동차, 기차, 버스, 비행기가 없던 시절 사람들은 말이나 당나귀를 타고 다녔다. 당나귀는 작지만 힘이 센 덕에 빠른 말과 함께 운송 수단으로 자주 이용되었지만 고집이 세고 통제가 어려워서 다루기가 어려웠다. 그래서 사람들은 당나귀가 좋아하는 당근을 앞에 매달아두고 쫓아가게 하고 뒤에서는 채찍을 이용하는 방법을 생각했다. 당나귀는 당근을 먹기 위해 앞으로 갔고, 채찍에 이기지 못해 뛸 수밖에 없었다. 그 후로 당근과 채찍에는 원하는 방향으로 유도하는 달콤한 유혹, 보상과 처벌의 의미를 담게 되었다.

지금 나는 어떤 동기로 살고 있는가

　당근과 채찍이 당나귀를 움직이게 한 것처럼 어떠한 행동을 하게 만드는 것을 동기부여라고 한다. 우리는 자신도 눈치 채지 못하는 사이, 매순간 어떤 동기에 의해 행동한다. 그것이 다른 사람에 의해서일 수도 있고, 나 스스로하게 될 수도 있다. 예를 들면, 단순한 청소 행위 안에도 물건을 찾기 위해서라든지, 여자친구를 초대하기 위해서, 혹은 부모님의 잔소리에, 기분전환을 위해하기도 한다. 하나의 행동에도 우리는 동기를 가지고 행동한다. 그리고 그 동기 안에는 또 다양한 종류가 존재한다.

　심리학 교수 에드워드 데시(Edward Deci)는 다양한 동기를 크게 내부적 동기(intrinsic motivation)와 외부적 동기(extrinsic motivation)로 나누었다. 내부적 동기는 말 그대로 행동을 하는 나 자신이 즐겁고, 만족을 얻으려 하는 것을 말한다. 외부적 동기는 그 행동을 함으로서 얻어지는 보상이나 불이익, 처벌을 피하려는 것에 가깝다. 앞의 청소 동기에서 기분전환을 위해 스스로 청소하는 것이 내부적 동기에 속한다. 이와는 다르게 여자친구에게 잘 보이기 위해, 부모님의 잔소리를 피하기 위해 청소하는 것은 외부적 동기에 의한 행동이다.

당근과 채찍에는 한계가 있다

재미있는 점은 같은 행동이라도 어떤 동기에 의한 행동이냐에 따라 다른 성과를 낸다는 것이다. 1960년대 말, 데시 교수는 동기에 관한 실험을 했다. 이른바 '소마 퍼즐 실험'으로 대학생을 두 집단으로 나눈후, 소마라는 블록 퍼즐을 풀게 했다. A그룹에는 하나를 완성할 때마다 1달러를 주기로 했고, B 집단에는 아무것도 주지 않았다. 그리고 몇개의 퍼즐 후에 A집단에게 계속 주던 1달러 보상을 멈추었다. 실험 결과, 1달러를 받은 집단이 더 많이 맞췄을 거라는 예상을 깨고 아무것도받지 않는 B집단이 더 높은 성과를 냈다. 몰입도와 즐기는 시간은 물론, 창의성과 문제 해결력에서도 1달러를 받은 집단보다 더 높은 점수를 받았다. 보상을 받은 A집단은 실험 초기에는 1달러를 위해 열심히퍼즐을 했지만, 보상에 대한 가치가 없어지자 금세 시들해졌다. 1달러를 주지 않았을 때는 퍼즐에 집중하는 시간도 확연히 줄고, 재미를 느끼지 못했다. A집단은 퍼즐 자체의 즐거움을 느끼기도 전에 1달러라는보상 동기가 생겨버린 것이다. 작은 액수의 보상이었음에도 주어지던보상이 없어지자 더 이상 퍼즐 맞추기를 할 필요를 느끼지 못했다.

외부적 동기와 내부적 동기의 차이점은 바로 이것이다. 외부적인동기에 의해 행동하는 사람은 밖에서 오는 보상이나 혜택이 없어지면더 이상 행동을 지속하지 않는다. 반면에 내부적 동기가 있는 사람은 외부의 결과에 적게 흔들리고, 혹 결과가 좋지 않더라도 행동을 계속한다. 자신의 분야에서 뛰어난 실력을 보이는 사람들이 매번 자신이 좋아하고, 즐길 수 있는 일을 찾으라고 하는 이유도 비슷한 맥락이다. 이들은 순도 11N(일레븐나인, 9가 11개)의 순정을 가졌다. 타인의 걱정과 염려를 "좋으니까, 재밌잖아"라고 웃으며 입을 막아버리는 그런 순정 말이다.

일의 동기가 자신 안에 있지 않고, 금전적인 보상이나 타인에게 잘 보이고 싶은 다른 목적에 있다면, 폭발적인 성장은 불가능하다. 물론 어느 정도까지의 성장은 가능하다. 단, 다른 사람이 만족하는 선에 그친다. 외부적 동기가 충분히 채워지고 나면 더 이상 흥미를 느끼지 못하고 일하는 시간 자체가 지옥처럼 느껴질 수 있다. 어떤 일이든지 하다보면 힘들고 포기하고 싶을 때가 있는데, 이 때 다른 일에서 외부적 동기가 충족된다면 언제든 지금의 일을 그만둬버릴 수 있다는 거다. 반면에 정말 내가 좋아서, 즐겨서 하는 일은 흔들리는 나를 잡아주는 중심축이 된다. 또한 스스로가 만족할 때까지 하기 때문에 결과물 수준도 더 뛰어나다.

나는 어떤 동기로 살아야 하는가

미국 메이저리그 오클랜드 어슬레틱스 단장 빌리 빈은 장래가 밝은 선수였다. 그는 1980년 고교 졸업 후 드래프트 1순위로 뉴욕 메츠에 입단했다. 입단 당시 빈이 입단을 결정하는데 가장 큰 영향을 미친 것은 금전적인 부분이었다. 그러나 그의 금전적인 동기는 오래가지 못했고, 큰 활약 없이 팀을 떠돌다 1989년 9년 만에 야구선수 생활을 그만둔다. 은퇴 후, 지도자로서 활동한 그는 선수 때와는 달리 훌륭한 역할을 했다. 머니볼 이론으로 가난한 만년 꼴찌 오클랜드를 상위권으로 올린 것이다. 빌리 빈의 능력을 눈여겨본 명문 구단 보스턴 레드삭스는 2002년 야구 사상 최고의 연봉과 인센티브, 전용기를 제시하며 스카우트를 제안했다.

하지만 그는 단번에 제안을 거절하며 말했다. "내 인생에서 단 한 번 돈 때문에 결정을 내린 적이 있소. 그 후 나 자신한테 다시는 그런 일을 하지 않겠다고 맹세했소." 빌리 빈은 돈 때문에 한 선택을 후회하고 있었고, 다시는 같은 실수를 하고 싶지 않았다. 그 때는 이미 선수 시절 제대로 된 동기 없이 한 행동이 얼마나 어리석은지를 깨달은 후였다. 엄청난 제안을 거절했음에도 빈은 계속 승승장구했고, 전설적인 야구인이 되었다. 후에 그의 이야기는 머니볼이라는 영화로 브래드피트가 빌리빈 역할을 맡아 제작되었다. 우리는 그의 야구생활을 통해 부와 명예 외에도 중요한 동기가 필요하다는 것을 알 수 있다. 타인이 주는 당근과 채찍은 우리를 잠깐 반짝이게 할 수는 있지만 오래도록 빛나게 하지는 못한다.

하지만 슬프게도 우리는 이미 외부적인 동기를 교육받아 왔는지도 모르겠다. 부와 명예가 목적이 되어 버린지 오래고, 타인의 시선이 행동기준이 되었다. 이렇게 진정한 동기가 사라져버린 것이다. 왜 공부하냐는 질문에 학생들은 '모른다' 거나, '좋은 대학에 가기 위해서' 라고 답 한다. 그렇게 열심히 공부해서 시험을 잘 친 다음, 좋은 대학에 가고, 취업을 잘 했는가? 그리고 그 다음은 무엇인가? 풀리지 않는 문제는 같은 방법으로 계속 푼다고 해결되지는 않는다. 핵심은 어떤 동기인가이다. 내가 어떤 동기로 살고 있느냐, 어떤 동기를 가지고 배우고 있느냐이다. 항상 예상보다 낮은 결과가 나오는 사람은 자신의 노력 부족에서만 문제를 찾았을 것이다. 그러나 노력만으로는 올라갈 수 있는 높이에 한계가 있다.

이러한 문제를 깨닫고 교육이 점차 좋은 방향으로 개선되고 있는 사례도 많다. 모 초등학교에는 담임 선생님이 일찍이 상과 벌의 한계를 알고 스스로 동기부여하여 행동하도록 당근과 채찍을 없애버린 학급이 있다. 선생님은 아이들 스스로가 자신의 잘못된 행동을 깨닫고, 잘한 행동을 칭찬하기를 원했다. 물론 상과 벌을 줌으로서 아이들을 관리한다면 자율적일 때보다 선생님은 훨씬 편하다. 그러나 아이들은 잘못된 행동이라서 하지 말아야 하기 보다는 반성문을 쓰지 않기 위해, 벌 청소를 하지 않기 위해, 벌점을 받지 않기 위해 금지된 행동을 하지 않는다. 그리고 칭찬스티커를 받기 위해, 사탕을 받기 위해, 쿠폰을 받기 위해 착한 행동을 한다. 이는 시간이 갈수록 아이들에게 벌과 상에 대한 내성을 키우게 하는 일이다. 때문에 점차 강도를 높여주지 않으면 앞선 처벌의 위협감을, 이전 보상에 달콤함을 느끼지 못할 수 있다. 이로서 점점 더 강도를 높여야 하거나 혹은 규제 없이는 통제가 어려운 상황이 될지도 모른다. 선생님은 이러한 악순환을 막기 위해 힘들지만 아이들이 스스로 동기를 부여하고 행동하는 법에 익숙해지게끔 교육하고 있다.

동기를 제대로 잡은 사람은 느릴지라도 멈추지 않는다. 그리고 성장을 시작하면 놀랄 만큼 역량이 배가 된다. 시간이 지나면서 그 격차는 더 벌어진다. 동기는 일정 수준이 넘어서면서부터 가속도를 내기 때문이다. 우리는 20년 이상 이유도 모른 채 공부해왔다. 무서운 일은 적게는 40년, 많게는 그 이상을 보낼 노동 시간 역시도 이유 없이 일하고 있을지도 모른다는 점이다. 지금부터라도 공부하는 이유, 일하는 이유를 짚어 보자. 행동이 결과를 바꾸고 동기가 행동의 속력을 더한다. 나는 이유 있는 반항, 외침을 격하게 환영한다.

한 번도 묻지 않은 질문

오늘만 대충 수습하자.
가끔 우리는 스스로 한계를 두고 있다는 것조차 모를 때가 많다.
나를 더 나은 곳으로 이끄는 건 그 누구도 아닌 바로 나이다.

　　　　　　　　　우리는 친구가 조금만 표정이 좋지 않아
도, 말투가 바뀌어도 무슨 일이 있는지 혹시 내가 무슨 실수를 한 건
아닌지 최근 기억을 되짚어본다. 하지만 정작 내가 불안하고 두려움에
사로잡힐 때는 전혀 눈치 채지 못하고, 폭발하고 나서야 알아챌 만큼
나에게 무디다. 타인의 소리에는 예민하게 반응하면서 내 안에서 소리
치는 이야기는 전혀 듣지 못하는 것이다. 우리가 이렇게까지 둔해진
데에는 진지한 자기 탐색 시간이 부족해서이다.

　줄 곳 한국에서는 유독 '진로 탐색'에 대한 태도에 크게 긍정적인
편이 아니었다. 심지어는 현실적인 시간을 뺏는 비효율적인 시간으로
보면서 앞서나갈 수 있는 기회를 허비하는 거라고 여긴다. 그러다보니
자신에 대해 알아볼 중·고등학교 시기에는 대입에 밀리고, 사회 속에

서 어떠한 사람이 될 것인가 고민해야할 대학교 시기에는 취업에 뒤쳐진다. 진로 탐색보다는 학력 탐색이 더 급한 일이 되어버렸다. 자기 탐색은 오래 걸릴뿐더러 확실한 미래 진로를 보장하지 못하는 기약 없는 일이라 생각한다. 그럴 바에야 명확한 결과물을 내놓는 스펙에 몰리고 눈에 보이는 일을 하는 게 더 효율적이라고 판단한 것이다.

오늘만 대충 수습하며 살자

15년간 8평의 방에 갇혀서 전에는 무엇을 하고 살았는지, 자신이 누구인지, 왜 이곳에 갇히게 되었는지조차 모르고 살아가야 된다면 어떨까? 아마도 하루하루가 끔찍할 것이다. 영화 '올드보이'의 주인공 오.대.수는 갑자기 누군가에게 붙잡혀 감옥같은 방에서 지내게 된다. 먹을 거라곤 배달되는 군만두뿐이다. 내가 만약 오.대.수가 된다면? 어떤 수를 쓰더라도 이 좁은 방에서 벗어나려고 발버둥 칠 것이다. 그런데 말과는 다르게 우리는 더 무서운 일을 자신에게 하고 있다. 좁은 방에서 나가지 못하게 하는 대신 사고의 감옥을 만들어 생각하고 질문하지 못하게 한다. 과연 우리가 '오늘만 대충 수습하며 살자'는 오.대.수보다더 나은 삶을 살고 있다고 말할 수 있을까?

사고하는 법을 잃은 사람은 로봇과 다를 게 없다. 과학기술의 발달로 이미 로봇도 인공지능을 이용해 스스로 학습하는 딥러닝이 가능해졌다. 심지어 많은 곳에서 로봇은 우리의 일을 대신하고 있다. 이제 인간 대 인간이 아닌 로봇 대 인간이 경쟁해야할 날이 다가온 것이다. 아마 향후 20~30년 뒤 노동시장에서는 로봇과 겨루어야할지도 모른다. 그 때가 되면 우리가 아무리 뛰어나더라도 단순 반복적인 일로는 절대 로봇을 이길 수 없다. 이런 심각한 상황에서 인간이 스스로 자리를 찾는 방법은 매번 새로운 일을 하거나 자신만이 필살기를 만드는 것이다. 특히 사고를 요하는 일에 주력해야 한다. 즉, 우리는 인간이 가진 최대의 강점인 '인간스러움'을 내세우는 수밖에 없다. 스스로에게 질문하고, 생각하고 어떤 사람으로 살고 싶은가 제대로 방향을 잡아야 한다. 자신이 잘 할 수 있는 것을 발견해 실력을 쌓도록 말이다.

답은 내 안에 있다

지금까지 우리는 나에 대해 생각할 시간이 없었기에 스스로 무엇을 원하는지 잘 몰랐다. 당연히 내 의사를 표현하지도 못하고 다른 사람의 눈치를 살피기 바빴다. 나보다 타인의 눈에 그럴듯해 보이는 것이 중요했다. 내 마음 속에 외치는 말들을 계속 듣지 못하고 넘겨버린 것이다. 그러다 보니 자연스레 내 안에 귀 기울이기가 익숙하지 않아졌다. 누군가 대신 이야기해주고 따르는 것이 더 편했다. 잘못 되더라도 어딘가에 책임을 돌릴 곳이 있다는 게 훨씬 덜 괴롭게하기 때문이다.

이제는 두렵고 무섭더라도 내 안의 소리를 들어야 한다. 내가 생각하기를 포기하는 것은 곧 내 자유를 잃는 것과 같다. 나를 더 나은 곳으로 이끄는 건 그 누구도 아닌 바로 나이다.

더 이상 소극적으로 나를 관망하지 말고 직접 나서서 나를 이끌고 가야 한다. 좀처럼 들여다보기를 하지 않던 사람은 먼저 일상생활을 나의 언어로 채우는 일부터 시작하는 게 좋다. 가장 쉬운 방법은 일기를 써보는 것이다. 하루 있었던 일을 되돌아보며, 내가 언제 기쁘고 분노를 느끼는지 쓰다보면 상황마다 자신의 감정을 파악할 수 있다. 동시에 의사 표현에 익숙해지고 내가 느낀 감정을 기억하고 집중하려는 마음이 생긴다. 글로 써보는 것은 생각만 할 때와 달리 명확하게 자신이 알고 모르는 것을 구분짓는다. 두 번째로 나와 내면 사이 매개체를 이용해 자신과의 대화를 돕는 방법으로, 독서 일기를 추천한다. 일기와 독서를 합친 독서 일기는 책 속 등장인물이나 사건에 빗대어 평소 표현하지 못한 솔직한 이야기를 할 수 있게 한다. 이야기 안에 새로운 상황에서 만약의 일에 어떻게 행동할 것인지 대처해보고 생각해보면서 나의 새로운 면을 발견할 수 있다.

가끔 우리는 스스로 한계를 두고 있다는 것조차 모를 때가 많다. 영화 '앙드레와의 저녁식사'에 다음과 같은 유명한 대사가 나온다. "뉴요커들은 죄수이자 교도관이다. 그래서 그들은 이제 자신이 만든 감옥을 벗어날 수가 없을 뿐 아니라 그것이 감옥인지조차 알지 못한다." 감

각이 무뎌지지 않게 나를 지키는 질문, '나는 어떤 사람이고 싶은가'
를 항상 되네어야 할 것이다.

눈에 보이는 것만 믿는 사람들

폼으로 흥한 자, 폼으로 망하리라.
보여주기식 행동은 아무것도 남기지 않고 보여주기로 끝난다.
힘을 뺄 때 비로소 고수가 된다.

'그대, 앞에만 서면 나는 왜 작아지는가.'

사람마다 자신이 작아지는 곳이 있다. 누군가는 사랑하는 사람 앞에서, 부모님 앞에서, 혹은 라이벌 앞에서 작아만 진다. 배경음악으로 김수희 '애모'가 더해지면 완벽한 주눅 장면을 연출하는 셈이다. 대부분은 자신보다 뛰어나다고 느끼는 사람 앞에서 이런 모습을 보인다.

우리는 왜 주눅 드는가

학생이라면, 나보다 더 공부 잘하는 사람에게 왠지 모를 열등감을 느낀다. 직장인이라면, 나보다 승진이 빠르고, 능력이 뛰어난 사람에게 함부로 하지 못한다. 상대가 잘하는 것이 내가 중요시 여기는 분야라면 더 심하게 움츠러든다. 아마도 내가 잘하지 못하는 것을 능숙하게 한다는 상대적 박탈감과 여기서 오는 패배감 때문일 것이다.

그러나 뛰어난 사람 앞에서 주눅이 들기 전에 먼저 점검해야 할 사항이 있다. 나에게 주눅들 자격이 있는가 시작한지 얼마 되지도 않고서 열등감을 느끼지는 않았는지 살펴봐야 한다. 만약 그런 경우라면 대단히 잘못된 패배감에 사로잡혀 있는 것이다. 상대는 나보다 훨씬 오랜 시간동안 공을 들였다. 초보자와 고수의 실력 차이는 당연한 일이다. 터무니없는 차이에 좌절하는 게 오히려 더 바보스러운 행동이다. 좌절도 상대와 나 사이의 격차를 줄일 수 있을 만큼의 시간과 노력을 투자했을 때 허락되는 감정이다. 그 정도의 노력이 없었던 사람이라면 체념할 자격조차도 없다. 오히려 노력한다면 같은 시간에 고수보다 더 많은 성장을 할 수 있는 가능성이 있는 단계에 서있다.

고수는 힘을 뺀다

무엇이든 처음 시작할 때는 한껏 힘이 들어가 있다. 야구 초보자의 폼은 이미 홈런타자이고, 볼링에서도 못하는 사람들의 폼이 제일 좋다. 소위 입으로 하는 사람들이다. 사실 실력자의 자세는 멋지고 있어 보인다기보다는 오히려 자연스럽게 느껴진다. 힘을 뺀 그들의 폼에는 몸과 하나가된 것처럼 부드럽다. 반면에 하수는 힘이 잔뜩 들어간다.

고수로 가려거든 화려한 기술보다는 힘을 빼는 법을 터득할 때 실력이 쌓인다. 젊을수록 포즈에 신경을 많이 쓰는데 이 시기는 멋있게 보이는 모습이 중요하다고 생각하기 때문이다. 당장 다음날 월세, 생활비를 걱정하면서도 외제차 유지비에는 아까워하지 않는 사람, 현실은 시궁창이지만 SNS에서 만큼은 세상 제일 행복한 사람인 듯 꾸미는 사람이 대표적이다. 실력은 없는데 겉멋만 든 사람은 갯벌에서 발장구를 치는 것이나 다름없다. 한 마디로 겉멋에 빠져서 헤어 나오기 힘들다. '젊은 부자의 심플한 성공법칙'을 쓴 마쓰이 히로미치도 겉멋 든 사람 중에 하나였다. 그는 스키선수 시절 이 병이 도져서 기록보다는 멋진 폼에만 신경 썼다. 당시에 이를 본 코치가 따끔하게 충고했는데, 이 말이 그를 정신 차리게 했다. "멋진 폼은 스피드를 1km도 높여주지 않고, 1m도 늘려주지 않는다. 빠르게 달리는 게 진짜 멋진 거야."

언제 어디서든 원리의 목적과 본분을 잊지 않는 것은 원칙이다. 멋있어 보이는 것에만 신경 쓰다가는 나에게 온 기회마저 날려버릴 수가 있다. 양신 양준혁은 주로 폼 위주로 연습하는 선수들에게 결국 폼 때문에 결정적인 득점을 놓치는 어리석은 일을 한다고 경고했다. 즉, 폼으로 흥한 자 폼으로 망하리라. 야구에서 보통 출루할 수 있는 경우는 볼넷, 안타, 홈런 3가지다. 그런데 선수 중 폼이 난다는 이유로 볼넷보다 안타나 홈런만을 고집하는 경우가 있다. 멋진 홈런과 안타는 그럴싸하고 극적인 장면을 연출하여 주목을 받는다. 물론 이런 선수들은 거의 아웃되지만 말이다. 볼넷으로 가뿐히 1루에 출루할 수 있는 기회마저 없애 버리는 거다. 만약 선수가 득점의 목적을 잊지 않았다면, 볼로 날아오는 공에 어이없는 스윙을 날리는 일은 없었을 것이다. 보여주기식 행동은 아무것도 남기지 않고 보여주기로 끝날 때가 많다. 사람들은 생각보다 예리해서 겉모습으로 가리려 해도 숨은 실력을 찾아낸다.

소중한 것은 눈에 보이지 않는다

'가장 중요한 것은 눈에 보이지 않는다.' 어린 왕자에게 여우가 말해준 비밀이다. 어린 왕자 책에는 자신의 그림 1호를 소개하는 그림이 나온다. 멋진 작가를 꿈꿨던 6살의 어린 작가는 어른들에게 그림 1호를 보여주며 너무 무섭지 않냐고 묻는다. 이에 어른들은 황당해하며 모자가 뭐가 무섭냐고 질문한다. 그는 자신의 그림을 모자라고 하는 어른들을 보며 말한다. "어른들은 혼자서 아무것도 이해하지 못한다. 언제나 모든 것에 일일이 설명해 주어야 하니 어린 나에게는 여간 벅찬 일이 아니다. 어른들에게는 언제나 자세히 설명해주어야 한다."

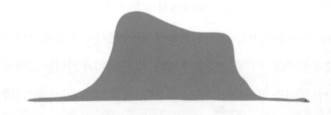

작가는 모자가 아니라 코끼리를 통째로 집어 삼킨 보아뱀을 그렸다. 우리가 밥을 먹으면 배에서 먹은 음식들이 보이지 않는 것처럼 보아뱀 그림도 그런 것이다. 그러나 눈에 보이는 대로 보는 어른들의 눈에는 그냥 모자일 뿐이다. 어른들에게는 보아뱀의 속이 보이든 보이지 않든 하는 문제는 중요치 않다. 이미 그들은 보이지 않는 것을 바라보는 눈을 점점 잃어가고 있다. 도리어 그림을 그린 작가에게 알 수 없는 그림 대신 지리나 역사, 산수와 문법 공부에 신경 쓰라고 충고한다.

나이가 들면서 사람은 직접 눈에 보이지 않는 것을 보기가 어려워진다. 언젠가부터 손에 잡히고 눈에 보이는 것들이 중요해졌기 때문이다. 무엇인지 전혀 알 수 없는 그림보다는 확실한 값이 매겨진 그림을 더 가치 있다고 본다. 어쩌면 보여지는 결과만이 증명할 수 있다고 여기는 사회에 적응하면서 그렇게 되었는지도 모르겠다. 진짜 실력이 있다 해서 자격증이 없다면 증명할 길이 없으니 말이다. 그런데 증명에 너무 집중하다보니 오히려 겉만 화려한 사람이 되어가기도 한다.

영어실력보다는 영어 점수만을, 지식 배움보다는 점수를 위해 벼락치기식 암기를 하고 시험이 끝나면 머리를 리셋한다. 가수들도 가창

력, 음색보다는 시선을 끄는 외모와 퍼포먼스에 집중될 때가 많다. 최근에는 이러한 편견을 반대로 이용하여 만든 프로그램이 인기를 끌고 있다. 가수의 얼굴을 가린 채 인기와 계급장을 떼고 오직 노래로만 평가하도록 한 것이다. '복면가왕'은 기획 당시 가수의 기본 자질인 노래만으로 바라보자는 취지에서 시작했다. 그 결과 시청자들도 점차 외모나 인기에서 벗어나 선입견 없이 가수를 바라보게 되었다. 자신이 좋아하는 가수, 유명세가 더해진 노래를 무조건적으로 따르던 사람들의 기호를 완전히 바꿔버렸다. 덕분에 빛을 보지 못하고 사라져 가던 실력파 가수들이 재조명받고, 특정 이미지로 굳어진 사람들이 무대에 설 수 있는 기회를 얻었다.

복면가왕은 겉모습에 가려져 볼 수 없었던 소중한 것을 보게 했다는 의미에서 꽤나 의미 있는 프로그램이다. 동시에 우리 눈이 얼마나 객관적이지 않고 보이는 그대로 판단하는지를 보여준다. 더 드러내고 보여주려는 요즘 예능 트렌드에 뒤통수를 치면서 진실한 본질 하나에 집중하도록 가린 것이 더 큰 감동을 준 것이다. 우리는 보이지 않는다는 이유로 정말 소중한 것을 알고도 모른척하고 살아왔다. 눈에 보이지 않는다고 해서 의미도 없는 것이 아님을 모두가 알고 있는데도 말이다. 어린 왕자 속 여우의 말처럼 우리의 사랑이, 마음이 그러하듯이 가장 소중한 것일수록 눈에 보이지 않는다. 정말 멋진 사람이란 눈에 보이지 않는 것일지라도 소중함을 지킬 줄 아는 사람이다. 설사 그것이 가려지거나 숨겨져 존재 자체에 의문이 생길지라도, 의심 없이 믿는다.

어정쩡한 효자가 불효한다

진정한 효도는 부모를 위해 희생하는 삶이 아니라,
자신의 인생을 살아내는 것이다. 자녀가 행복하게 사는 것만큼
부모에게 기쁨을 주는 건 이 세상에 없다.

사춘기 ː [명사] 육체적 · 정신적으로 성
인이 되는 시기. 성호르몬의 분비가 증가하여 이차 성장이 나타나며, 생
식 기능이 완성되기 시작하는 시기로 이성에 관심을 가지게 되고 춘정을
느끼게 된다. 청년 초기로 보통 15~20세를 이른다.[3]

이십대의 정신적 사춘기

지금까지 사춘기는 10대의 전유물이었다. 질풍노도의 시기로 아무
도 막지 못하는 무서운 악동이 된다. 사춘기 자녀가 있는 집에서 이들

---

3) 국어사전.

은 함부로 건드릴 수 없는 폭탄이다. 청소년의 대표 키워드 '사춘기'. 그러나 대입 준비에 사춘기가 밀리면서 혹은 십대에 사춘기를 제대로 겪지 못한 20, 30대가 늘어나면서 성인이 된 이후에 늦은 사춘기를 겪는 사람이 늘고 있다.

Q. 20대에도 사춘기가 올 수 있나요?

Q. 20살의 사춘기

Q. 아직도 사춘기 같은데 어쩌죠?

Q. 20대 중반인데 요즘 들어 사춘기 때보다 더 심하게 정체성에 혼란이 옵니다.

Q. 사춘기의 정확한 증상이 뭔가요? 20대 초반인 저에게 사람들이 사춘기라고 합니다.

인터넷에는 뒤늦게 사춘기를 겪고 있다는 사람들의 고민이 많이 올라온다. 젊은 친구들 사이에서도 십대 못지않은 혼란과 방황으로 힘들어하는 사람이 많은 것이다. 십대에는 성인이 되고, 대학생이 되면 지금과는 다른 삶이 있을 거라고 상상했다. 지금보다 훨씬 자유롭게 하고 싶은 것도 마음대로 할 수 있을 것 같은 기대감에 차있었다. 그런데 막상 성인이 되고 보니 마음대로 할 수 있는 것도 별로 없고, 내가 뭘 원하는지도 모르겠다는 혼란이 온 것이다.

대학 생활은 낭만 대신 학점, 외국어, 대외활동이다 해서 중고등학교 때만큼이나 눈코 뜰 새 없이 바쁘다. 학창 시절의 대입 목표가 취업의 목표로 바뀌었다고나 할까. 남들은 다 잘 만하는 연애는 나만 못하는 것 같고, 전공도 맞지 않아 적응하기가 힘들다. 그렇게 30대가 되면 나아지겠지 하면서 참아내지만 막상 또 30대가 되면 아직도 계약직 신세를 면치 못하는 스스로에게 화가 난다. 여차저차 시간은 흐르고 어느새 결혼 준비를 할 새도 없이 적령기를 훌쩍 넘기기 일쑤다. 30대에는 안정적인 생활로 자리 잡을 거라는 생각도 부질없는 것인가 보다. 20대는 20대 나름대로 불안하고, 30대는 나이를 더 먹었지만 달라진 것 없는 생활에 더욱 초조하다.

우리의 2030은 생각보다 훨씬 찌질하고, 불안정하다. 성인이 되었지만 십대에 가지던 불안과 혼란이 그대로 이어진다. 최근 들어는 20대, 30대 사이에서 우울증, 대인기피증을 앓고 있는 사람이 급격히 늘었다. 이들 중에는 직장이나 학교를 다니지 않고 아예 구직하고자 하는 의지마저도 잃고 니트족이 되거나 자존감이 낮아지면서 점차 자신을 드러내지 않고 타인과의 생활에 적응하지 못해 집 안에만 있는 히키코모리 청년이 되기도 한다. 현재 청년들은 성인이 되면서 스스로 독립을 준비해야 하는 시기지만 십대시절 부모님의 보호를 받던 시기와 크게 다르지 않다는 것에서 심한 스트레스를 받는다. 경제적, 정신적으로 전혀 독립이 불가능한 상태에 죄책감만 더해지기 때문이다.

흔들리는 자녀세대, 지쳐버린 부모세대

사춘기가 늦어지면서, 가정에서는 자녀의 사춘기와 부모의 갱년기가 겹치는 현상이 나타난다. 예전에는 대학교를 졸업하고 대부분이 일자리를 얻고 독립을 했다. 부모님은 자녀가 떠나고 돌보던 부모의 역할을 잃어버렸다는 상실감과 함께 허전한 집에서 빈둥지증후군을 겪었다. 그러나 지금은 대학교를 졸업하고도, 삼십 대가 되어서도 제대로 독립하는 사람이 극히 드물다. 그러다보니 자연스레 갱년기가 찾아오는 50, 60대의 부모님과 늦은 사춘기를 겪는 20, 30대 자녀가 함께 생활하게 된다. 어떤 TV 프로그램에서는 실제로 '사춘기가 무섭다 vs 갱년기가 무섭다'를 주제로 부모와 자녀가 함께 토론을 하기도 했다.

20대, 30대가 자신의 정체성에 대해 고민하고 힘들어 한다면, 우리 부모님 세대는 제 2의 인생 앞에서 고통스러워하고 있다. 정년이 보장되어 별다른 걱정 없이 노후를 보냈던 예전과는 달리, 퇴직 후에도 생계를 위해 일을 해야 하는 현실이다. 마땅한 일자리는 점차 줄어들고, 아직 독립하지 못한 자녀들을 돌보는 것에 벅차 노후 준비는 꿈도 꾸지 못한다. 지금껏 자신의 위치에서 열심히 살아온 일들을 정리한 상실감을 미처 추스르기도 전에 책임감이라는 이름으로 또 다른 벽에 내몰린다. 가장으로서 든든한 울타리가 되어주지 못하는 미안함, 은퇴를 앞두고 독립하지 못한 자녀를 보살펴야하는 막막함, 준비 없이 남은

생을 보내야하는 갑갑함. 달라진 사회구조에 부모와 자녀는 지쳐가고 있다. 더 이상 예전 삶의 방식으로는 해결하기 힘든 일이 많아졌다. 사회구조는 달라지고 있으며 우리 삶에도 변화가 필요한 시점이다. 과도기에서는 부모와 자녀 서로 간의 이해와 배려가 뒷받침되어야 한다.

먼저, 자녀는 자신의 혼란과 불안만큼 부모님의 흔들리는 마음을 알아야 한다. 중년이 되면 몸도 예전과는 달라지고 정신적으로도 휘청거리는 때가 온다. 언제고 든든하게 지켜줄 힘센 영웅일 수 없다. 슈퍼맨도 나이를 먹는다. 어른이 된다는 건 부모님의 처진 어깨와 작아진 뒷모습이 보일 때라고 하지 않았던가. 부모님에게도 충분히 자신의 삶을 돌아보고, 앞으로의 삶을 그려볼 시간이 필요하다는 걸 명심하자.

두 번째, 독립하지 못한 성인 대부분이 제대로 자리 잡지 못하고 부모님 밑에 얹혀산다는 죄책감에 '얼른 성공에서 효도해야지' 라고 마음먹는다. 하지만 그 효도가 어떤 것인가? 말로만 효도를 핑계로 이십 대의 과업을 미루고 있지는 않는가? 이십 대는 무엇보다 자신에 대해 치열하게 고민하고, 방황해보아야 한다. 때로는 그것이 반항이 될지라도 자신의 목소리를 내고, 이것저것 다양하게 시도해보아도 된다. 예전에 한 강의에서 진짜 효도하는 것은 반항하는 거라는 말을 들은 적이 있다. 처음에는 무슨 이상한 논리인가 했는데 그 말뜻을 알고 보니 반항도 효도가 된다는 생각이 들었다. 강연자의 뜻은 부모의 말을 듣지 않고 자기가 하고 싶은 대로 하는 자녀는 살아있을 때는 제 맘대로 안 되는 것처럼 보여도, 눈 감을 때가 되서는 '저 놈은 뭘 해도 혼자 할 수 있는 놈이야'라며 편히 눈 감을 수 있다는 논리였다. 듣고 보니 일리가 있지 않은가? 요즘 엄친아들이 뒤늦게 사고를 치면서 뒤친아라는 신조어가 생긴 걸 보면 그리 틀린 말은 아닌 것 같다.

뒤친아는 소위 엄마 말 잘 듣고 그대로 살아온 아이들이 나이가 들어서도 스스로 결정하지 못하고 엄마 없이는 아무것도 할 수 없는 사람, 또는 엄마가 원하는 학교, 직업을 이루었지만 뒤늦게 후회를 하고 그만두는 사람이다. 한 마디로 뒤늦게 사춘기로 속 썩이는 자녀를 부르는 신조어다. 흔히 20대 후반에 나타나는 현상으로, 10대 사춘기의 몇 배에 해당하는 파급력으로 부모를 충격에 빠뜨린다. 주변의 경우에도, 착한 모범생으로 자랑거리였던 친구들이 졸업 후에 혹은 직장을 잘 다니다가 갑자기 이상 행동을 보이는 경우가 많다. 심하게는 활력을 잃고 무기력하게 생활하거나 사람들과의 관계를 아예 끊어버리기도 한다.

대체로 이들은 부모와 사회에 순응하면서 자랐고, 자신의 생각과 의견을 내세우는데 익숙하지 않다. 그렇게 정체성의 혼란을 제대로 고민하지 못한 채 정신적 사춘기가 계속 미뤄지면서 뒤늦게 혼란스러움에 빠진 것이다. 늦은 나이에 깊은 수렁에 빠져 방황하고 있는 이들을 보고 있자면 안타까움이 앞선다. 하지만 그 중에서 늦은 사춘기를 겪고 다시금 새로운 인생을 찾아가는 사람도 대단히 많다. 그러므로 어설픈 효도를 한답시고 무조건적으로 부모의 말에 복종하거나 당장의 의견충돌을 피하기 위한 타협을 삼가야 한다.

진정한 효도는 부모를 위한 희생의 삶이 아니라, 자신의 인생을 잘 살아내는 것이다. 부모가 열심히 뒷바라지를 하는 이유도 자신보다 더 행복하게 살길 바라는 마음에서이다. 어설프게 부모를 위한다고 흉내 내는 사람들이 꼭 '아빠·엄마 때문에'라는 말로 뒷목 잡게 만든다. 스스로 후회의 말을 꺼내지 않도록, 부모도 자녀의 입에서 이런 말이 나오지 않게끔 다양한 길을 보여주도록 해야 한다. 심리학 교수 제프리 아넷은 20대 자녀가 앞으로의 일을 결정하지 못하고 마음을 계속 바꾸며 불안정한 모습을 보이는 것이 정상이라는 사실을 부모가 알고 안심해야 한다고 당부했다. 20대 초반보다는 후반이 결정을 내리는데 좀 더 적합한 시기라는 두뇌발달 연구 결과를 더해볼 때 20대에 자기 발견을 위한 시간을 쓰는 것이 그리 터무니없는 이야기는 아니다. 그러므로 자녀 스스로도 주눅 들지 않고 적극적으로 자신의 미래를 탐색할 수 있는 시간을 가지고, 부모도 자녀가 만족하는 삶을 살 수 있도록 방황의 시간을 허락하는 게 장기적으로 좋은 방법이다.

편견을 반대로 이용하여 만든
방송 프로그램이 인기를 끌고 있다.
가수의 얼굴을 가린 채 인기와 계급장을 떼고
오직 노래로만 평가하도록 한 것이다.
겉모습에 가려져 볼 수 없었던
소중한 것을 보게 했다는 의미에서
꽤나 의미 있는 프로그램이다.
동시에 우리 눈이 얼마나 객관적이지 않고
보이는 그대로 판단하는지를 보여준다.
더 드러내고 보여주려는 요즘 예능 트렌드에
뒤통수를 치면서 진실한 본질 하나에 집중하도록 가린 것이
더 큰 감동을 준 것이다.
우리는 보이지 않는다는 이유로
정말 소중한 것을 알고도 모른척하고 살아왔다.
눈에 보이지 않는다고 해서 의미도 없는 것이 아님을
모두가 알고 있는데도 말이다.
어린 왕자 속 여우의 말처럼 우리의 사랑이,
마음이 그러하듯이 가장 소중한 것일수록
눈에 보이지 않는다.

곤경에 처했다면
나에게도 찬스가 온 것이다.
어려움을 이겨낸 주인공이
해피엔딩을 맺는다는
동화 속 이야기는
결국 우리에게서 시작되었다.

Chapter 03

관점이 변하면
새로운 세상이 보인다

클러치를 대하는 자세

심자마자 피는 꽃은 없다

꽃이 피고 열매가 맺히려면 충분한 시간이 필요하다. 대추 하나가
오랜 시간을 견뎌내고 얻어지듯 아름답게 빛나는 인생도 인내 없이는 불가능하다.
청춘은 이제 막 씨앗을 심은 시기다.

대추가 저절로 붉어질 리 없다

저안에 태풍 몇 개

천둥 몇 개

벼락 몇 개

저 안에 번개 몇 개가 들어서서

붉게 익히는 것 일게다

저게 저 혼자서 둥글어질 리 없다

저안에 무서리 내리는 몇 밤

저안에 땡볕 두어 달

저안에 초승달 몇 날이 들어서서

둥글게 만드는 것 일게다

대추야

너는 세상과 통했구나.

-대추 한 알 〈장석주〉

'대추 한 알'은 내가 가장 좋아하는 시 중 하나다. 처음 이 시를 읽고는 대추 한 알에 위로 받았고, 다시 읽고는 대추가 되는 인내의 과정을 한 알에 담은 시인의 눈에 감탄했다. 우리는 보통 사물을 볼 때 만들어지는 과정보다는 그대로 있는 그 자체를 본다. 원래 빨간 대추를 보고 아무런 감흥을 느끼지 못하는 것처럼 말이다. 그러나 시인은 대추가 저절로 붉어질 리가 없다고 생각했고 궁금해졌다. '어떻게 대추가 빨갛게 되었을까?' 그렇다. 대추는 저절로 붉어지지 않는다. 비바람을 맞고 천둥을 이겨내며 뜨거운 태양을 견뎌낸다. 그리고 나서 제 힘으로 빨갛게 물들어 간다.

시인의 눈으로 본 청춘

대추 한 알도 저리 많은 시련과 시간들을 지나오며 열매를 맺는데 하물며 청춘은 어떠하겠는가. 나도 시인의 눈으로 우리 청춘을 바라보았다.

청춘도 저절로 아름다워질 리 없다

그 안에는 실패 몇 개

고민 몇 개

두려움 몇 개

저 안에 아픔 몇 개가 들어가서

아름답게 빛나는 것 일게다.

청춘 저 혼자서 매끈해질 리 없다

저안에 불안해하며 지새는 몇 밤

저안에 따가운 주변 눈초리

저안에 울며 다시 일어서던 몇 날이 들어서서

매끈하게 만드는 것 일게다

청춘아

너는 세상에 드러났구나

우리는 살면서 아주 중요한 사실을 잊어버린다. 꽃이 피고 열매가 맺히려면 충분한 시간이 필요하다. 대추 하나가 오랜 시간을 견뎌내고 얻어지듯 아름답게 빛나는 인생도 노력 없이는 얻어지지 않는다는 사실을 자꾸만 깜빡한다. 씨를 뿌리자마자, 심자마자 꽃이 피기를 바라고 있는 것이다. 아름다운 인생을 피우려면 튼튼한 뿌리를 내릴 수 있는 시간이 있어야 한다.

내가 정말 알아야할 모든 것은 유치원에서 배웠다

대학생 때 모임에 유아교육과 친구가 있었는데 그 친구가 실습 다녀온 이야기를 했던 적이 있다. 어찌나 귀여운 일화였는지 꽃 이야기를 하면 아직도 기억이 난다. 친구는 유치원 수업 시간에 아이들과 같이 동요를 부르며 씨앗심기를 하였다. 삽보다 작은 손으로 땅을 파고 씨앗을 묻었다. 그 위에 물도 주고 잘 자라라고 노래도 불렀다. '씨 씨 씨를 뿌리고 꼭 꼭 물을 주었죠. 하룻 밤, 이틀밤, 쉿 쉿 쉿 뽀드득 뽀드득 뽀드득 싹이 났어요. 싹 싹 싹이 났어요. 또 또 물을 주었죠. 하룻 밤, 이틀 밤, 어 어 어 뽀로롱 뽀로롱 뽀로롱 꽃이 폈어요.' 아이들이 씨앗을 심으면서 너무나도 즐거워했다고 한다.

다음날 한 아이는 유치원에 오자마자 씨앗을 심은 곳으로 뛰어갔다. 그러나 꽃은 없었고 땅 위에는 아무것도 없었다. 아이는 어제 심은 씨앗이 다음 날 예쁜 꽃이 피었을 거라고 상상했던 모양이다. 씨앗을 심고 간 아이는 어젯밤 얼마나 많은 상상을 했을까? 자신이 심은 곳에서 예쁜 꽃이 피거나 잭과 콩나무 책에서처럼 아주 큰 나무가 되었을지도 모른다며 잠을 이루지 못했을 걸 떠올리니 너무 귀여웠다.

그 시절의 어린 나 역시도 씨앗을 심자마자 꽃이 필거라고 믿었다. 하지만 꽃은 쉽게 나오지 않았고 꽤 많은 시간이 지나서 피었다. 그 후 20년이 넘게 지난 지금, 나는 또 그 사실을 잊고 있었다. 인고의 시간 없이 무언가를 맺을 거라 꽃이 필거라 여겼다. 물을 제대로 주지도 않고, 햇볕을 따뜻하게 씌워주지도 않은 채 꽃이 피지 않는다는 사실에 절망했다. 씨만 심어놓고 텅 빈 땅을 보며 스스로 조급해했다.

청춘은 이제 막 씨앗을 심은 시기다. 내가 좋아하는 분야에 방금 씨를 뿌렸다. 무를 빨리 자라게 하려고 무를 뽑아 놓은 농부처럼 씨앗에게 '왜 자라지 않냐'고 나무라서는 안 된다. 또한 '왜 내 꽃은 피지 않는 거지?' 책망하는 것도 자라고 있는 무를 뽑아 망치는 일과 같다. 계절마다 피는 꽃은 다르다. 우리는 지금 충분히 잘하고 있다. 매일 물도 주고 비바람을 맞아가며 튼튼한 뿌리를 내리고 있다. 지금의 실패와 실수, 경험은 곧 거름이 될 것이다. 때로는 태풍에 흔들리고 눈보라에 휘청거리겠지만 우리는 이내 꽃을 피울 것이다. 시련은 꽃을 더 성숙하게 만든다. 세상에서 가장 아름다운 꽃은 비바람을 이겨내고 핀 꽃이다.

인스턴트 성공

성공은 자신을 감당할 수 있는 사람인지 아닌지를 정확하게 가려낸다.
우연히 성공의 기회를 얻었어도 준비가 되어있지 않은 사람이라면 금세 잃고 무너진다.
성공에서만큼은 빠른 것이 꼭 좋은 것만은 아니다.

"나는 30일 내내 맥도날드만 먹고 살
겠다."

종업원이 슈퍼 사이즈를 추천한다면 그걸로 먹기, 메뉴에 있는 모
든 것을 최소 한 번 이상 다 먹어 볼 것. 2004년 미국의 한 남자가 특
이한 계획을 세웠다. 그리고 30일 기준으로 3끼, 30×3=90끼를 진짜
맥도날드만 먹었다.

한 남자의 위대한 도전

30일 후 그는 어떻게 되었을까? 남자는 상상 이상으로 변해있었다.
살이 찐 것은 물론 짧은 시간에 몸이 완전히 망가졌다. 턱 선은 없어져

목이 없다면 어디가 턱인지 구분하기 어려웠고, 몸무게는 11kg이나 늘었다. 게다가 구토와 간질환에 이은 우울증까지 앓게 되었다. 남자는 과연 어떤 생각으로 이 실험을 하게 된 걸까? 이 괴상한 실험을 기획하고 시도한 그의 이름은 모건 스펄록, 직업은 영화감독, 사는 곳은 비만 인구가 많은 미국 버지니아주이다. 주변에서 늘어가는 패스트푸드 섭취와 건강악화를 봐오던 그는 인스턴트 음식의 위험성을 알려야겠다고 결심했다. 그래서 사람들에게 직접 패스트푸드를 먹으면 어떻게 되는지 몸으로 보여주고자 실험을 시작하였다. 그는 직접 한달 간 맥도날드 음식을 먹으면서 일어나는 몸의 변화를 촬영했다. 이후 실험 영상은 영화 '슈퍼 사이즈 미'로 제작되면서 사람들에게 큰 관심을 끄는데 성공했다.

몸은 곧 내가 먹은 음식의 거울이다. 어떤 음식을 먹었는지 몸은 알고 있다. 무엇을 먹느냐에 따라 군살 없는 건강한 몸이 되기도 하고 발가락조차 볼 수 없는 몸이 되기도 한다. 특히 후자의 몸을 만드는 일등공신은 인스턴트식품이다. 주문 후 금방 완성되어서 빠른 시간 안에 먹을 수 있고, 중독성 있는 맛 때문에 많은 사람들이 찾는다. 하지만 빠르게 나오는 간편함만큼이나 우리 몸을 급격하게 망가뜨리는 것도 이들의 임무이다. 지금 이들은 자신의 역할을 아주 톡톡히 잘 해내고 있는 셈이다.

인스턴트 성공(패스트 성공), 몸과 마음 그리고 인생을 해친다

단시간에 우리 몸을 무너뜨리는 것이 인스턴트 '음식'이라면, 우리의 정신과 몸 전부를 망가뜨리는 것은 인스턴트 '성공'이다. 인스턴트 '성공'이란 인스턴트식품처럼 자신이 한 노력이나 시도에 비해 빠르게 원하는 결과를 얻는 것을 뜻하는 말이다. 이는 들인 공보다는 운 또는 우연함이 작용한 결과다. 우리는 과분한 성공을 경계해야 한다. 사람은 한 번 쉽게 얻어지는 것에 익숙해지면 인내하고 노력하려는 의지가 약해진다. 때문에 그 황홀한 경험에 빠져 자신을 과대평가하고 더 성공하지 못하게 막는다.

도박 사기꾼이 인간의 이런 심리를 이용하여 돈을 뺏고 나머지 인생과 희망마저 앗아가는 것이다. 그들은 절대 먼저 돈을 따지 않는다. 오히려 상대에게 돈을 따도록 해준다. 대신에 해볼 만한 게임이라는 생각을 의도적으로 심는다. 쉽게 돈을 딸 수도 있겠다는 마음이 무르익을 때쯤 그에게서 모든 돈을 빼앗아 버린다. 그러나 이미 이길 수도 있었던 게임이라고 생각한 사람은 돈만 있으면 한 방에 다시 잃은 돈을 찾아올 수 있다고 착각한다. 하지만 절대 돈은 다시 돌아오지 않고, 텅 빈 지갑만 남을 뿐이다. 이처럼 인스턴트성공은 요행을 바라는 마음이 생길 여지를 준다. 사람이란 본능적으로 자신이 하는 일마다 잘되길 바라고, 탄탄대로 하길 원하기 때문에 거저 얻어지는 성공의 유혹에 대단히 빠지기 쉽다. 쉽게 얻은 것은 쉽게 사라진다는 것을 명심해야 한다.

성공은 자신을 감당할 수 있는 사람인지 아닌지를 정확하게 가려낸다. 우연히 성공의 기회를 얻었어도 준비가 되어있지 않은 사람이라면 금세 잃고 무너진다. 성공에서 만큼은 빠른 것이 좋다고만은 할 수 없다. 자신이 그릇이 된 후에야 비로소 지켜낼 수 있기 때문이다. 작은 종지 그릇이라면 아무리 큰 성공이라도 조금만 담을 것이고, 넓은 그릇이라면 작은 행복을 담고도 자리가 남을 것이다. 이런 면에서 볼 때 20대의 성공은 딱히 기뻐할 일이 아니다. 아직 20대는 큰 성공을 담을 만큼 그릇이 크지 않다. 열심히 노력한 20대에게 오는 성공은 예외겠지만, 그렇지 않고서 오는 성공은 오히려 독이 될 수가 있다.

모든 병은 잠복기를 가진다

인스턴트성공이 위험한 또 다른 이유는 바로 증세가 드러나지 않는다는 점이다. 바이러스가 우리 몸에 침투하면 바로 병에 걸리는 게 아니라 일정한 시간이 지난 후에 나타난다. 이미 몸에서 증상이 발견되고 통증이 느껴졌을 때는 병이 진행된 후이다. 인스턴트 성공에 감염된 것도 육안으로는 즉시 알아보기가 어렵다. 시간이 지나고 요행을 바라는 마음이 쌓이고 굳어졌을 때 강력한 힘을 발휘한다. 좋은 일에도 상황은 같다. 과수원 사과나무 한 그루에 좋은 거름을 주고, 영양제를 맞히고, 좋은 볕과 충분한 물을 주어도 당장에는 뿌리가 썩은 나무와 큰 차이를 느끼지 못한다. 하지만 잎이 나고 열매가 맺히기 시작하면서 어떤 뿌리를 가진 나무인지 알 수 있다. 튼튼한 뿌리와 비바람을 이겨낸 사과나무만이 빨갛고 탐스런 사과를 맺는다.

자신이 어떤 투자를 하고 있는지 지금은 드러나지 않을 수 있다. 오히려 인스턴트식 투자가들이 더 큰 수익을 내는 것처럼 보이고, 유기농식 투자를 하는 사람이 적자인 것처럼 보이기도 한다. 하지만 시간은 곧 답을 줄 것이고, 둘의 차이를 극명하게 나타낼 것이다. 그러니 주변에 빨리 성공한 친구를 절대 부러워할 필요가 없다. 성공에는 때가 있는 법이다. 그 때가 오지 않으면 아무리 애써도 달아나 버리는 게 성공이다. 지금 어깨에 힘을 주고 다니는 친구가 40대가 되어서는 동창회에서 얼굴을 찾아볼 수 없을지도 모른다. 빠른 성공은 잠시 쾌락을 주지만 결국 인생을 송두리째 흔들어 놓는다.

우리는 근면이라는 지름길을 대단히 우습게 여기고 하루마다 성실히 얻는 것을 답답해한다. 그래서 인스턴트 성공에 빠지고 인스턴트식 투자를 하게 된다. 그러나 하나하나 쌓아가는 것이 곧 가장 빠른 길이다. 빠른 성공에 중독되어 진짜 지름길을 놓쳐서는 안 된다. 그렇다면 현재 인스턴트 성공 바이러스에 걸린 사람은 더 이상 회복이 불가능한가? 그렇지도 않다. 말기암 환자가 100% 치사율을 가지지 않고,

100% 생존률을 확신할 수 없듯이 누구나 감염되더라도 자신의 의지와 노력에 의해 개선할 수 있는 가능성은 있다. 자신의 상태를 제대로 알고 건실한 마음으로 몸과 정신의 건강을 돌보는 사람은 언제나 다시금 회복한다. 무엇보다 손 쓸 수 없을 정도의 마음 상태로 방치되지 않게 정기적인 점검으로 요행을 예방하는 시간을 가져야 할 것이다.

03

비련의 주인공은 해피엔딩

주인공에게는 굴곡이 있다.
별 탈 없이 순탄한 삶은 주인공의 이야기를 전하는 친구 역할에 제격이다.
성장하는 사람은 오르고 내려가기를 반복한다.

2016. 1. 9 토

#고구마 한 박스 #사이다 좀 #응답하라 1988 #정환이 불쌍 #굿바이 첫사랑 #정환이 내남편

사이다는 이제 마시는 것에만 한정된 것이 아니라 보이는 사이다로까지 확장했다. 사람들은 TV 드라마나 영화를 '사이다' 와 '고구마' 로 표현한다. '고구마 한 박스' 라는 말은 고구마만 먹을 때의 목 막힘, 퍽퍽함을 비유한 것으로 매번 당하기만 하는 답답한 상황과 주인공의 착한 콤플렉스를 비유한 것이다. 여기서 사이다는 막힌 속을 통쾌하게 뚫어주는 장면이다.

드라마의 법칙

드라마에는 빠지지 않고 등장하는 장면들이 존재한다. 이른바 드라마 법칙으로 장르를 막론하고 나오는 내용이다. 남자 주인공과 여자 주인공을 방해하는 삼각관계의 인물이 나타나 사랑에 위기를 맞이하는 것, 혹은 믿었던 친구와의 불륜, 사랑했던 사람이 이복 남매였다는 설정이 생겨났다. 심지어는 엄마라 부르며 따르던 사람이 친엄마가 아니라는 것, 갑자기 숨겨진 자녀가 나타나는 내용 모두 드라마에서 한 번쯤 나오는 소재들이다.

그러나 이처럼 다양한 소재에 앞서 드라마, 영화 더 나아가 스토리의 기반이 되는 이야기 법칙은 따로 있다. 그것은 바로 '주인공의 역경 스토리'이다. 사실 드라마는 주인공의 고난을 해결해가는 이야기라고 해도 과언이 아니다. 갈등과 어려움이 바탕이 되지 않는 스토리는 이야기로서 힘을 잃는다. 이 과정을 얼마나 긴장감 있는 사건으로, 속이 후련하게 해결하고 감동을 주느냐가 작가의 재량이자 인기와 비인기 드라마로 나뉘는 요소다. 알랭 드 보통은 이야기의 구성은 주인공의 이름과 배경만 바뀔 뿐 끊임없이 되풀이 된다고 말했다. 결국 인물로 구성된 이야기 구조는 비슷한 전개 과정으로 진행된다는 것이다. 다만 그 속의 내용들을 조금씩 다르게 변형하면서 또 다른 이야기를 만들어 낸다. 모든 스토리는 곧 인간의 일생에서 뻗어나간 것이므로 큰 줄기는 곧 생활 속에서 나온다. 이러한 이유로 사람들은 주인공이 힘들고 어려운 환경에서도 재기하는 이야기에 감정 이입하여 희열을 느낀다. 매회 성장해가는 모습에 자기도 모르게 뿌듯해하며 대리 만족을 얻는다. 특히나 요즘처럼 힘든 시기일수록 시청자는 난관을 극복해가는 드라마 속 사이다 전개 장면에 열광한다. 결국 우리 모두는 마음 속으로 '오래오래 행복하게 살았습니다.' 라는 엔딩을 기다리고 있는 것이다.

행복한 주인공에게는 굴곡이 있다

그렇다면 행복한 주인공이 되기 위해서는 무엇이 필요할까? 나를 구해주는 백마 탄 왕자님 같은 남자 주인공, 시도 때도 없이 나타나 내 일을 방해하는 라이벌이자 못된 마녀 같은 친구, 반대로 어려울 때마다 나에게 도움을 주는 귀인…. 나열하자면 끝도 없이 많지만 아쉽게도 이것들을 앞서는 조건은 '굴곡'이다. 쉽게 말하자면, 잘되다 안 되다하는 일이 계속적으로 번갈아 일어나는 삶이 있어야 한다. 주인공은 별 탈 없이 잘 지내서는 안 된다. 아무런 문제없는 삶은 오히려 옆에서 주인공의 고생을 전하는 친구 역할에 딱 맞는 조건이다.

스스로 주연으로 성공한 사람들도 예외 없이 힘겹고 험난하게 살아왔다. 이들의 삶을 그래프로 그려본다면, 아주 촐싹거리는 모양이 된다. 일반적으로 사람들은 자신의 인생을 그래프로 나타내라고 한다면,

앞의 그림이 어찌됐든 미래 부분에는 오른쪽으로 우상향하는 일직선을 그어놓는다. 나 역시도 어릴 적 미래그래프를 그려간 적이 있었는데, 반 전체가 같은 그림을 그려왔던 기억이 난다. 어린 나이었지만 앞으로 다가올 날은 평탄하게 승승장구하기만을 바라는 마음은 어른과 비슷하지 않았을까?

하지만 성취하는 삶은 우리가 그린 일직선 그림과는 전혀 다른 모양이다. 비유하자면 엘리베이터에 타서 성공이라는 버튼을 누르고 위로 올라가는 것과는 다르게 여러 개의 비탈길을 오르락내리락하는 일이다. 성취하려면 그만큼의 고생이 필연적으로 따라와야 한다. 10cm의 높이를 오리기 위해서도 4cm를 올라갔다가 3cm 내려오고, 다시 6cm 올라갔다가 3cm 내려오고, 또 7cm 올라갔다가 1cm 내려오기를 반복해야 한다. 성장기에 키 크는 것과는 아주 다른 일이다. 아무런 준비 없이 한 번에 10cm를 올라간 사람이 있다면, 그 사람은 아마도 다른 장애물에 곧 20cm를 내려올 사람이다. 굶어서 뺀 사람이 곧바로 2배로 넘는 요요가 오는 것처럼 말이다.

"성공에 이르는 과정은 그냥 사다리를 올라가는 것이 아니라 입체적인 피라미드의 측면을 따라 올라가는 것이다. 그동안에 당신은 수많은 경험을 축적한다. 비록 빨리 정상으로 올라가는 방법은 아닐지 모르지만, 나중에 매우 값지게 활용하게 될 기술과 경험을 차곡차곡 쌓을 수 있다.' -캐럴바츠, 야후 CEO

21세기 최고 흥행 인간 드라마: 스티브 잡스

21세기 가장 사랑받는 인간 드라마로 손꼽히는 '스티브 잡스의 성공신화'에서도 예외 없이 이 법칙은 등장한다. 잡스가 처음 애플을 시작하게 된 것은 그의 집 차고에서였다. 그는 차고에서 데이비드 패커드와 함께 애플 컴퓨터를 만들었다. 그리고 최초 개인용 컴퓨터 애플2를 만들면서 25살의 나이에 백만장자로 큰돈을 벌게 된다. 덕분에 애플도 크게 성장하면서 함께 경영할 사람을 들여 운영했다. 하지만 성능이 좋은 새로운 컴퓨터를 만들고자한 잡스는 너무 비싼 가격으로 컴퓨터를 내놓았다. 당연히 판매는 잘 되지 않았고, 회사에 막대한 손실을 끼쳤다. 이 일로 잡스는 자신이 창업하고 일군 회사에서 쫓겨난다.

청년기를 모두 바친 곳에서 떠밀려난 잡스는 얼마간 방황을 했다. 그러나 다시 초심으로 돌아갔고 모든 것을 내려놓고는 창조적인 일에 더욱 몰두했다. 그 결과, 넥스트와 픽사를 만들어 3D 애니메이션인 토이스토리를 제작하여 히트를 쳤다. 방출이 곧 자신의 실력을 다시금 알리는 기회가 된 셈이다. 그리고 그 때 지금의 아내가 된 로렌 파월을 만난다. 자신의 회사에서 밀려났지만 그 덕에 일에 대한 열정을 다시 확인하고 사랑을 찾은 잡스였다. 애플에서 해고당한 것은 그의 일생으로 보았을 때 오히려 복이 된 일이었다. 잡스 역시도 훗날 스탠퍼드 졸업식에서 자신이 쫓겨난 것은 큰 행운이었다고 말했다. *"확신하건대,*

제가 애플에서 잘리지 않았더라면 이 모든 일들이 일어나지 않았을 겁니다. 애플에서의 퇴출 경험은 정말 쓰디쓴 약이었지만, 환자에게 꼭 필요한 약이었던 것 같습니다. 때때로 인생은 당신의 뒤통수를 세게 치는 법입니다." -스티브 잡스, 2005년 스탠퍼드 대학교 졸업식 축사

내 앞에 억울하고 고비의 일들만 있다면, 나에게도 잡스가 될 수 있는 찬스가 온 것이다. 드라마 주인공의 덕목으로는 '역경' 이라는 것을 기억하고서 인생에서 주연으로 멋지게 이겨내 보자. 회를 거듭할수록 힘차게 나아가는 자신을 발견할 것이다. 시련과 고난을 극복한 주인공만이 행복한 결말을 쓴다. 그리고 어려움을 이겨낸 주인공이 해피엔딩을 맞이한다는 이야기는 동화 속의 이야기만이 아니라 결국 우리에게서 시작된 것임을 잊어선 안 된다. 시청자로서 그대의 드라마틱한 반전을 응원한다. 당신의 해피엔딩을 바라며!

핑크빛 세상을 원한다면

우리는 있는 그대로가 아니라 보고 싶은 대로 본다.
나의 감정 상태에 따라 낙원이 되기도 하고, 지옥이 되기도 한다.
이 말은 곧 세상을 보는 방식을 내가 결정할 수 있다는 뜻이다.

사랑에 빠지면 세상은 온통 핑크빛이
된다. 매일 보던 나무는 더 푸르고, 자주 걷던 거리는 더 아름다워 보
인다. 콩깍지가 씌었다는 말이 이런 말일까? 사랑의 눈으로 보는 세상
은 같은 것도 다르게 보이게 만든다.

나는 천국과 지옥을 만든다

'스무살에 알았더라면 좋았을 것들'을 쓴 티나 실리그만은 몇 년 전
창의적인 글쓰기 수업을 들었다. 담당 교수님께서 강의 중에 그림 하나
를 보여 주고는 지금 막 사랑에 빠진 사람과 전쟁으로 아이를 잃어버린
부모가 되어 글을 쓰도록 했다. 주의점은 절대 글에서 직접적으로 사랑

에 빠졌다거나 전쟁 중이라는 이야기를 해서는 안 된다는 것이다.

그림은 일반적인 도시 사진이었다. 사랑에 빠진 사람이 되어 그림을 보니, 흑백 그림도 초록색, 노란색, 다양한 색이 입혀졌고 하늘도 더 없이 맑게 느껴졌다. 사진 속 거리는 데이트를 앞둔 설렘 가득한 장소로 바뀌었다.

"나는 방금 받은 연분홍빛 장미 꽃다발을 보았다. 꽃향기를 음미하던 중 근처 빵집에서 갓 구운 향긋한 빵 냄새가 나오는 것을 느꼈다. 빵집 입구 옆에 저글링 거리 공연을 하는 남자가 있었다. 화려한 색깔의 옷을 입고 저글링 하는 남자 앞에서 아이들 한 무리가 구경하고 있었고, 아이들은 그가 실수를 할 때마다 깔깔거리며 웃었다. 그녀는 그 모습을 잠깐 구경했다. 어느새 자신도 아이들과 함께 웃고 있었다. 남자는 공연을 끝낸 후 자못 멋진 폼으로 허리를 숙이며 린다에게 인사를 했다. 그녀도 고개를 숙여 답한 다음, 꽃다발에서 장미 한 송이를 뽑아 그에게 건넸다."[5]

반대로 전쟁에서 아이를 잃은 부모가 되자 설레는 거리의 모습을 찾을 수 없었다. 도시 전체가 참담하고 우울해보였다. 좀 전에는 안 보이던 바닥의 갈라진 틈이 눈에 들어오고 떨어진 나뭇잎으로 시선이 향했다. 하늘을 올려다보기 보다는 밑바닥이 부각되어 느껴졌다. "조는

---

5), 6) 스무살에 알았더라면 좋았을 것들, 티나실리그

차가운 안개로부터 자신을 보호하려는 듯 고개를 숙이고 걸었다. 거리에 널려 있는 신문지들이 세찬 바람에 휩쓸려 공중에 아무렇게나 나부끼다가 건물 벽에 부딪치고 또 다시 저쪽으로 날아갔다. 보도블록의 일정한 패턴을 흐트러뜨리는 갈라진 틈을 만날 때마다 이 말이 자꾸 조의 머릿속에 맴돌았다. 앞에 놓인 울퉁불퉁한 길에 집중하려 할수록 어릴 적 친구들이 자신을 놀리던 목소리까지 머릿속에서 윙윙 울렸다."[6]

교수님은 그녀에게 단순한 글쓰기 과제를 내주신 게 아니었다. 같은 것도 어떻게 보느냐에 따라 전혀 다른 그림이 된다는 것을 알려주셨다. 어쩌면 우리가 평소 보는 것들도 있는 그대로가 아니라 내가 보고 싶은 대로 보고 있을 수도 있다. 내 감정 상태에 따라 낙원이 되기도 하고, 지옥이 되기도 한다. 이 말은 곧 세상을 보는 방식을 내가 결정할 수 있다는 뜻이다. 불평 불만하던 상황도 결국은 내가 만들고서는 짜증내기를 반복하는 꼴이라 생각하니 조금은 무섭다. 내가 어떻게 마음먹고 보는가에 따라 완전히 달라지는 게 세상인 것이다. 지금 나는 희극을 쓰고 있을까, 비극을 쓰고 있을까?

류현진에게 변화구란?

메이저리거 류현진이 페이스북에 올린 글이 화제가 된 적이 있다.
'직구보다 변화구에서

왜 더 많은 홈런이 나오는 줄 아세요?

치는 건 더 어렵지만 치기만 한다면

더 많은 회전이 담긴 변화구가

더 힘을 받고 더 멀리 날아가기 때문입니다.

지금 내 앞에 남들보다 힘들고 어려운

변화구가 날아오고 있습니까? 축하드립니다.

당신에게 홈런을 칠 수 있는 멋진 기회가 주어졌군요.'

그에게 변화구는 치기 어려운 공이 아니라 홈런을 칠 수 있는 기회다. 사람은 자신이 예상하지 못한 대로 일이 흘러갈 때 짜증을 낸다. 내가 버티기 힘든 일이 오면 나에게만 이런 일이 왜 생기느냐고 불만을 토로한다. 그러나 류현진은 평소와 다른 일, 그것도 더 어려운 일이 생긴다면 그 때가 바로 변화할 수 있는 시기라고 말한다. 우리는 새롭고 어려운 문제에 많이 도전할수록 다양한 능력과 경험을 얻는다. 설사 모두 성공적으로 해결되지 못했다 할지라도 능력이 향상된다. 그의 눈은 문제를 기회로 인식하고 긍정적으로 해석했다.

창의적인 사람의 비결

항상 새로운 것을 연구하는 사람은 계속해서 시도한다. 실패하다가 다시 일어나기를 반복한다. 매일 스스로에게 도전하는 것이다. 이들은 어떤 눈을 가졌기에 계속해서 다시 일어날 수 있는 힘을 가질까? 창의적인 사람들은 실패가 창의적인 결과를 만드는 과정이라고 생각한다. 때문에 언제나 실패를 만날 준비가 되어 있다. 아무 문제없이 상황이 진행될 때 오히려 더 불안해하기도 한다. 그들에게는 위기가 자연스러운 일부기 때문이다.

신기한 점은 받아들이는 마음에 따라 결과도 달라진다는 사실이다. 성공한 사람들도 대부분 실패를 자연스러운 과정이라고 생각한다. 계속해서 시도한다면, 결국 성공으로 갈 것을 확신한다. 물론 도중에 낭떠러지와 웅덩이를 만난다는 사실도 알고 있기 때문에 흔쾌히 지나간다. 우리도 앞으로 가는 동안 마주치는 장애물을 다른 눈으로 바라본다면, 좀 더 즐겁게 갈 수 있을 것이라 믿는다.

옛날에 핑크색을 엄청 좋아하는 왕 '퍼시'가 있었다. 그가 얼마나 핑크색을 좋아했는지 입는 옷부터 먹은 음식까지 자신이 사용하는 모든 것을 핑크색으로 만들었다. 핑크대왕은 심지어 백성들의 물건도 모두 핑크색으로 만들기 위해 법을 제정했다. 그러나 모든 세상을 핑크색으로 만들기에는 역부족이었다. 동물, 나무, 꽃과 같은 자연은 자신만의 색을 가졌고, 왕은 이마저도 두고 볼 수 없어 군대를 동원하여 염색하도록 했다. 그제서야 핑크대왕은 온 세상이 핑크빛이 된 것에 만족했다. 하지만 하늘을 올려다보고는 다시 절망했다. 제 아무리 왕일지라도 하늘을 핑크색으로 만들 수는 없는 노릇이었다. 한동안 상심해 있던 왕은 마지막으로 스승을 찾아가 방법을 강구하라고 명령했다.

스승은 며칠 밤낮을 고민하던 중 한 가지 묘안을 생각해냈다. 그리고는 왕을 불러 문제를 해결했다고 말했다. 그는 왕에게 준비한 안경을 쓰고 하늘을 보라고 했다. 정말 왕이 본 하늘은 핑크빛이었고 태양, 구름마저도 모두 핑크색이었다. 스승은 직접 물체를 핑크색으로 바꾸는 것은 있을 수 없는 일이라 판단했다. 대신에 왕이 보는 눈만을 핑크색으로 만들면 모든 게 가능하다는 생각에 이르렀다. 그리고는 안경에 핑크빛 렌즈를 끼운 것이다. 하늘을 핑크색으로 변하게 하는 건 불가능하지만 핑크색으로 보이게 할 수는 있었다. 이후 핑크 대왕은 스승이 준 안경을 썼고 백성과 신하 모두 염색을 하지 않고 모두 행복하게 살았다고 한다. 우리도 핑크대왕처럼 살고 있는 이곳을 핑크빛 아름다운 곳으로 볼 수도 있고, 혹은 지긋지긋한 곳으로 만들 수도 있다. 그 선택은 오직 나만이 하는 것이다.

나는 지금 어떤 안경을 쓰고 있는가?

05

실패하기로 결심했다

무언가를 시도하기에 늦었다고 생각하는 오늘이 바로 10년 후에는
모든 것이 가능하다 여기는 날이다. 오늘이 내 인생의 가장 젊은 날이라고 보는 사람과
이미 늦어버린 날이라고 보는 사람의 인생은 다를 수밖에 없다.

지금부터 내가 하는 말을 듣고 그대로
따라해 주길 바란다. 나는 지금 당신의 미래를 보여줄 것이다. 먼저,
두 눈을 감는다. 꽉 감았는가? 좋다. 눈앞에 무엇이 보이는지 말해 보
아라. 혹시 아무것도 보이지 않는 암흑뿐인가? 그래, 그게 바로 당신
의 미래다.

소설가에게 배우는 실패

"미안하지만, 여러분 앞에는 암울한 미래가 기다리고 있을 거예
요." 소설가 김영하는 이 한 마디로 군부대 강연에서 졸고 있는 병사
들을 깨웠다. 그 옆에는 더 당황한 군인이 마이크를 들고 서있었다.

1분 전, 그는 강연자 김영하에게 물었다. '사회에 나가서 성공하고 싶은데, 빽도 돈도 없고 공부도 못하고 아무것도 없는 저는 어떻게 해야 하나요?' 어려운 현실에도 열심히 노력하면 어려운 현실에도 성공할 수 있다는 희망적인 이야기를 기대한 군인에게는 조금도 예상치 못한 답변이었을 것이다. 김영하는 침착하면서도 냉정하게 외면하고픈 현실을 다시금 확인시켜주었다. "잘 안 될 거예요."

그는 꼭 그렇게 말해야만 했을까? 사회에서 아직 제대로 해본 것도 없는 병아리 군인의 희망을 뺏는다고 뭐가 달라질까 의아했다. 그럼에도 한편으론 충격을 주고서라도 전해야 할 메시지가 숨어있을 거라고 믿었다. 작가는 자신이 젊었을 때의 이야기를 꺼내며 그 때와 달리 지금은 어차피 실패할 수밖에 없는 상황이라고 설명했다. 자신은 젊은이들이 어두운 미래에 좌절하게 만들려는 것이 아니라, 오히려 이런 상황이라면 누구나 잘 안 될 수 있다는 사실을 전하고 싶었다고 했다. 우리는 아무것도 하지 않는 이상, 혹은 죽어서 없어지지 않는 이상 실패를 할 수밖에 없는 운명이다. 그런데 환경적으로 실패할 확률도 높아진다면 어떤가? 오히려 내가 실패할 수도 있다는 생각을 받아들이기가 한결 쉬워진다.

뒤이어 자신을 소설가라고 소개하면서 동시에 소설가의 직업을 실패 전문가라고 덧붙였다. 소설이라는 장르가 원래는 실패에 관한 것이기 때문에 평소 생각지 못한 일들이 소설 속에서는 많이 일어난다. 갑작스러운 죽음, 사고와 사건이 계속해서 일어나는 이야기가 소설인 것이다. 인간의 삶은 태어나 죽을 때까지 한 번을 산다. 이 말은 곧, 유한한 삶을 사는 우리가 죽을 때까지 경험해볼 수 있는 것에 한계가 있다는 이야기다. 이에 반해 소설에서는 등장인물을 여러 번 죽일 수 도 있고, 살릴 수도 있다. 덕분에 소설을 읽는 우리는 자신에게 일어나지 않은 일을 미리 겪어보고 예상치 못한 장애물 앞에 설 수 있다. '만약 이런 상황이라면 어땠을까?', '난 어떻게 했을까?' 자신을 직접 그 장면에 대입해서 고민하고 대처해보는 시간을 갖는다. 명작이 비극적인 이야기나 새드 엔딩, 끔찍한 사건을 다루는 이유도 유사하다. 죽음과 파멸로 몰고 가는 일을 한 사람이 여러 번 겪어보고 배우는 것은 불가능하므로 소설을 통해 인간을 이해하도록 한 것이다. 그래서 작가는 소설을 인생의 보험으로 꼭 읽어야 한다고 조언한다. 소설은 실패와 친해지게끔 이어주는 좋은 매개체가 될 것이다.

우리가 아니면 누가 실패하겠는가

김영하가 소설로 인생의 고난에 대해 표현했다면, 도종환은 시로서 이야기하는 사람이다. 그 중 '흔들리며 피는 꽃'은 수험생들의 책상에서 자주 찾아볼 수 있는 단골 문구다.

흔들리지 않고 피는 꽃이 어디 있으랴

이 세상 그 어떤 아름다운 꽃들도

다 흔들리면서 피었나니

흔들리면서 줄기를 곧게 세웠나니

젖지 않고 피는 꽃이 어디 있으랴

이 세상 그 어떤 빛나는 꽃들도

다 젖으며 젖으며 피었나니

바람과 비에 젖으며 꽃잎 따뜻하게 피웠나니

젖지 않고 가는 삶이 어디 있으랴

-흔들리며 피는 꽃 〈도종환〉

살아가는 데는 갈등과 흔들림이 있다고 이 시는 말한다. 구절마다 수많은 선택 앞에서 흔들리고, 젖을 수 있지만 중심을 잃지는 말자는 시인의 굳건함마저 느껴진다. 시인 도종환 또한 젖고, 흔들려야 꽃을 피운다는 것을 깨닫고 이 시를 쓰기까지 어려움이 많았다. 초창기 접시꽃 당신 등의 많은 시는 문단에서 엄청난 혹평을 받았다. 응모하는 족족 떨어졌다. 그가 상을 받기 시작한 것도 50대부터였다고 하니 놀랄 일이 아닌가. 글을 쓰는 사람에게 독자들의 인정받지 못한다는 것은 가장 좌절감을 주는 일이다. 좌절감이 내 안에 쌓일수록 자신의 재능을 의심하게 하고, 점점 글 쓰는 일에 소홀하게 한다. 하지만 그는 포기 하지 않았다. 인정받지 못하더라도 꾸준히 글을 썼다. 흔들릴수록 더 단단히 뿌리내렸다. 나의 메시지가 전해질 날이 언제고 온다고 믿고 또 믿었다. 스스로 씨앗 심기를 멈추지 않는 한, 꽃이 필 날은 언제든 올 테니까. 다만, 그 때가 봄인지, 여름인지, 가을인지, 겨울인지는 누구도 알 수 없다. 때문에 일찍부터 피지 않는 꽃을 보며 겁먹지 않아도 된다. 도종환이 끝까지 시를 쓴 것처럼 자신이 선택한 길이 있다면, 밀고나가는 패기도 있어야 한다. "그래도 도전해야 합니다. 20대가 아니면 언제 도전해보겠습니까?" 우리는 도전해야 한다. 20대의 청년도, 인생의 20대도 배짱을 내밀어야 한다.

가장 젊은 오늘, 도전을 결심하다

생물학적 나이는 말 그래도 태어난 년도를 기준으로 우리가 살아온 시간을 말한다. 내가 45세라면, 태어난 지 45년이 되었다는 뜻이다. 하지만 이와는 다르게 '인생의 20대' 라는 말은 나이와 상관없이 항상 시도하고, 실패에도 도전하면서 인생을 젊게 산다는 의미이다. 반대로 '인생의 70대, 80대…' 점점 높아질수록 삶에 대한 의지와 도전의식이 낮은 것이다. 요즘엔 젊은이들보다 중년들의 제 2인생에 대한 의지가 강해지면서 인생을 젊게 산다는 말에 있어서 생물학적 나이는 크게 중요하지 않게 되었다. 스물 두 살이어도 스무 살의 대학생을 보며 늦었다고 하는 사람, 서른셋에도 아직 젊기에 할 수 있다는 사람이 있다면, 누가 더 젊은 인생을 살고 있을까. 나는 후자라고 본다.

사람은 도전할 때, 특히 결과를 장담할 수 없는 일을 할 때 나이에 굉장히 민감해진다. 괜히 나이를 핑계로 '내가 할 수 있을까?, 너무 늦은 건 아닐까? 지금 시작해서 가능할까?' 하지 못할 이유를 미리 만들어둔다. 한국공익광고협회에서 사람들에게 이렇게 질문했다. "오늘 뭐 할 거예요?" 36세의 이해진씨는 "오늘이요?"라고 반문했고, 54세 홍소희씨는 "뭐.. 맨날 뭐..."라며 말끝을 흐렸다. 33세 김효섭씨는 "뭐 별거 없어요.", 44세 김기령씨는 "똑같아요."라고 대답했다. 사람들은 매일 하던 대로 별 차이가 없을 거라는 대답이 대부분이었고, 오히려 질문이 이상하다는 표정을 지었다. 두 번째로, 질문을 조금 바꾸어 다시 물었다. "2005년, 10년 전으로 돌아간다면, 오늘 뭐 하실 거예요?" 생각도 하지 않고 말하던 이전의 질문과는 달리, 사람들은 새삼 진지했고 활기가 느껴졌다. 답변도 사람마다 매우 다양했다. 53세 장소영씨는 10년 전 오늘이라면 커피숍을 차려보고 싶다고 말했고, 50세 신철수씨는 새로운 도전을 해보고 싶다고 했다. 38세 고은미씨는 "소설 같은 거 한 번 써보고 싶어요." 라며 답했다. 45세 임승택씨는 "창업해야죠, 창업.", 32세 김도준씨는 "십 년 전 오늘로 되돌아간다면 친구들과 어플리케이션을 만들어 대박 한 번 내보고 싶다"고 했다.

질문은 같았지만 2015년 5월 2일의 오늘과 2005년 5월 2일의 오늘은 달랐다. 48세든, 37세든, 70세든 모두에게 10년 전의 시간은 무엇이든 할 수 있을 것 같은 에너지를 준다. 지금의 나와 비교했을 때, 십년 전의 나는 뭐든 해볼 수 있는 사람이었다. 광고는 사람들에게 끝으로 10년 후에 오늘은 또 어떤 의미일까 하는 말로 허를 찌른다. 즉, 우리가 무언가를 시도하기에 늦어버렸다고 생각하는 오늘이 바로 10년 후에는 모든 것이 가능하다고 여기는 날인 것이다. 협회는 광고를 통해 오늘이 절대 늦지 않았다는 것을 사람들에게 알리고 싶었다. 바로 지금 오늘이 우리 생에 가장 젊은 날이라는 것을.

인생을 젊게 사는 것이 좋은 이유 중 하나는 온 세상을 자기 것처럼 생각할 수 있기 때문이라는 말이 있다. 중요한 것은 인생을 대하는 나의 젊은 태도이다. 오늘이 내 인생의 가장 젊은 날이라고 생각하는 사람과 오늘은 이미 늦어버린 날이라고 생각하는 사람의 인생은 아주 달라질 수밖에 없다. 무엇을 기준에 두느냐에 따라, 계속 늙어가고 있다고 생각할 수도 있고 매일 하루가 젊은 때라며 살아갈 수도 있다. 어차피 시간은 계속 흐르고 지나는 시간을 붙잡을 수 없다면, 지금 이 순간이 내 인생에서 가장 젊은 시간이라고 생각하는 것이 좋다.

실제로 죽기 전에 가장 후회하는 일들을 조사한 결과, 대부분이 실패에 대한 두려움으로 도전해보지 못한 일이었다. '진짜 내가 원하는 것을 하며 살아볼 걸, 좀 더 도전해볼 걸.' 하는 아쉬움을 감추지 못한다. 사람은 항상 시작하기 적절한 때인가를 고민하지만, 지나고 나면 그 때는 시작하기 가장 좋은 때였다. 오히려 그 때 시작했더라면 어떻게 되었을까하는 회한이 남을 뿐이다. 나이 들수록 두려움 때문에 포기했던 것에 더욱 미련이 생긴다. 이제 늦었다는 핑계 대신 나의 젊음을 등에 업고 도전해보자. 실패해도 괜찮다. 차라리 기꺼이 실패하기로 결심하자. 나는 젊으니까, 우린 젊으니까.

06

실패를 공유하자

무엇을 기억하고, 무엇을 잊어야 하는가.
뛰지 못하게 발목을 붙잡는 패배감은 잊어버리되, 그 때의 배움은 새겨야할 것이다.

작년 여름 하루키를 찾아 떠나는 여행을 다녀왔다. 하루키가 고베로 도보 여행한 것을 따라서 그가 태어나 자란 곳까지 둘러보는 여정이었다. 하루키는 교토에서 태어났지만 그 후 바로 아시야시로 이사하여 어린 시절 대부분을 한신칸에서 보냈다. 대학에 가면서는 도쿄에서 생활했고, 고향에 살던 부모님마저 이사를 가버려서 성인이 되고는 고향에 가볼 일이 없게 되었다. 그러던 중 1995년 한신 대지진이 일어났다. 그는 지진이 자신의 고향을 어떻게 만들었는지 직접 눈으로 확인하기 위해 고향으로 도보 여행을 떠났다.

'2년 전, 한신 대지진이 내가 자라난 도시에 어떤 영향을 미쳤는지 알고 싶었다. 지진이 일어나고 나서 나는 고베의 거리를 여러 차례 방문하면서, 지진이 남긴 그 깊은 상처의 흔적에 충격을 받았다. 그러나 그로부터 2년이 지난 후 가까스로 안정을 되찾은 듯한 거리가 실제로 어떤 변모를 이루어 냈는지, 그리고 그 거대한 폭력이 거리에서 무엇을 빼앗아 가고 무엇을 남겼는지를 내 눈으로 똑똑히 보고 싶었던 것이다. 그것은 어쩌면 나 자신의 현재 모습과도 적지 않게 관련되어 있을 것이기 때문이었다.' -하루키의 여행법

지진을 보존한 공원

한신 대지진은 1995년 1월 17일에 일어난 강도 7.3의 지진이었다. 일본 지진관측 사상 최대 규모의 지진으로 사상자 6,300명, 부상자 2만 6804명, 1,400억 달러의 피해를 일으켰다. 그 파괴력은 세계를 놀라게 한 아이티 대지진과 비슷했다. 20년이 지난 2015년, 내가 고베를 방문했을 때는 이미 한신 대지진의 모습을 어디서도 찾아 볼 수 없을 만큼 말끔히 복구가 되어있었다. 메모리얼 파크만을 제외하고.

고베항에 위치한 메모리얼 파크는 한신 대지진의 모습을 그대로 간직하고 있는 유일한 곳이다. 휘어진 가로등과 콘크리트가 갈려져 부서진 모습은 직접 한신 대지진을 겪지 않은 나조차도 그 때의 일이 얼마나 참혹했는지 생생하게 느끼게 했다. 고베 지역은 한신 대지진의 피해를 특히나 많이 입은 곳이다. 고베시에서는 아픈 사건을 기억하기 위해, 더 이상 같은 피해가 생기지 않도록 일부를 복구하지 않고 메모

리얼 파크를 만들어 보존하고 있다.

끔찍했던 1995년을 떠올리게 하는 것과는 달리 파크 한 쪽에는 고베포트타워가 세워져 있다. 밤에는 멋진 야경을 선보여 사람들이 구경하러 찾아온다. 나도 전날 밤 멀리서 반짝이던 고베타워의 야경에 이끌려 이곳까지 오게 되었다. 어제는 어두운 저녁이라 한신 대지진의 피해가 보존된 곳을 보지 못하고 돌아가서인지 오늘의 분위기와는 완전 달랐다. 메모리얼 파크는 대지진의 흔적조차 찾아볼 수 없는 여유로운 분위기와 참사를 그대로 느끼게 하는 숙연함을 동시에 느낄 수 있는 기묘한 곳이다. 우리가 무엇을 기억하고, 잊어서는 안 되는지 많은 것을 생각하게 만들었다.

여행을 하면서 일본인의 보존 · 기록 문화에 대단히 놀랐다. 하루키가 다녔던 도서관에서도 그가 공부한 자리, 자료를 그대로 두었다. 마을 한 부분에는 철조망 덩어리로 보이는 원숭이 우리도 이미 원숭이가 없어진지 오래되었지만 작품 속 배경지로 소중하게 관리하고 있었다. 이들은 작은 것 하나도 기록해두고, 보관해두는 것이 몸에 베인 듯 익숙해보였다. 일본이 실패학을 창시하게 된 것도 이러한 기록 문화에서 발전된 것이 아닐까하는 생각이 든다. 메모리얼 파크 역시 그 때의 슬픔은 시간이 지나 약해지더라도 기억만은 잊지 말자는 의미에서 그대로 보존해 둔 것 같다. 자신의 참혹했던 과거를 없애지 않고 오히려 기억하기 위해 보존해놓았다는 점에서 실패학을 직접 실천하고 있는 것이다. 실패를 숨기기보다는 분석하여 다시금 생길 수 있는 일들을 미리 예방하고, 그 과정에서 새로운 방법이 생길 수 있다는 게 실패학의 목적이다. 창시자인 히타무라 요타로 교수도 실패는 감출수록 커지고 악화되지만 드러내기 시작하면 성공과 창조를 가져온다고 했다. 힘들고 아팠던 기억을 다시 떠올리는 것조차 싫어 회피해버린 내 자신이 부끄러워지는 순간이었다.

행복한 기억은 머리에, 비참한 기억은 가슴에 묻자

생각해보면 국가나 개인이나 자신의 찬란했던 과거를 내보이는 일에는 가장 먼저 앞장선다. 말만 들으면 왕년에 이름 한 번 안 날려본 사람이 없을 정도다. 그러나 그 반대의 경우는 극히 찾아보기 드물다. 국가 또한 자국의 뛰어난 업적을 알리는데 치중하며 뼈아픈 역사를 잊어버리는 경우가 많다. 그러나 찬란했던 시절만큼 비참했던 때를 마음에 새겨야 한다.

서양원 교수도 자신의 칼럼에서 비슷한 일화를 소개했다. 그는 1994년 해군 사관생도와 스페인에 갔다. 당시 그들이 간 곳은 카디즈항으로 해양강국이던 스페인이 식민지로부터 받은 보물을 모아놓은 곳이었다. 해상 자존심을 상징하는 카디즈항 청사 집무실에는 아주 큰 벽화 하나가 걸려 있었는데 그것이 아주 놀라웠다. 그 벽화는 스페인

국기를 단 범선 그림으로 돛대는 부러지고 갑판 위에는 많은 군인이 쓰러져 있었다. 해상강국의 중심이던 곳에 걸려 있기에는 전혀 어울리지 않은 그림이었지만 그 이유가 참 걸작이었다. "저 그림은 트라팔가 해전에 참가해 큰 피해를 입은 스페인 군함을 그린 것인데 우리 스페인 시민들의 기억에서 절대 잊어서는 안 되는 역사를 그려놓은 것입니다. 저는 집무할 때마다 저 그림이 저에게 주는 메시지를 되새기면서 제 마음가짐을 다집니다. 찬란했던 세계제일의 해양국가 스페인의 영광을 되살리기 위해서 우리는 과거의 실패를 잊어서는 안 됩니다. 처참한 패배의 역사도 우리에게 참 교훈이 되기 때문입니다."

우리나라도 영화 연평해전을 통해 제2연평해전에서 국방의 의무를 다해준 해군 장병들의 희생을 다시 떠올렸다. 제2연평해전은 2002년에 북한과의 해전으로, 월드컵 4강의 열기에 묻혀 질 수 있는 사건이었다. 그러나 국민들은 연평해전을 기억했고, 영화를 통해 다시금 그때의 사건을 되새길 수 있었다. 다시는 같은 피해를 입지 않도록 이번 일을 계기로 군사 대응 능력을 강화하고 국가 안보에 노력하고 있다. 승리한 전쟁과 역사가 후세에게 전해지는 것도 자긍심에 도움이 되지만, 이처럼 피해의 역사와 치욕의 사건 역시도 제대로 전해져야 한다. 실수나 치욕적인 일들이 숨겨지거나 숨기는 경우가 많지만, 은폐하는 것이 장기적으로 볼 때는 크게 도움이 되지 않는다.

일상생활에서도 자신의 실패 경험을 은폐하는 대신 드러내서 공유

해야 한다. 실수나 실패가 불량 취급당하는 시대는 지났다. 오히려 그 경험은 중요한 자산이 된다. 과거를 되풀이 하지 않도록 제대로 관리하기 위해서는 모두와 함께 분석하고 나누어야 한다. 단, 지나간 일은 잊지 않되, 과거의 패배감은 버려야할 것이다. 패배감을 함께 기억한다면, 거기에 붙잡혀 대담하게 행동하기 어렵다. 패배감은 가볍게 내려두고 실패를 발판 삼아 힘차게 뛰어 오르자.

잘 붙지 않는 팔을
날개로 만들었다.
실패는 곧 날개가 된 것이다.
좌절의 시간, 그것을 통해
일어서라. 그 시간이
나를 살릴 것이다.

Chapter 04

기회를 엿보면 기회가 보인다

반전의 순간, 사인이 왔다

실패를 먹고 자란 기회의 씨앗

현재에서는 지금 겪는 일들이 어떤 실마리가 될지 모른다.
다만 원치 않았던 방향의 일들에 수많은 기회가 있고,
실수가 실패로 이어지지 않는다는 점을 기억해야 한다.

나는 전시회를 즐긴다. 아름다운 작품을
보기 위해서 가는 이유도 있지만 내가 전시회를 즐기는 이유는 하나가
더 있다. 나는 작품전에 새로운 눈을 얻으러 간다. 그곳에서는 내가 가
진 시각에서 벗어나 화가와 작가의 창조적인 눈으로 세상을 바라볼 수
있다. 특히나 보는 내내 '아, 저렇게 볼 수도 있구나. 미처 생각해본 적
이 없는데.' 라며 감탄이 절로 나오는 작품을 볼 때면 찾아다니는 수고
로움이 단번에 사라진다. 그 짜릿함이 나로 하여금 계속해서 전시회로
이끈다.

팔을 만들려다가 실패해서 날개가 되었어요

작품 중에서 아주 기억에 남는 것이 몇 개 있다. 그 중에 '팔 대신 날개를'이라는 작품은 나에게 아주 큰 용기를 준 작품이다. 이것은 점토로 만들어진 인형인데 고개는 왼쪽으로 기울여졌고 날개를 활짝 편 아이의 모습을 하고 있다. 처음 이 작품을 봤을 때 꿈을 가득 품은 아이를 표현했다고 생각했다. 앞으로의 미래가 기대되는 듯 고개를 왼쪽으로 살짝 내린 아이의 설렘이 느껴졌기 때문이다. 그런데 작품 설명을 보고는 숨겨진 뜻에 큰 깨달음을 얻었다. 이 작품을 만든 작가는 효정이라는 13세의 아이였다. 놀랍게도 그 아이는 준맹이다. 준맹은 안경을 쓰고도 시력이 0.3이 되지 않는 시력 장애를 말한다. 작가에 대한 정보를 듣고 다시 작품을 보니 점토 인형은 잘 보이지 않는 아이가 볼 수 없다는 한계에서 벗어나 훨훨 날아가는 자유를 갈망하는 마음에서 만들어진 것처럼 보였다. 그러나 이 역시도 내 좁은 시야로 판단한 것이다. 작품의 비하인드 스토리는 이랬다.

효정이는 점토로 팔, 다리가 두 개 있는 평범한 사람을 만들고 싶었다. 그런데 어깨에 팔을 붙이려고 할 때마다 팔이 자꾸만 떨어졌다. 계속해서 붙지 않는 팔로 씨름하고 있는 효정이에게 선생님이 말했다. "효정아, 팔 대신 다른 것을 붙여보면 어떨까?" 그러자 고민하던 효정이가 대답했다. "······그럼 날개를 달아도 돼요?" 효정이에게 팔을 만드는데 실패한 것은 곧 날개가 될 수 있는 기회를 의미했다. 효정이는 잘 붙지 않던 팔을 날개로 만들었다. 그 아이에게 실패는 곧 날개가 된 것이다. 문제를 극복해낸 아이의 마음을 자신의 처지에 비교한 것이라 상상한 내 자신이 부끄러웠다.

진정 무엇인가를 발견하는 여행은, 새로운 풍경을 바라보는 것이 아니라 새로운 눈을 가지는 데 있다고 마르셀 프루스트는 말했다. 이 날 나는 눈이 잘 보이지 않는 효정이에게서 실패를 바라보는 새로운 눈을 배우게 되었다. 맘처럼 일이 되지 않을 때마다 "왜 나만 이런 거야?"라고 말하는 나에게 효정이는 이렇게 말하는 듯 했다. "팔을 만들려다가 실패해서 날개가 되었어요. 실패는 항상 나쁜 것만은 아닌 것 같아요." 이 말은 내 머리를 쾅하고 내리쳤다. '나는 실패를 제대로 바라보고 있었는가?' 어쩌면 나도 실패 속에 숨겨진 수많은 기회들을 그저 실패라는 이유로 떠나보낸 건 아닌가 되돌아보았다. 날개가 될 수 있었던 실패를 쓸모없고 무의미하다고 여긴 채로 말이다. 과연 내가 효정이보다 좋은 시력으로 더 잘 보고 있다고 말할 수 있을까?

효정이가 팔을 만들려다 실패해서 날개를 만든 것처럼 우리에게도 뜻대로 되지 않은 일이 어떻게 바뀔지는 아무도 모른다. 다만 그 일을 의미 없는 실패로 바라보느냐, 기회로 바라보느냐에 따라 앞날이 바뀔 것은 확실하다. 삶을 이야기할 때 앞으로 일보다는 지나온 시간을 둘러보는 것도 이 때문이다. 현재에서는 지금 겪는 일들이 어떤 일의 실마리가 될지 알지 못한다. 특히나 원치 않는 일들이 그렇다. 당시로서는 고통스럽고 도저히 이해할 수 없지만 시간이 흐른 후에야 그때 겪은 일을 조금이나마 깨닫는다. 그래서 항상 현재는 의문투성이고, 확신하기 힘들다. 그러나 이러한 현실에서도 우리가 어떤 시각으로 바라보고 행동하느냐에 따라 미래는 충분히 바꿀 수 있다는 사실만큼은 변하지 않는 진실이다.

나는 위기를 기다렸다

하이플럭스 CEO 올리비아 럼은 그런 의미에서 위기를 간절히 기다린다. 그녀에게는 위기만큼 좋은 기회가 없다. 올리비아 럼은 싱가포르 수질정화기업 하이플럭스 CEO다. 그녀는 싱가포르에서 태어나마자 말레이시아의 한 할머니에게 입양되었다. 낳아준 부모의 얼굴도 모른 채로 탄광촌 판잣집에서 자랐다. 집에는 전기가 하루 두 시간동안만 들어왔고 그 동안에 모든 공부와 숙제를 끝내야 했다. 그 후에는 각종 물건을 팔며 소녀 가장으로 가족의 생계를 책임졌다. 열악한 상황에서도 그녀는 포기하지 않고 공부했다. 하루하루도 버티기 힘든 생활을 견뎌내며 28세에 창업한 끝에 2011년에는 순자산 4억 6,000만 달러로 동남아 최고 여성 갑부가 되었다. 현재는 그녀를 '물의 여왕'이라 부른다.

태어나면서부터 어려움을 겪은 그녀의 인생은 위기가 늘 함께 했다. 항상 위기였지만 덕분에 매번 배움을 얻었다. 올리비아 럼에게 위기는 자신을 가로막는 벽이 아니라 오히려 더 큰 세계를 만날 수 있는 사다리가 되었다. 한 회사의 경영자가 된 지금도 위험한 고비를 기다린다. 비즈니스는 험난한 여정임과 동시에 기회로 반전된다. 특히나 위기는 인재를 뽑을 수 있는 최고의 타이밍이었다. 평소 작은 회사는 좋은 인재를 끌어오기 어렵지만, 경제가 어렵거나 전반적인 기업들의 상황이 힘들어지지만 좋은 인재를 데려올 수 있다. 그렇게 들어온 인재들이 회사를 더 크고 튼튼하게 만든다. 그래서 그녀는 계속해서 위기를 기다린다.

세상에 나쁜 아이디어는 없다

아이디어도 마찬가지다. 좋은 아이디어, 나쁜 아이디어는 따로 정해져있지 않다. 오히려 아이디어를 좋은 것과 나쁜 것으로 나누는 것 자체가 고정관념이다. 세상에 있는 모든 아이디어는 좋은 것이며, 필요 있는 것이다. 다만 빛을 본 아이디어와 그렇지 못한 아이디어가 있을 뿐이다. 평소 아이디어를 낼 때 브레인스토밍을 하는 이유도 제안을 차별하지 않기 위해서다. 브레인스토밍은 아이디어의 좋고 나쁨을 구별하지 않는다. 생각나는 것을 모조리 말하고 적는 것이 원칙이다.

이로서 떠오르는 모든 아이디어를 편견 없이 바라보게 한다. 제품회의, 신메뉴개발 등의 모든 회의에서 한 사람의 낸 의견에 대해 '좋지 않은 의견이다' 등의 평가를 내려서는 안 된다. 쓸모없다고 평가한 그 아이디어가 기업을 이끌 동력이자 세계 최고의 매출 상품이 될 수 있다. 놀랍게도 우리 주변에서 자주 사용하는 제품들도 처음에는 필요 없다고 평가된 아이디어에서 출발했다. 포스트잇이 그 예로 아주 유명하다.

1970년 스펜서 실버는 접착제 회사 연구원으로 일했다. 그는 초강력 접착제를 개발하고 있었다. 그러나 원료 배합의 실수로 접착력이 약한 접착제를 만들었다. 너무 약한 나머지 아주 쉽게 종이에서 떨어져 버렸다. 그러나 그는 이 아이디어를 묻어두지 않고 사내 기술 세미나에서 발표했다. 그 당시의 반응은 싸늘했고, 아무도 관심을 가지지 않았다. 그로부터 4년 후, 스펜서의 동료는 성당에서 당황하는 친구를 보았다. 친구는 성가를 부를 곡에 서표로 표시해두었지만 계속해서 서표가 떨어졌다. 그 모습을 본 동료는 스펜서의 실패한 아이디어가 떠올랐다. 접착력이 약하지만 끈적거리지 않아서 종이에 쉽게 뗐다 붙였다 할 수 있는 곳에 활용하면 좋겠다고 생각했다. 그 일로 스펜서는 연구에 몰두해 1977년 책갈피뿐만 아니라 메모지로도 사용할 수 있는 포스트 스틱 노트를 출시했다.

우리가 평소에 자주 사용하는 빨래 비누 역시도 실패를 토대로 만들어졌다. 1879년 P&G사의 공장에 주의력이 산만한 직원이 있었다. 그 직원은 점심시간 중에도 비누 가마의 교반기를 작동시켜놓고 방치해버렸다. 비누에는 공기가 많이 들어가 거품이 너무 많이 일었다. P&G사는 이 불량품 모두를 버리려고 했다. 그러나 버리기에는 너무 많은 양이었고, 이들은 이것을 빨래비누 제품으로 만들어 판매했다. 빨래비누는 공기가 많이 들어가 빨래물에 둥둥 떴고 이 때문에 다른 비누보다 쓰기 편리했다. 회사는 더 나아가 빨래는 물론 화장비누로까지 개발했으며, 이 비누가 P&G를 만드는 데 큰 역할을 했다.

만약 스펜서가 개발 아이디어를 실패작으로 보고 세미나에서 발표하지 않았더라면, 동료가 실패한 아이디어를 그냥 무시하고 지나쳤더라면 어땠을까? P&G사가 불량품 비누를 그냥 버렸다면 어떻게 됐을까? 쓸모없어 보이는 아이디어 하나라도 소중히 생각하는 이들이 있었기에 모두 가능한 일이었다. 그러니 절대 실패작이나 하찮은 아이디어에 의기소침해 할 필요가 없다. 또한 실수는 바로 실패로 이어지지 않는다. 언제든 멋진 제품으로 재탄생될 수 있다는 사실을 기억했으면 좋겠다. 실패와 실수는 좌절을 줄 수도 있지만 그 속에는 엄청난 기회의 씨앗이 함께 들어 있다. 누가 그것을 발견할 수 있는 눈을 가졌느냐가 관건이다. 지금 당신이 하고 있는 실패가 인류를 구원하는 엄청난 아이디어의 시초가 될 수 있다는 사실을 명심하고 사명감과 자부심을 가져도 된다. 포기하지 않는 한 언제나 희망은 당신 편이다.

02

너의 실패를 훔치며

발전된 과학기술도 수많은 사람의 연구가 모이고 연결되어 이루어진다.

아무런 성과를 내지 않는 사람은 없다.

디딤돌을 만드는 일도, 이를 밟고 올라가는 일만큼이나 중요하고 의미있 는 일이다.

나는 심리학을 전공하면서 강의를 수 없이 많이 들었는데 그 중에서 '연구방법론' 수업 첫 시간은 아직도 생생하게 기억이 난다. 이 과목은 학생들에게 필수이자 엄청난 강도의 커리큘럼이었다. 수업과 동시에 연구를 하고 논문을 써야하기 때문이 다. 또한 심리학자로서 발걸음을 내딛는 시간이다. 그러나 내가 아직 도 이 수업을 기억하고 있는 이유는 바로 교수님이 첫 시간에 내주신 과제 때문이다.

필요 없는 것은 없다

'연구방법론' 수업을 맡으신 교수님은 학생들에게 악랄하기로 소문난 분이셨다. 교수님 스스로도 선배들에게는 '미친개'로 통했다며 미리 엄포를 놓으셨다. 무서운 포스의 교수님께서 첫 시간에 내주신 과제는 글을 읽고 레포트를 써오라는 것이었다. 예상보다 강도가 약한 과제라 생각한 우리는 '과학도로서의 심리학도의 자세'라는 제목을 보고는 당황했다. 우리에게는 너무 거창한 이야기라 느꼈기 때문이다. 스스로를 심리학도나 과학도라고 여겨본 적이 없었다. 과학도는 좀 더 심오한 일을 하는 사람이라는 선입견이 있었던 거다. 그러고 보니 교수님은 종종 수업 시간마다 우리를 심리학도라 부르셨다.

'과학도로서의 심리학도의 자세'는 성균관대학교 이정모 교수님이 쓴 글로 학생들이 스스로를 깎아내리고 좌절하지 않도록 자신의 강의 마지막 시간에 이야기한 내용을 정리한 것이다. 내용은 주로 심리학을 공부하면서 생기는 고민과 회의감을 반박하는 형태로 구성되어 있다. 당시 열정적으로 전공서적과 논문을 탐독하던 나는 책에 나오는 유명한 심리학자가 되고 싶었다. 그러다 보니 이름을 남길만한 업적을 남긴 심리학자는 선망의 대상으로 삼았고 유명하지 않고 드러나지 않은 학자에 대해서는 전혀 안중에 없었고 오히려 형편없는 사람으로 보았다. 유의미한 결과를 낸 연구만이 보탬이 되고 그렇지 못한 것은 연구 시간만 낭비한 것이라 폄하하였다.

그러나 글을 읽으면서 내가 했던 생각이 얼마나 어리석었는지를 알게 되었다. 유명한 이론과 개념 모두 드러나지 않은 수많은 연구들이 뒷받침되었기에 가능했다. 편리한 생활을 누릴 수 있게 해준 과학기술도 수많은 사람들의 연구들이 모이고 연결되어 만들어진다. 그 촘촘한 연결망이 없었더라면 아무리 위대한 연구라도 나올 수 없다는 사실을 배웠다. 아무런 성과를 내지 않는 사람은 없다. 비록 지금 하는 일들이 당장은 결과가 없어 인류에 도움이 되지 못한다하더라도 상관없다. 결국 그것이 모여 큰 발전이 이루어지는 것이다. 지금 세대의 발전 또한 이전 세대의 시도로 가능하다. 미래 세대도 현재의 의미 없어 보이는 일들이 쌓여 발전한다.

누구나 실패에 대한 두려움을 느낀다

우리는 자신의 일이나 연구 결과가 아무런 도움이 되지 못한다고 느낄 때가 있다. 회의감은 뛰어난 업적을 남기던 남기지 않던 모두에게 찾아온다. 유명한 학자들도 예외 없이 자신의 재능과 능력에 회의를 느낀다. Irving Stone의 소설 '마음의 정열'에는 정신분석에서 위대한 업적을 남긴 프로이트조차도 정신분석학자가 되기 전, 신경생리학도로서 자신에 대한 회의와 학문의 어려움을 느꼈다는 것을 알 수 있다.

"나는 내가 뉴턴이나 다윈이나 파블로프 같은 위대한 사람이 될지 아닐지는 잘 모른다. 아니 그런 위대한 사람이 될 것이라고는 생각하지 않는다. 나의 바람과 소망은 오히려 보다 자그마한 것이다. 모든 위대한 발견이나 이론이 세상에 그 이름이 알려지지 않은 이름 없는 연구자들이 벽돌을 하나하나 얹어 놓듯 아주 자그마한 발견을 했고 작은 보탬을 했음으로 가능하였다. 아무도 알아주지 않는 무명의 상태에서, 협소한 집안 귀퉁이에서, 허름한 창고에서, 초보적 연구실에서 굶주림을 참아가며 빈약한 연구기구를 가지고 수 없는 시간들과 나날들을 자신의 아이디어와 씨름하다가 스러져간 저 수많은 이름 없는 연구자들! 그들의 작은 연구들, 그러한 자그마한 연구결과들의 보탬이 조각조각 이어지고 모이여 쌓여지지 않았더라면, 저 위대한 발명가나 이론가도 그의 업적을 이룰 수 없었다. 나는 이러한 자그마한 보탬으로서, 조각조각의 지식을, 벽돌을 쌓아 올려 가는 저들 수많은 알려지지 않은 연구자들의 한 사람으로서 그저 단 하나의 벽돌이라도 얹어 놓을 수 있기 위하여 나의 인생을 온통 바치고 싶을 뿐이다."[7]

어쩌면 프로이드가 심리학에 새로운 장을 연 것도, 뉴턴이 만유인력 법칙을 발견한 것도, 진화론의 다윈도 이전 연구가 없었다면 해내지 못했을 것이다. 프로이드는 이미 깨우치고 있었다. 연구는 혼자 하는 것이 아니라 함께 하는 것임을. 다른 연구자들과 더불어 그들이 만든 디딤돌을 밟고 나아가는 것이 학문이다. 디딤돌을 만드는 일도, 이

---

7) 과학도로서의 심리학도의 자세, 이정모.

를 밟고 올라가는 일만큼이나 중요하고 의미 있는 일이다. 우리가 함께 살아가는 이유도 매한 가지다. 사람인의 한자(人)가 서로를 받치고 있는 것처럼 혼자서는 할 수 없다. 나의 실패한 일이 누군가에게 실마리가 되고, 반대로 어떤 이의 기록이 나에게 좋은 열쇠가 되는 것이다. 지금 당장은 실패한 일로 보여지더라도 훗날 누군가에게 번뜩이는 아이디어를 줄 수 있다면 충분히 해볼 만한 가치 있는 일이 되지 않겠는가?

실패박물관에 오신 걸 환영합니다

실패가 디딤돌이 된다는 말이 믿기지 않은 사람이 있다면, 미국 미시간주 앤아버에 한 번 가보길 바란다. 그곳에는 New Product Works라는 박물관이 있다. 이 박물관이 다른 곳과 다른 점은 시장에서 소비자들에게 외면당하고 실패한 제품을 전시한다는 것이다. 식료품에서 가정용품에 이르기까지 13만 점이 진열되어 있고, 실패한 제품이 전시되어 있음에도 불구하고 많은 사람들은 비싼 입장료를 내고 찾아간다. 이들에게 실패박물관은 보물창고와 같다. 과거의 실패를 통해 자신의 실수를 미리 예방할 수 있고, 변형된 새로운 아이디어를 얻을 수 있기 때문이다.

대부분 신제품의 90%이상은 자리 잡지 못하고 소비자들에게서 잊혀 진다. 기업이나 개인이 실패한 후에도 원인을 제대로 파악하지 않고 신제품만 시장에 내놓는 것을 방지하기 위해 박물관을 설립했다. 사람들은 여기서 전시품을 관람하는 것만으로도 여러 방면에서 이유를 분석하는 기회가 된다.

누구나 실패할 수 있다. 그러나 모두가 실패의 보물을 발견하는 것은 아니다. 보물이 숨겨져 있다는 사실을 아는 사람에게만 기회가 있다. 그리고 나의 실패와 타인의 실패를 함부로 넘기지 않고 관찰하는 사람만이 황금을 찾는다. 타인의 성공을 훔치라는 말은 약한 이야기다. 이를 넘어 타인의 실패를 훔쳐야 하는 시대다. 실패로 얻는 경험과 지혜는 생각보다 크다. 직접 겪어보지 않고도 다른 사람의 실패를 통해 배울 수 있다는 것은 엄청난 자산이다. 같은 실패를 반복하지 않고 더욱 더 창조적으로 도전할 수 있다. 주변에 지나치고 있는 실패는 없는지 잘 살펴보기 바란다. 그 실패가 당신을 살리는 연결고리가 될지도 모를 일이다.

지하 원룸에서도 꽃은 핀다

뿌리내릴 공간조차 없는 흙더미에서도 꽃은 피어난다.
때로는 열악한 환경이 생명력을 더 강하게하기 때문이다.

"한국시간으로 2014년 3월 1일, 여기는 종합격투기 대회 'UFC 파이트 나이트37' 메인이벤트 매치가 열리는 마카오 코타이아레나입니다. 현재 경기장은 김동현 대 존 헤서웨이, 존 헤서웨이 대 김동현의 경기가 펼쳐지고 있는데요. 1, 2라운드를 끝낸 선수들은 이제 막 3라운드를 시작했습니다. 서로가 팔과 다리를 오가며 빈틈을 노리고 있습니다. 아, 말하는 순간, 김동현 선수, 상대의 공격을 뒤로 돌아 피하며 백스핀 엘보를 날립니다. 헤서웨이, 얼굴에 날아온 팔꿈치를 정통으로 맞고 쓰러집니다. 두 선수 모두 앞선 라운드에 많이 지쳐있었는데요. 그 와중에 김동현 선수의 감각적인 한 방이 헤서웨이를 쓰러뜨린 겁니다. 네, 대단합니다."

김동현은 웰터급 매치에서 상대를 KO시키면서 승리했다. 이 날 경기는 3·1절에 국민들에게 선사하는 승리 외에도, 한국인 최초로 10승 달성이라는 기록과, 강한 맷집으로 한번도 KO 패배를 허용하지 않았던 존 헤서웨이에게 첫 KO패를 안겨준 의미 있는 경기였다.

지하 원룸에서 일궈낸 KO승

팔각 링 위에서 펼쳐지는 짜릿한 승부. 경기를 펼치는 사람만큼 보는 사람도 손에 땀을 쥐는 긴장감 넘치는 경기. 이종종합격투기는 선수가 맨몸으로 링에 올라 반칙을 제외한 모든 수단을 사용해 상대를 쓰러뜨리는 시합이다. 태권도, 유도, 복싱, 가라테, 킥복싱, 특공무술, 유술 등의 모든 기술이 허용되어 서로 다른 무술을 연마한 사람들이 참여할 수 있다. UFC는 이종종합격투기의 대표적인 대회다. 김동현 선수는 이종종합격투기에서 한국인 최초로 UFC에 입성하며 좋은 경기를 보여주고 있다. 그가 소속된 종합격투기팀 '팀매드'도 한국의 종합격투기를 이끄는 최고의 팀으로 성장했다.

한국인 최초 UFC 파이터를 탄생시키며 팀매드는 현재 아이사 명문 종합격투기 팀으로 불린다. 그도 그럴 것이 연이어 실력이 뛰어난 다른 선수들도 배출되면서 좋은 성적을 내고 있다. 한국 격투기를 이끌고 있다는 찬사도 끊이지 않는다. 하지만 한국 종합 격투기의 어벤져스로 막강한 팀매드도 창단 당시에는 아무도 이들의 성장을 예상하지 않았다.

팀매드를 만든 양정훈 관장은 원래 격투기 선수로 활동했다. 선수 당시에 양관장은 뚜렷한 두각을 보이는 선수가 아니었다. 2005년 그는 선수생활을 접고 부산으로 내려와서 체육관을 열었다. 당시 체육관은 지하 1층의 작은 공간을 임대로 빌려 사용했다. 내부에는 샌드백 3개와 바닥에 깔린 매트리스가 전부였다. 선수는 작은 김동현, 김승희와 그가 데려온 배명호 고작 3명뿐이었다. 햇빛이 들어오지 않는 허름한 체육관과 세 명의 선수가 최강 팀매드의 시작이었다. 이들은 열악한 환경 속에서도 매일 땀을 흘리며 운동했다. 빛조차 없는 어두운 지하였지만 이들의 마음의 빛마저 빼앗을 순 없었다. 선수들은 오직 훈련에만 집중했다. 경기 출전 역시 정식적으로 준비한 것이 아니라 선수들의 요청에 의해 나가게 되었다. 그런데 결과 세 선수 모두가 KO승을 거두며 격투기계를 놀라게 했다. 지하 임대 체육관이 최고 명문팀으로 거듭나는 순간이다.

팀매드의 스토리를 아는 사람들은 이를 가리켜 '지하 체육관의 기적'이라고 말한다. 이들의 이야기는 아스팔트 위의 먼지 흙더미에서 핀 민들레를 연상시킨다. 제대로 뿌리 내릴 공간조차 없는 곳에서도 의지와 노력만 있다면 언제든지 꽃피울 수 있다는 것을 보여준다. 그들에게 지하 체육관, 열악한 환경은 더 큰 원동력이 되었다. 사람은 누구에게나 자신에게 부족한 면을 가지고 있다. 겉으로 문제없어 보이는 행복한 사람도 나름의 걱정거리와 결핍이 존재한다. 그럼에도 환경마저 자신이 성장할 수 있는 발판으로 만드는 사람이 있고, 열악한 환경에 붙잡혀 멈춰있는 사람이 있다. 팀매드는 전자에 속한다. 양관장이 젊은 나이에 '종합격투기의 대부'라 불리고, '팀매드'가 최강 팀이 된 것도 지하 체육관 시절이 있었기 때문이다.

열등감은 나의 성장 동력이다

어려운 환경 속에서도 열심히 공부해 출세한 사람들을 흔히 '개천에서 용났다'라고 한다. 최근 들어서는 이러한 개천용 사람은 찾아보기 어렵고, 개천에서 용 나는 시대는 끝났다는 말이 많다. 학벌과 재력도 대물림되어 부모나 조부모의 재력 없이 스스로 일어서기에는 어려움이 크기 때문이다. 소위 '금수저'를 물고 태어나지 않는 이상 자수성가하기는 힘든 상황이다. 그럼에도 불구하고 어려운 환경을 극복한 사람은 있으며, 이러한 환경이 모두 모두 부정적인 결과를 초래하거나 부정적인 영향을 주지는 않는다. 때에 따라 부정적인 결과보다는 긍정적 방향으로 영향을 끼친다.

특히 글을 쓰는 사람에게는 어려운 환경조차도 좋은 글감이 된다. 고난과 역경만큼 이야기 소재로서 소중한 경험이 없기 때문이다. 대문호 톨스토이는 작가의 가장 소중한 자신은 불행한 어린 시절이라고 말했다. 이 말을 증명이라도 하듯 동화작가 안데르센은 자신의 어려웠던 어린 시절을 바탕으로 이야기를 만들었다.

어린 시절 안데르센은 미운오리새끼이자 성냥팔이소년이었다. 아버지는 구두수선공이었고 어머니는 세탁부로 일하며 힘들게 생활했다. 어릴 때부터 노래와 연기를 좋아하고 소질을 보인 안데르센이었지만 집안환경은 그를 밀어주기에 턱없이 부족했다. 형제 없이 외아들로 자라던 안데르센은 11살에 아버지마저 잃게 된다. 그의 동화에서 가난한 환경과 재능을 알아봐주는 사람이 없는 이야기가 등장하는 것도 이러한 어린 시절 경험 덕분이었다. 문학계가 안데르센의 미운오리새끼, 성냥팔이소녀 동화를 자전적 이야기로 보는 이유도 여기에 있다. 어린 시절 그가 겪은 일이 작품에 영감이 된 것이다.

안데르센도 이 사실을 어느 정도 인정하는지, 스스로도 자신이 못생겼기에 '미운 오리 새끼'를, 우리 집이 가난했기에 '성냥팔이 소녀'를 쓸 수 있었다고 했다. 그는 "내가 살아온 인생사가 바로 내 작품에 대한 최상의 주석이 될 것이다." 라고 말할 정도로 자신의 힘들었던 시절을 창작열로 승화시켰다. 직접 겪은 일을 바탕으로 한 이야기는 끌어당기는 힘이 강하다. 나는 어릴 때 누구도 나를 알아주는 사람이 없다고 생각한 적이 있었다. 그 때 마침 미운오리새끼를 읽게 되었는데 어찌나 이야기가 생생했는지 책만으로도 동질감을 느꼈다. 나처럼 이렇게 힘들어하는 사람이 있다는 위안과 언젠간 나도 백조가 되어 날아오르겠다는 용기를 얻었다. 안데르센은 직접 어려운 환경을 겪었기에 희망을 주는 이야기를 쓸 수 있었다. 만약 진심으로 우러나와서 쓴 글이 아니었다면 이토록 오랜 시간 독자에게 사랑받는 이야기가 되기는 힘들었을 것이다.

경제가 살아나는 성장기처럼 스스로 노력만 하면 무조건 잘 될 수 있는 시기는 지났다. 하지만 금수저도, 개천용도 자신의 환경을 탓하며 아무것도 하지 않는다면 그 무엇도 될 수 없다. 한강이 내려다보이는 프리미엄 아파트에서만 꽃이 피는 것이 아니며, 곰팡이 꽃이 가득한 지하 원룸에서도 충분히 인생의 꽃을 피워낼 수 있다. 인생의 꽃은 식물 꽃과는 달라서 꿈과 포기하지 않는 열정을 따뜻하게 내리쬐어 준다면 꽃망울을 활짝 터뜨린다. 열악한 환경에서 피어난 꽃이 더욱 오래가고 화려하듯이 피폐한 환경이 뿌리에 좋은 거름이 된다. 그곳이 어디든 스스로 빛이 되어 견뎌낸 곳은 향긋한 꽃향기가 퍼질 것이다.

04

우리는 실패한 사람을 원한다

세상에 공짜는 없고, 경험은 절대 배신하지 않는다.
산전수전을 겪은 사람은 예상치 못한 위기에서도 잘 대처하기 때문에 이런 인재야 말로
기업에서 꼭 필요한 존재다. 이들은 고비의 순간 더 뛰어난 능력을 발휘한다.

We WANT Faliure

근무형태: 정규직
모집인원: 0명
공통자격: 병역필 또는 면제자로 해외여행에 결격사유가 없는 분
우대사항: 실패 경험 보유자

　　외국어 능통자, 경력자 대신 실패 경험을 가진 사람을 우대하는 회사 있다면 얼마나 좋을까? 그런데 미국에는 실제로 이런 구인광고를 내는 곳이 있다. 그것도 우주 탐사의 최고 실력자들이 모인 미국항공우주국(NASA)는 중대한 실패 경험이 있는 사람을 우주 비행사로 선발한다.

합격 기준 '실패'

NASA는 1969년 인류 최초로 달에 착륙할 비행사를 모집했다. 많은 비행사들이 아폴로 11호 비행사가 되길 원했다. 1단계 심사를 통과한 지원자 수만 해도 수천 명이 넘었고 대단한 경력의 비행사들이 지원했다. 그러나 '이것' 없이는 아무리 뛰어난 이력의 소유자라도 아폴로 호에 탑승할 수 없었다. '이것'은 놀랍게도 특출난 능력이 아니라 '실패 경험'이었다. 심사 과정에서 NASA는 인생에 큰 위기를 겪지 않았거나 실패를 현명하게 극복한 경험이 없는 후보자를 제외시켰다. 실패 경험 없는 비행사는 바로 탈락되고, 결국 아폴로 호는 실패했던 사람에게만 허락되었다.

'실패'가 합격 기준인 곳은 비단 NASA뿐만이 아니다. 글로벌 리더 양성 집합소인 하버드 · 스탠퍼드 등의 경영대학원에서도 실패 경험이 무척이나 중요한 요소라고 한다. 대학원에 지원하는 사람은 모두 토플과 GMAT 시험 점수, 과제 에세이를 제출해야 한다. 그 중에서도 과제 에세이에는 매년마다 Failure Essay Question(실패 질문 에세이)가 빠지지 않고 나온다. 지원자들은 이를 대비해 자신의 인생과 경력을 돌아보며 실패 경험을 준비해둬야 한다. 에세이에 살면서 겪어온 실패와 그것을 통해 배운 것들을 얼마나 구체적으로 잘 적느냐가 관건이기 때문이다.

어떤 일이든 한 번에 성공하는 일은 거의 없다. 될 때까지 계속 도전하고 노력하는 사람이 성공한다. 경영대학원에서도 실패에 다시 일어나는 글로벌 리더로 키우기 위해 실패를 학습시킨다. 그렇기 때문에 실패를 긍정적으로 받아들이고 배울 수 있는 사람을 원한다. 이런 사람이야 말로 다시 일어설 수 있는 힘을 갖는 것이다.

실패자를 바라는 이유

세상은 성공 가능성만큼이나 실패 가능성이 높은 곳이다. 그러므로 실패하고 다시 일어나야 하는 일을 반복해야 한다. 미국항공우주국(NASA)이 실패 경험이 없는 사람을 제외하는 것도 같은 이유다. NASA는 진정한 성공을 거두기 위해서는 반드시 실패해야 한다고 생각했다. 우주여행 중에는 예상치 못한 일들이 자주 발생한다. 그런 일들이 발생했을 때 침착하게 방법을 찾아 해결할 수 있는 사람이 필요했다. 그들은 실패를 겪고도 일어선 사람이야말로 어려운 상황에 가장 적합한 인물이라 판단한 것이다. 실패를 이겨낸 사람에게는 극복해내는 힘이 있다. 세상에 공짜는 없고, 경험은 절대 배신하지 않는다.

빌 게이츠도 '미래로 가는 길'에서 실패한 기업에 있던 간부들을 의도적으로 뽑는 이유를 이렇게 말했다. "실패할 때 창조성이 자극된다. 밤낮없이 생각에 생각을 거듭할 수밖에 없기 때문이다. 나는 그런 경험이 있는 사람을 주위에 두고 싶다. 앞으로 MS(마이크로소프트)도 반드시 실패를 겪을 것이다. 난국을 타개할 능력이 있는 사람들은 어려운 상황일수록 빛을 발할 것이다." 그에게 실패는 배움이었고, 성공에서도 일어날 수 있는 발판이었다. 이전의 뼈아픈 경험으로 얻은 통찰력은 다시금 오는 위기를 잘 헤쳐 나가도록 해준다.

기업은 우리가 생각하는 것보다 훨씬 많은 리스크를 가진다. 발전 가능성보다는 사라질 가능성이 더 크다. 갑자기 국가 정책이 바뀌어 진행 중인 사업에 타격이 오기도 하고, 원자재 값이 높이 올라 원가를 감당하기 힘들 때도 있다. 그 외에도 경쟁사와 예기치 못한 사고를 항상 예의주시해야 한다. 승승장구해오던 사람은 갑작스러운 위기에 당황하며 쩔쩔맬 때가 많다. 반면에 산전수전을 겪은 사람은 예상하지 못한 위기에도 잘 대처하기 때문에 이런 인재야말로 기업에서 꼭 필요한 존재다. 또한 이들은 위기의 순간 더 뛰어난 능력을 발휘하기도 한다.

실패하지 않으면 해고하겠다

회사에서 가장 큰 리스크는 도전하지 않는 것이다. 기업 환경은 시시각각으로 변화하는데 가만히 있는 건 도태되는 지름길이다. 만약 성장기의 시장이라면 더 더욱 그렇다. 아주 커다란 기회를 잃는 손실이다. 세계에서 영향력 있는 경영 구루(Guru)로 뽑히는 세스 고딘은 뛰어나기 만한 직원들에게 이렇게 말하곤 한다. "앞으로 2주 안에 커다란 실수를 저지르지 않는다면 자네들을 해고할 걸세." 그들은 우수한 직원이었지만 한 번도 실수를 저지른 적이 없었다.

회사는 시키는 일만 하는 사람을 뽑으려고 많은 비용을 들여서 채용하는 게 아니다. 만약 그러고 싶었다면 사람이 아니라 기계를 들이는 게 더 낫다. 기업이 사원을 채용했다는 말은 곧 당신의 판단을 믿겠다는 말과 같다. 회사에서 실패 경험은 아주 큰 자산이다. 난세 속에 기회가 오는 것처럼 세상이 흔들리고 바뀔 때 판을 뒤집을 기회가 온다. 실패를 잘 이겨낸 사람에게 위기는 오히려 성장의 기회다. 실패에 좌절해 울고 있다면, 오히려 그 실패를 통해 일어서기 바란다. 그 실패가 당신을 살릴 것이다. 당신은 빌 게이츠도 인정한 '실패한 사람'이며 위대한 기업과 기관들이 원하는 인재다. 더 많이 실패할수록 더 단단해질 것이다. 그리고 잊지 말아라. 세상은 실패한 사람을 원한다.

위대한 창조의 어머니

창조자는 지독한 노력파다.
창작은 갑자기 번쩍하는 영감이 아니라 엄청난 습작의 결과로 이루어진다.
창조성은 타고난 두뇌와 재능이 아니라 시도와 노력의 결과물이다.

'천재' 하면 떠오르는 이미지는 '게으르다, 뭐든 쉽게 해결한다, 노력에 비해 많은 것을 얻는다.' 이다. 이와 반대로 재능을 타고나지 않은 사람에게는 '부지런하다, 열정적이다, 불가능을 가능으로 만드는 노력을 한다.' 등의 인식이 강하다. 사람들은 천재가 인간의 노력으로 도달할 수 없는 어떤 면이 발휘된 것이라고 본다. 그런데 진짜 천재가 자세히 살펴보면 이는 곧 편견이라는 것을 알 수 있다.

억울한 천재들

오늘날에 와서야 발견한 것을 100년 전에 이미 예측했고, 지금도 그 이론이 중요한 역할을 하고 있는 물리학계의 천재 아인슈타인을 파헤쳐보자. 아인슈타인은 26살에 독일학술지 '물리학연보'에 4편의 논문을 싣는다. 1905년의 일로 그것은 그의 인생은 물론 인류에게도 의미있는 해가 된다. 논문 모두가 학계에 큰 업적을 세운 것이다. 첫 번째 논문은 '움직이는 물체들의 전기역학에 관하여'라는 제목으로 후에 특수상대이론으로 알려지게 되고, 두 번째와 세 번째 논문으로는 노벨상을 받는다. 마지막 네 번째 논문은 원자의 존재를 확신하게 되는 계기가 된다. 이런 엄청난 연구 결과는 놀랍게도 문득 떠오른 생각으로 시작되었고, 누군가의 지원없이 스스로가 틈틈이 연구해서 완성했다. 그 때 물리학계는 아인슈타인의 천재성에 감탄했고 그가 죽은지 100년이 지난 현재까지도 그가 폭발적 창의성의 비결을 연구하고 있다. 실제로 그가 죽은 후에는 천재 물리학자의 뇌와 일반적인 뇌가 어떻게 다른지 알아보기 위해 뇌를 해부해보기도 했다. 결과는 오히려 아인슈타인의 뇌 크기가 평균보다 작았고 무게도 비슷했다. 단, 수학적 사고와 공간적 사고를 다루는 부위가 보통보다 약 15%가 넓고 주름져 있었다. 이것이 태생적인 것인지, 후천적으로 연구에 몰두하면서 활성화된 것인지는 정확히 알 수 없지만 겉보기에는 우리 뇌와 크게 다르지 않았다.

굳이 따지자면 그는 똑똑한 두뇌를 타고난 천재라기보다는 천재적 사고를 스스로 터득한 사람이었다. 단순한 암기로 문제를 풀지 않았고, 지식보다 상상력을 더 중요시 여겼다. 아인슈타인은 스스로 단 한 번도 나는 이성적인 사고를 통해 발견한 적이 없다고 말할 정도로 다르게 고민했다. 또한 자신은 결코 똑똑한 것이 아니며 문제를 더 오래 연구했을 뿐이라며 끈기를 드러냈다. 그는 처음부터 교수나 물리학자도 아니었다. 도리어 교수들의 추천을 받지 못해서 교사직에서 일을 할 수 없었다. 대신에 친구가 소개해준 특허청에서 일을 하게 되었는데 적은 월급에 직위도 변변치 않았다. 하지만 아인슈타인은 좋아하는 물리학을 공부할 시간을 활용할 수 있어서 기뻐했다. 4편의 논문도 그가 특허청에서 일을 하면서 내놓은 것이다. 사람들은 그가 일과 병행하면서 어떻게 대단한 논문을 쓸 수 있었는지 궁금해 했다. 이에 대한 답변으로 아인슈타인은 이렇게 말하였다. "하루라는 시간에는 8시간의 근무시간 외에 8시간의 여유시간이 있고, 일요일도 있음을 잊지 말게." 그는 근무를 8시간이나 하고도 짬을 내어 몰두했고, 시간이 날 때마다 주말 상관없이 연구에 모두 투자한 것이다. 항상 그의 인생에서 최우선은 물리학이었고 그는 정말로 물리학을 사랑했다. 물리학에 대한 열정과 고민한 시간 덕분에 번뜩이는 통찰력과 직관이 발달하게 되었다. 그리고 연구를 발표한다고 해서 끝내는 것이 아니라 계속 발전시켜 나갔다. 그는 10년을 들여서 주기적으로 일반 상대성 이론을 발전시켰다. "저는 상대성 이론의 지속적인 확장을 모색하고 있습니다. 항상 벽에 부딪치고 있지만요." 그는 IQ가 높은 의미의 천재라기보다는 보통 사람들이 생각하지 못한, 보지 못한 것을 보는 사람이라는 의미에서의 천재라는 편에 더 가까운 것이다.

예술계의 천재로 통하는 피카소도 미술적 재능을 어느 정도 타고난 사람이었다. 읽기, 쓰기와 같은 학습 능력은 부족했으나 어린 시절 그림으로 상을 휩쓸 정도였다. 나름 미술 신동으로 불리며 피카소는 미술학교에 들어갔다. 하지만 그는 좀처럼 정체성을 찾지 못하고 주로 모네, 고흐, 마네 등의 유명한 화가들의 스타일을 따라 그리기만 했다. 베껴 그리기를 반복하던 중, 그는 화가로서 자신의 색깔이 없다는 것에 한계를 느끼며 그 때부터 깊은 어둠에 빠진다. 특히 큰 꿈을 안고 파리로 그림을 그리러 간 1901년부터 1904년까지 지독한 가난에 힘들어 했다. 설상가상으로 친한 친구인 카사 헤마스를 죽음으로 잃는다. 때문에 그의 그림 인생에서 가장 차갑고 어두운 시기를 보낸다. 사람들은 이 시기를 '청색시대' 라 부르기도 하는데 이 시대의 그림에 등장하는 사람은 대부분 절망적이고 힘이 없으며 아픈 느낌을 풍긴다. 그럼에도 피카소는 계속해서 그림을 그렸다. 대단한 화가들 사이에서 자괴감을 느꼈지만 부단히 자신의 화풍을 찾으려는 노력을 멈추지 않았다. 이후 1904년에 화가로서 사람들에게 주목을 받기 시작했는데 고통스러운 현실과 외로움 속에서도 자신만의 그림을 그리려 노력한 결과인 것이다. 그는 엄청난 양의 습작을 그렸고 늘 새로운 시도를 한 끝에 결국 자신만의 스타일을 만들었다. 덕분에 지금은 누구나 그릴 수 있다고 할 만큼 쉽지만 누구도 흉내 낼 수 없는 그림을 그리게 되었다.

아인슈타인과 피카소, 이 둘의 천재적 생애를 살펴보면 천재성은 타고난 두뇌와 재능이 아니라 시도와 노력의 결과물이자 부산물이라는 생각이 든다. 우리는 흔히 기발한 생각을 하는 사람들은 우리와는 다른 존재라고 분류한다. 그래서 일반 사람들과는 특별한 능력을 가진 사람으로 구분하여 우리가 될 수 없는 존재라고 인식하게끔 스스로에게 세뇌시킨다. 혹은 창작물이란 단 시간에 번뜩이듯 완성된다고 생각한다. 천재적인 사람과 스스로를 비교하면서 드는 괴리감을 무마하려는 생각인지도 모르겠다. 언제부터 게으르며 타고난 재능 덕에 편하게 살아가는 사람이라는 잘못된 이미지가 생겨났는지는 몰라도 아마도 이는 스스로 불가능하다고 생각한 사람들이 지어낸 자기 합리화가 더 맞을 것이다. 천재, 그들은 알고 보면 지독한 노력파이다. 오히려 재능을 타고났음에도 자만하지 않고 자신만의 스타일을 찾아냈다. 재주를 가지고 태어난다는 건 행운으로 보이겠지만 어찌 보면 독에 더 가깝다. 원래부터 재능을 가지고 태어난 사람은 그렇지 않은 사람보다 노력의 필요성을 느끼지 못하기 때문이다. 이런 점에서 아인슈타인과 피카소가 자신들의 노력보다 타고난 재능에 더 초점이 맞춰진 걸 알게 된다면 엄청 억울해할 일이다.

모두가 두렵다

안타깝게도 불편한 진실은 천재가 아닌 리마커블(Remarkable)한 일을 하는 사람도 보통 사람들과 똑같다는 것이다. 이들도 무언가를 시도하기 전에는 두려워한다. 2000년대 세계에서 가장 널리 알려진 경영 서적 중 하나인 '보랏빛 소가 온다'가 출간될 당시, 세스 고딘은 깜짝 이벤트를 했다. 책을 주문한 사람에게 책 대신 우유통을 보내는 것이다. 독자는 책 대신 우유통이 올 거라는 생각을 한 번도 해본 적이 없지만 그는 그 생각지도 못한 일을 한 사람이다. 실제로 책을 출간하면서 5,000명의 독자에게 일반 종이형태가 아닌 2리터 크기의 보라색 우유팩에 책을 작게 만들어 보냈다. 물론 세스 고딘이 처음부터 이벤트의 성공을 확신하지는 않았다. 매번 독특한 시도로 사람들에게 좋은 영감을 주는 그 또한 부정적인 반응을 걱정하며 시도했다.

"그건 어떻게 보면 미친 짓이에요. *(책상 옆 우유통을 흔들면서)* 누구도 이 안에 책이 있을 거라곤 생각하지 않잖아요? 저는 이걸 제작하는 모든 과정에서 대단히 두려웠습니다. 이게 실패하면 그건 완전히 제 책임이니까요. 또 저는 실패할 경우 잃을 것도 대단히 많았습니다. 하지만 중요한 건 뭔가를 두려워하지 않으면 훌륭한 것을 만들 수 없다는 겁니다. 두려움이 없다는 것은 날조나 사기이니까요. 우리는 두려움을 가질 때, 그럼에도 무언가를 배우고 더 나아갈 수 있을 때 무언가 위대한 일

을 해낼 수 있는 겁니다." -책 '더 인터뷰'

규칙적인 생활이 곧 창의성의 시작

세계적인 무용가 '트와일라 타프'는 창조적 습관이라는 책을 통해 창조적 사람들의 창작 과정을 설명했다. 일단 창작자는 우리가 생각하는 것처럼 편하게, 갑자기 떠오르는 아이디어를 잡는 것이 아니라 그보다 훨씬 규칙적인 생활을 한다. 타프의 경우는 매일 새벽 5시 30분에 일어나 퍼스트애비유 91번가에 있는 헬스장으로 가는게 하루 일과다. 헬스장에서 2시간 운동을 한 후에는 매일 무용 연습과 안무를 짠다. 그녀의 무대를 본 관객들은 타프의 동작에 감동 받는데 그녀가 그 안무를 짜는데 들이는 시간과 노력을 안다면 더 더욱 감동할 것이다. 타프는 무대 위에서 선보일 안무의 6배가 되는 양을 구상해본다. 하나의 동작을 위해 6개 이상을 짜고, 그 중 하나가 무대에 오를까 말까 하는 것이다. 이 말은 곧 6개 이상의 실패한 동작이 하나의 멋진 동작을 만든다는 뜻이다. 한량처럼 노는 것 같이 보이는 예술세계도 엄청난 습작의 결과로 창작이 이루어진다. 흔히 우리가 떠올리는 예술가는 불규칙적일 거라고 보지만 그들은 나름의 규칙적인 연습을 한다. 이것이 독창성의 비결이다.

작가가 글을 쓸 때도 영감이 떠올라서 쓰는 것은 극히 드물다. 만약 영감이 떠오를 때까지 기다린다면 평생을 쓰지 못할 것이다. 소설 '첫 문장 못 쓰는 남자'에서 주인공이 완벽한 첫 문장을 고민하면서 결국에는 한 줄도 쓰지 못한다. 반대로 마지막 줄부터 써보려 하지만 이마저도 못쓴 채 공백만 남긴 이야기는 현실에서도 빈번하다. 글쓰기를 시작한지 얼마 되지 않는 초보자들이 가장 많이 하는 착각이 바로 영감이란 갑자기 번쩍이는 것이라는 생각이다. 내가 처음 무언가를 써보자고 생각했을 때도 쓸거리가 머릿속에 떠오른 뒤에야 써야한다며 영감을 기다린다는 목적으로 많은 시간을 날려 버렸다. 하지만 영감은 난데없이 나타나는 잡초가 아니라 씨를 뿌리고 기다린 끝에 찾아오는 선물이었다. 솔직히 마땅히 좋은 소재들이 생각나지 않는 상황에서 성실한 일꾼처럼 앉아 글을 쓰는 일은 아무리 대단한 작가라도 괴로운 일이다. 그럼에도 착실하게 쓰기를 반복한 게 기특하여 보내주는 것이 영감이다. 위대한 작가는 꾸준히 하나의 문장을 쓰는 사람이다. 우리가 쉽게 읽는 작품도 수없이 많은 밤으로 품고 고통과 고민으로 빚어낸 것이다. 창조력은 한 결 같이 자신만의 습작을 한 끝에 마침내 힘을 갖는다.

우리가 아인슈타인의 두뇌와 피카소의 재능을 타고나지 않았다고 투정할 필요는 없다. 끊임없이 실패하고 연습하기를 되풀이 하는 과정이 재능을 이기기 때문이다. 아직은 아무것도 없는 허허벌판일지라도 싹이 나고 열매가 맺기를 상상하며 씨를 뿌리고 물을 주어야 한다. 그리하여 계절을 인내한 후에는 아주 탐스러운 열매를 맺을 것이다. 자신의 분야에서 혹은 하고자 하는 분야에서 매일 하나의 습작을 해보자. 오늘 밤 구겨 버린 종이 한 장을 구경하러 수많은 사람들이 모여드는 날이 올 것이다. 결국 매일의 실패가 창조력의 어머니이다.

세계적인 선수들에게도
패배 전적은 있다.
그러나 패배로 하여금
자신을 패배자로 만들도록
내버려두지 않는다.
자기 손으로 직접 승리를 거머쥔다.
패배할 수는 있다.
그러나 패배자가 되지는 말자.

Chapter **05**

멘탈게임에서 승리하라

잠재력을 최대한 끌어올려라

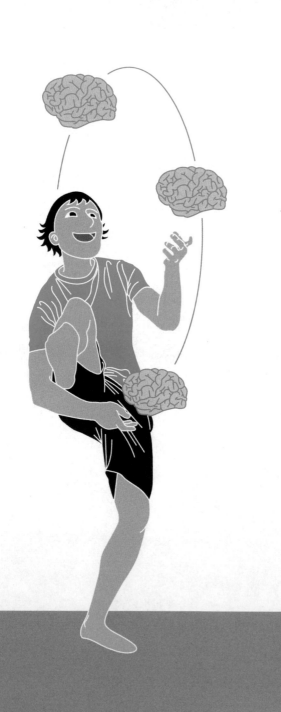

01

조급함을 다스리는 자가 천하를 얻는다

제대로된 방향이 아니라면 빠른 속도라도 소용이 없다.
도리어 엉뚱한 방향으로 오랫동안 달려가면 되돌아오는데 더 많은 시간을 써야 한다.

삼국지의 유비 옆에 관우, 장비가 있었다면 조조 옆에는 하후돈이라는 장수가 있었다. 하후돈은 용맹함이 뛰어나서 수차례 전쟁에서 승리를 이끌었다. 하지만 조조는 하후돈의 용맹함에 숨은 이면을 보았다. 하후돈은 용감했지만, 성격이 불같은 면이 있었다. 조조는 하후돈을 보며 용감한 그의 성격은 엄청난 장점이 되지만, 화를 부를 수도 있겠다고 생각했다. 불같은 성격의 하후돈과는 달리 조조는 멀리 내다볼 줄 알았다. 조조의 우려대로 하후돈은 여포를 정벌하러 나갔다가 그만 화살에 한쪽 눈을 잃는다. 조조와 하후돈은 두 개의 같은 눈을 가졌지만, 한 사람은 멀리 내다볼 줄 아는 눈을 가졌고, 다른 한 사람은 눈앞의 것도 제대로 보지 못했다. 그의 애꾸눈은 화살이 아니라 근시안적 시야가 만든 결과는 아니었을까.

불안함에 자신을 팔지 않기를

우리 또한 하후돈처럼 항상 불안함에 쫓기며 자신을 화살 속으로 내몰고 있는 건 아닌지 돌아봐야 한다. 대부분의 20대, 30대들은 아주 바쁜 하루를 살고 있다. 그런데 자기 전 하루를 돌아보면 제대로 한 것이 없다고 느낀다. 심지어 전혀 즐겁지도 않다. TV 토크쇼에서 어떤 관객이 시간관리가 잘 안 된다는 고민을 말한 적이 있다. 그는 항상 바쁘게 무언가를 하고 있는데도 시간이 부족하다고 털어 놓았다. 의미 없이 보내지 않기 위해 억지로 무언가라도 할려고 하는 편인데 그래서 어딘가에 쫓기는 기분일 때가 많다고 한탄했다. 지나고 보면 정작 해야 할 일들은 그대로 있다는 그의 고민에 많은 사람들이 고개를 끄덕이며 공감했다.

우리는 불안감을 떨쳐버리기 위해 하루를 어떤 것으로든 채우면서 보내려고 한다. 아무것도 하고 있지 않은 시간은 무의미하며, 비어있기보다는 무언가라도 해야 한다는 강박관념이 자리하고 있기 때문이다. 요리를 할 때도 사람이 조급하게 되면, 알던 레시피도 잊어버리고 순서를 무시한 채 앞에 있는 것들을 썰어 넣고 끓여버린다. 결국 불안한 마음에 요리를 망치게 된다. 이럴 때일수록 잠시 멈추고, 침착하게 생각하는 게 중요하다. 지금 내가 만들려는 요리는 무엇인지, 무엇을 넣어야할 때인지 차근히 짚어봐야 한다. 그래야 재료뿐 아니라 내 시간과 에너지까지 버리지 않게 된다.

모든 인간은 불안하다. 그러나 매사 급해 보이는 사람과 그렇지 않은 사람이 있는 이유는 불안감을 누가 더 침착하게 대처하느냐의 차이다. 급할수록 돌아가라고 했던가. 조급할수록 마음을 진정시키고 다시 처음으로 돌아가야 한다. 잠깐 차분히 생각해본다고 해서 요리를 완성하지 못하지는 않는다. 오히려 쫓기다가 음식을 태워버리는 걸 막을 수 있다. 타버린 음식은 다시 사용할 수 없다. 조금 늦어질 수는 있어도 맛있는 음식이 될 것이다. 우리 인생은 손님이 기다리고 있는 식당의 요리가 아니기 때문에 나만 중심을 잡고 한다면 누구도 재촉하지 못한다.

긴 호흡으로

우리가 생각하는 것만큼 인생은 짧지도, 금방 끝나지도 않는다. 어쩌면 꽤 길다고 할 수 있다. 나 역시도 무조건 빨리, 빠른 게 최고라고 생각한 적이 있었다. 그땐 최연소라는 타이틀이 좋은 것 인줄로만 알았다. 그게 내가 돋보일 수 있는 길이자 가치 있게 만드는 일이라 착각했다. 때문에 무조건 시간 단축을 목표로 삼았다. 대입 수능을 망쳐버리고 한 번도 고려해보지 않은 학교에 가게 되어서인지 나는 더욱 속도에 예민해졌다. 대학교 타이틀 경쟁에서 뒤쳐졌으니 취업만은 남부럽지 않은 곳에 해야 한다는 압박감이 내 안을 지배했던 것이다. 그래서 나의 대학교 생활 목표는 줄곧 무조건 빨리 좋은 회사에 취직하는 것이었다. 그렇게 되면 슬프고 부끄러웠던 입학식의 상처를 부러움 가득한 졸업식으로 덮힐 거라고 믿었다.

나의 대학 생활에 휴학은 없다는 마음으로 임했기에 1학년 때부터 학점관리, 취업정보에 관심을 둘 수밖에 없었다. 1학년이었지만 항상 마음이 조급했고, 나에게는 시간이 없었다. 그런데 학교를 다니다 보니 학생들을 위한 좋은 프로그램이 많았고 나는 특히나 교환학생으로 외국에 가서 공부하고 싶었다. 하지만 내게는 교환학생으로 갈만한 영어 성적이 없었다. 이를 위해서는 준비가 필요했고 그러려면 내 계획에 차질이 생길 게 뻔했다. 결국 나는 교환학생을 포기했다. 그런데 이제 와서 돌아보면 빨리 한다고만 했지 무엇 하나 제대로 한 게 없었다. 전혀 다른 길을 가고 있는 지금에서야 한 학기 · 일 년이 그리 큰 타격을 줄 정도로 뒤처지지 않는다는 것을 알았다. 만약에 좋은 곳에 취업하고, 박사 학위를 땄더라도 나는 해보지 못한 일에 계속해서 미련이 남아있을 것이다. 사람은 해보지 않은 일에 대한 미련은 그 어떤 것으로도 풀리지 않는다. 실패하더라도 직접 해봤을 때, 미련이 없다. 나는 무엇 때문에 그렇게 빨리, 무조건 빠르게 해야만 했을까? 사실 어떠한 확고한 목적지가 있었던 것은 아니다. 단지 남에게 보란 듯이 내세우고 싶었다.

최고의 속도는 자신의 페이스다

목적지가 어디든 상관없이 빠르게, 무조건 빨리 가는 것이 중요했던 것이다. 제대로 된 방향이 아니라면 아무리 빠른 속도라도 소용이 없다는 사실을 그땐 몰랐다. 도리어 엉뚱한 방향으로 너무 오랜 시간을 달려가면 되돌아오는데 그만큼 시간을 많이 써야 한다는 것을 미리 알았다면 얼마나 좋았을까.

아직도 과속 본능은 완전히 몸속에서 지워지지 않고 가끔 나도 모르게 무조건 빨리라는 마음이 불쑥 불쑥 튀어나오긴 하지만 인생은 긴 호흡으로 가야 한다는 사실만큼은 확실히 깨달았다. 에버노트 CEO 필리빈은 "재빠른 것이 이긴다고 생각하지만 장기적인 관점에서 정말 해야 할 일의 본질을 꿰뚫는 것이 더 중요하다."고 말했다. 1년, 2년 빠른 게 중요한 것이 아니다. 그리고 늦는 게 뒤처지는 것은 절대 더더욱 아니다. 시간이 지나고 나면 그 시간은 크게 영향을 미치지 못한다. 오히려 조금 늦게 출발했지만 자신의 코스로 자신의 페이스를 지키며 가는 사람이 더 잘 간다. 마라톤에서 처음부터 끝까지 전력 질주할 수 있는 사람이 없듯이, 인생에서도 계속 전력질주 할 수 있는 사람은 없다. 오래달리기를 해보면 알지만, 처음에 다른 사람을 쫓아 자신의 속도를 잊고 빨리 달려버리면 복부와 폐가 아파 빨리 뛰지 못한다. 결국 중간에 걷거나 쉬게 된다. 대신에 처음부터 1,000m를 기준으로 긴 호흡으로 자신의 페이스를 유지한 사람이 더 오래 달릴 수 있다. 괜히 옆 사람이 빨리 치고 나간다고 해서, 빨리 가야한다는 조급함에 자신의 페이스와는 전혀 다르게 뛰게 되면 완주조차 힘들 수도 있다. 인생은 다른 사람과의 경쟁이 아니다. 조급함을 쫓아 뛰지 말고, 나의 속도대로 가자.

성공이냐 실패냐, 그것이 문제로다

선택이 인생을 만드는 것이라면, 성공과 실패도 선택할 수 있다.
단언컨대 그 결과는 우리가 결정한다.

사람에게 살아간다는 건 아주 거대한 미로 속에 있는 것과 같다. 수많은 선택의 갈림길에서 우리는 어떤 쪽이든 택해야 한다. 무엇을 먹을까하는 사소한 고민부터 메시지를 보낼까 말까하는 감정 문제를 아침부터 잠이 드는 순간까지 고민한다. 인생은 태어나서(Birth) 죽는 것(Death)이 아니라 그 사이의 선택(Choice)이라는 말이 과장이 아닌 셈이다. 즉, 우리가 하는 선택이 모여 지금의 나를 만드는 것이다.

실패는 인식의 문제다

우리의 선택이 인생을 만드는 것이라면, 성공과 실패도 선택할 수 있는 것이 아닐까? 흔히들 성패(成敗)는 골라 뽑기보다는 결정되어지는 결과로 알고 받아 들여왔다. 그러나 단언컨대 머리를 자를까 말까하는 것처럼 성공인가 아닌가, 실패인가 아닌가의 문제도 같은 유형의 선택이다.

세계 최고 중식 요리사가 되겠다는 김군과 박군은 견습생 생활을 하는 중이다. 주방장 밑에서 배운지도 햇수로 5년, 스승은 이들의 실력을 보고자 평가회를 열었다. 두 청년은 그동안 갈고 닦은 것을 유감없이 선보였다. 하지만 사부의 평가는 냉정했다. "아직 멀었구나." 이에 김군은 '그래, 이딴 요리로 칭찬으로 받으려 하다니 내가 참 한심해. 역시 난 아직 안 돼.'라고 자신을 비하했다. 반면에 동기 박군은 '아직은 부족하지만 조금만 더 노력한다면 사부님도 내 요리를 알아줄 거야. 다시 만들면 돼. 괜찮아.'라며 스승의 말을 담담하게 받아들였다. 동일한 상황에도 한 명은 스스로 형편없는 요리를 했다며 실패한 요리사로 만들었고, 다른 사람은 자신에게 성장 가능성 있는 요리사라고 평가했다. 무엇이 이런 차이를 만들었을까? 그것은 바로 자신이 실패했다고 생각하느냐의 차이다. 박군은 자신이 발전 가능성이 있는 요리사로 생각하기를 선택했고, 김군은 자신이 요리를 망친 실력 없는 요리사라고 생각하기를 택했다.

타인이 아니라 스스로가 실패했다고 생각하는 순간 진짜 나는 실패한 것이다. 나 또한 이 책이 나오기까지 출판사로부터 수차례 거절당했다. 처음 출간 거절을 답을 받았을 때는 '그래, 처음이니까 그런 거야.' 하고 넘기었다. 아직 회신이 오지 않은 곳도 꽤 많았고, 곧 긍정적인 답변이 올 거라고 믿었기 때문이다. 하지만 시간은 흐르고 좀처럼 출간을 원하는 출판사는 나타나지 않았다. 그 때부터 내 머릿속에는 이미 '내 원고가 형편없구나. 어쩌면 책을 낼 수 없을지도 모르겠어. 하긴 그다지 대단하지도 않고 아무것도 없는 내 책을 누가 선뜻 내주겠어!' 라는 패배감으로 가득 찼다. 그 생각이 온통 머리를 채울 때쯤 나에게는 책을 쓸 재능도, 자격도 없다는데 동의하고 있었다. 내가 가장 싫어하던 그 말을 조금씩 믿기 시작한 것이다. 나는 스스로 책을 쓸 능력이 없는 사람으로 만들었다. 곧 내게 남은 건 상처받은 마음과 잃어버린 자신감, 그리고 글쓰기를 포기한 나만 남아있었다. 그 순간 느꼈다. '책을 내지 못하는 이유는 출판사가 아니라 오히려 내게 있었구나.' 이 일로 나는 긍정과 부정을 택하는 것처럼 성공과 실패도 가능한 일이구나를 몸소 느꼈다.

부정적인 사고의 파괴성은 예상보다 매우 컸다. 이전에는 나도 긍정적인 사고와 얼마나 큰 차이가 나겠는가 코웃음을 쳤지만 계속되는 거절에 좌절했다면 작가가 되지도 못했을 뿐더러 이 책은 영원히 USB에만 담겨있었을 것을 생각하니 섬뜩했다. 다행히 나는 언제든 진가를 알아보는 곳을 만나게 된다고 믿고 열심히 글을 썼다. 그 결과, 좋은 출판사를 만나 계약했고 책으로 만들어졌다. 지금 생각하면 그 당시 내가 포기하지 않고 계속 글을 쓸 수 있게 된 것에 무척이나 감사하다. 출판사의 평가를 내 마음대로 해석해서 스스로를 깎아내렸다면 아마도 나는 절필을 했을 것이다. 그리고 한참 시간이 지나서 다른 사람의 말에 내 꿈을 포기해버린 어리석은 선택에 뼈저리게 후회했을 것이다.

실패의 기준을 최고치로 잡아라

'목표와 비전은 높게 세워야 한다.' 금메달을 목표로 한 사람은 못해도 은메달, 동메달을 딸 수 있지만 동메달을 목표로 한 사람은 그래봤자 동메달이다라는 지론이다. 이 말에 동의하면서 나는 인생의 목표와 비전만큼이나 중요한 '실패 기준'에 대해서 말하고자 한다. 앞서 성공과 실패를 스스로가 선택 가능한 문제라고 말해왔는데 그렇다면 성공과 실패를 택하는 기준은 어떻게 잡는 게 좋을까? 여기서 말하는 실패 기준은 자신이 실패라고 여기는 기준선을 말한다.

알기 쉽게 수치로 설명하자면 실패 기준이 높은 사람은 100정도가 되어야 실패로 받아들이지만, 기준이 낮은 사람은 10정도만 되어도 실패라고 생각한다. 즉, 실패라고 보는 기준을 아주 높게 잡을수록 사소한 일에 실패나 망친 일이라며 좌절할 확률이 적어진다. 앞의 사례 속 두 청년 주방장 김군과 박군이 같은 상황에서 다른 반응을 보인 것에도 실패의 기준이 서로 달라서이다. 박군은 높은 실패의 기준을 가진 사람으로, 스승의 혹평에도 자신의 요리가 형편없다거나 전혀 자질이 없다고 생각하지 않았다. 반대로 김군은 실패기준이 낮았기 때문에 조금의 악평에도 스스로 소질이 없는 요리사가 된 것이다.

실패의 기준이 높을수록 주변의 좋지 않은 말이나 시련에 흔들리지 않는다. 더불어 자신의 역량을 믿고 계속해서 노력하게 한다. 또한 작은 장애물에도 쉽게 포기하지 않고 만족하며 감사하는 마음을 가진다. 900장의 음반을 판매한 가수와 90,000장의 음반을 판매한 가수. 둘 중 누가 더 행복할까? 수치상으로는 당연히 90,000장의 가수가 더 기쁠 것 같지만 속을 자세히 들여다보면 900장의 가수가 환하게 웃고 있다. 90.000장 기록의 가수는 올해 음반이 2백만 장을 가뿐히 넘을 것이라 확신했다. 그만큼 심혈을 기울여 만들었는데 실제 판매량이 목표량의 1/100도 안되었다. 그에게 이번 앨범은 참패한 기록이었다. 반면 900장의 가수는 원래 오랜 시절 가수를 준비하던 지망생이었다. 그에게는 음반을 내고 데뷔를 한다는 자체가 꿈이었다. 때문에 턱없이 적은 판매량에도 감사했다. 이 앨범은 실패작이 아니라 위대한 첫 발인 것이다. 자신의 음악 세계를 이해하고 들어준 900명의 팬이 있음에 도리어 기뻐했다. 절대적인 수치로만 따졌을 때는 10배 가까이 차이가 나지만 자신의 실패 기준과 성공 기준에 따라 만족감이 얼마나 달라질 수 있는가가 확연하게 드러난다. 성공과 행복은 어쩌면 단지 보이는 것, 수치적인 것에 꼭 비례하지는 않는 것 같다. 쇼윈도 행복을 부러워하는 이는 아무도 없듯이 말이다.

실패 기준을 최대한도로 잡으면 또 한 가지 좋은 점이 어려움을 문제로 보지 않는다는 것이다. 대부분 이 부류의 사람은 실패 기준이 아주 높고, 성공으로 가는 목표에 대한 집념이 강하기 때문에 어려움에 직면하더라도 또 다른 도전으로 인식한다. 곤란한 경험이 자신을 더욱더 현명하고 강하게 만들어준다고 믿는다. 구글은 특히나 '실패'에 대해 다른 회사보다 관대한 편이다. 새로운 제품의 출시도 최저 수준만을 통과하면 가능하다. 물론 까다로운 절차로 최상의 품질만을 내보이는 제품에 비해서는 상당히 많은 클레임을 받지만 그것을 감수하고서 구글은 소비자들이 주는 정보를 가지고 계속해서 수정하는 방법을 택했다. 아무리 최고를 만들었다고 해도 모든 사람을 100% 만족시키기는 어렵고 불만이 있을 수밖에 없다. 이들은 클레임이 없는 최고의 상품을 만드는 것 자체가 불가능하다는 것을 이미 간파하고 있었던 것이다. 피할 수 없는 실패나 어려움을 문제가 아니라 기회로 볼 수 있는 눈, 이것이 더 현명한 판단을 내리게 한다.

내가 팝업북을 제작할 때의 일이다. 처음 팝업북의 기본틀 만들기를 배우는 과정에서 나는 굉장히 속도가 빠른 편이었다. 1cm와 5°의 차이에도 틀 모양이 달라지고 불량이 될정도로 팝업북에서 정확함은 중요한 요소다. 그렇기 때문에 사람들은 정확한 길이와 각도에 집중하느라 속도가 더뎠고 어느새 완성품보다는 직선의 길이가 맞는가, 각도기를 사용하는데 점점 집착하게 되었다. 하지만 나는 펼치고 보는 것에 무리가 없을 정도로만 만들면서 더 많은 기본틀을 만들어보는 것에 집중했다. 불량품이 된 것은 계속 수정하면서 어떤 문제로 제대로 작동되지 않는 것인지 파악함으로서 팝업의 기본 원리를 파악해갔다. 혹여나 잘못되지는 않을까 보다는 거침없이 만들었다. 그러다 보니 조금씩 내가 원하는 대로 다르게 변형하는 것도 쉬워졌다. 결국 나는 단시간에 가장 많은 형태의 기본틀을 익혔고 활용할 수 있는 틀이 더 많아졌다.

반대로 하나의 선에도 오차를 용납하지 못한 동기는 나의 절반도 안 되는 양의 틀을 만들었다. 또한 매뉴얼대로만 따라할 뿐이었다. 아마 약간의 차이에도 불량품이 될 것을 염려하여 완전 오류가 없는 틀을 만들어야한다는 생각만 했기 때문에 진도를 나가지 못한 탓이다. 하지만 배우는 입장에서 완벽이란 불가능하다. 대신 여지를 조금 남겨두고서 과감하게 시도해볼 때 더 많은 것을 배울 수 있다.

끝으로 실패 기준을 높이는 것은 현재에 충실하면서 동시에 이뤄져야 하는 일이다. 혹시나 높은 실패 기준을 대충 대충 넘어간다는 의미로 오해하는 사람이 없길 바란다. 이는 작은 상처에 겁을 먹고 등 돌리지 않았으면 하는 뜻에서 전하는 것이니 말이다. 특히 항상 좋은 평가와 높은 등급의 성적으로 일류 대우를 받던 사람이 사회에 나와 작은 실수와 실패에 꺾이는 경우가 많다. 하지만 사람은 스크래치가 많을수록 값어치가 올라간다. 흙덩이가 도자기가 되는 것도 고운 입자 때문이 아니라 1,200도가 넘는 불 속에서 버텨내었기 때문이다. 그 전에 터져버리는 흙은 절대 도자기가 될 수 없다. 우리도 500℃, 1,000℃을 '이쯤이야' 라며 진득하게 버티면서 더 많은 시도와 도전을 해보자.

충고의 두 얼굴

아무것도 하지 못하게 하는 말은 충고로서 자격을 잃는다.
때로는 어떤 상황에서도 신념이 흔들리지 않아야 할 때가 있다.
충고의 진짜 얼굴을 잘 판단해야 한다.

"제발 저에게 날개를 주세요." 매일 밤 나는 기도한다. 어느 날, 하늘이 정성어린 기도에 감동했는지 정말로 날개를 선물해주었다. 그런데 날기도 전에 옆에 있던 사람이 나에게 충고한다. "너무 낮게도, 높게도 날지 마. 딱 중간만으로 날아."

"너무 높게도, 낮게도 날면 안 돼"

그리스 로마신화에서 다이달로스는 왕의 명령으로 아들 이카루스와 함께 자신이 만든 미로 감옥에 갇히게 된다. 그 미로는 설계도 없이는 절대 빠져나갈 수 없도록 만들었다. 당연히 다이달로스와 이카루스도 설계도가 없었기에 꼼짝 없이 갇혀 죽을 수밖에 없는 상황이었다.

그러다 다이달로스가 날아가던 새들이 떨어뜨린 깃털을 발견했고 그 깃털로 날개를 만들었다. 부자는 날개로 날아가 미로를 빠져나가기로 했다. 다이달로스는 아들에게 날개를 달아주면서 말했다. "아들아, 절대로 높게 날아서는 안 되고, 그렇다고 너무 낮게 날아서도 안 돼. 높게 날다가는 태양에 밀납이 녹아서 떨어지고 너무 낮게 날다가는 깃털이 물에 젖어 빠지게 될 거야." 아들 이카루스는 다이달로스의 말을 들었지만, 날고 있다는 기쁨에 벅차 아버지의 충고를 잊었다. 그리고는 너무 높게 날다 밀납이 녹아 바다에 빠져 죽어버렸다. 이것이 우리가 알고 있는 다이달로스와 이카루스의 이야기다. 사람들은 여기서 너무 높게도 낮게도 날지 말라는 충고를 무시해서는 안 된다는 교훈을 배웠다. 그러나 세스 고딘은 '이카루스 이야기'에서 아들 이카루스의 행동이 결코 어리석은 행동이 아니라고 말한다.

충고의 두 얼굴

우리 주변에도 다이달로스와 같은 사람이 많다. 가는 곳마다 "그 쪽은 안 돼. 저쪽도 안 돼." "그리로 갔다가 넌 실패할 거야. 그러니까 이쪽으로 가." "한 번 실패하면 다시 일어나기 힘들어." 너무 높게 또는 낮게 날다 떨어지기보다는 중간으로 적당히 안전하게 날아가기를 바란다. 이들은 당신이 큰 시련에 좌절하거나 상처받아서 아프지 않고 평탄하였으면 한다. 그래서 정해진 길을 따라가라고 한다. 그 길에는 큰 성공도 없지만, 큰 실패도 없다. 안전한 길을 놔두고 다른 길로 가려는 당신이 걱정되기 때문이다. 예를 들면, 창업을 원하는 자녀에게 창업보다는 매달 월급이 나오는 회사원이 되길 바라는 것이다. 창업을 하게 되면 자신의 회사를 운영하게 되어 명예와 많은 돈을 벌수도 있지만, 잘못하다간 신뢰와 돈 모두를 잃고 빈털터리, 도망자 신세가 될 수도 있음을 우려하는 것이다.

반대로 "높게도, 낮게도 날면 안 돼"라는 충고는 같지만, 목적이 다른 부류가 있다. 이 사람들은 정말로 당신을 걱정하는 게 아니라 아무것도 하지 못하게 하려고 하는 것이다. 그들은 당신을 깎아내리고 밑으로 끌어내려야 자신이 올라갈 수 있다고 생각한다. 그러니 하는 일마다 딴지를 걸고 힘 빼는 말만 한다. 라틴아메리카 지역에서는 이런 사람들을 '옷자락 끌어당기는 사람'이라고 부른다. 이들은 다른 사람이 자신보다 더 높이 가거나 성공하는 것을 막기 위해 끌어내리려고 애쓰는 사람이다.

나만이 허락한다

살다보면 우리는 이러쿵저러쿵 말을 듣는다. 이 때 주변의 조언을 경계해야할 때가 있다. 영화 '헬프'에 이런 대사가 나온다. "아침에 일어나면 새로운 결심들을 하는 거지. 너 자신에게 물어봐. '오늘 나를 험담하는 바보 같은 말들에 귀를 기울일 필요가 있을까?' 네가 결정하는 거지. 너는 분명 큰일을 할 거야." 우리는 어쩌면 생각보다 많이 주변의 말에 귀를 기울이고 휩쓸리는지도 모른다.

가장 중요한 것은 '나 스스로 허락하는 것'이다. 어떤 상황에서든 누군가에 의해서, 누구 때문이 아니라 기준은 언제나 '나'여야 한다. 그래야 후회가 없고, 더 나은 성과를 낸다. 내가 선택한 것이기 때문이다. 만약 잘못 되더라도 핑계대지 않을 것이다. 나 역시도 책을 쓰려고 마음을 먹었을 때 주변에서 말들이 많았다. "책 쓰는 일도 좋지만, 그것보다 경력을 좀 더 쌓고 하는 게 낫지 않을까?", "괜히 그러다가 시간만 버리게 되는 거 아니야?" 등의 진심어린 걱정도 있었다. 반대로 "책 그거 아무나 쓰는 거 아니다.", "유명하지도 않은데 누가 책 내주겠어? 너 글 써본 적은 있어?"라는 말로 내 의지를 무너뜨렸다. 때문에 나는 점점 글을 쓴다는 것을 숨기게 되었다.

특히 꽤 오랜 시간 알고 지내던 친구가 한 말은 가히 충격적이었다. "네가? 그거 아무나 하는 거 아니야." 친구에게 책을 낸다는 것은 글쓰기에 재능이 있거나 아주 대단한 사람만이 가능한 일이었다. 그녀가 볼 때 나는 그 둘 중에 아무것에도 해당하지 않았다. 물론 책을 쓴다는 것은 어려운 일이다. 그러나 나는 하고 싶었고 할 수 있다고 믿었다. 해보지도 않은 일에 할 수 없다고 포기하는 건 너무 어리석은 것이다.

만약 내가 그 때 친구의 말에 흔들렸다면 어떻게 됐을까? 아마 평생 책을 내지 못했을 것이다. 그 친구 말고도 책은 대단한 사람만 쓰는 거라고 생각하는 사람은 엄청 많으니 말이다. 그러나 나는 흔들리지 않기로 했다. 다른 사람의 말보다 나를 믿었기 때문이다. 다른 사람의 눈으로 나를 평가하고, 내가 할 수 있는 선을 정하는 잘못된 행동을 하지 않았다. 그래서 지금 이렇게 당신에게 내 이야기를 할 수 있는 것이다. 우리는 같은 충고라도 그것이 어떤 의미를 띠고 있는지 잘 구분할 필요가 있다. 조언이 나를 막아선다면 그것은 더 이상 충고로서 의미를 갖지 않는 말일 테니까.

로마에게 배우는 포용력

책임을 진다는 건 경기에서 승리를 이끌도록 끝까지 최선을 다하는 것이다.
책임진다는 말로 물러나게 하는 것은 결코 좋은 해법이 아니다.
다만 포기한 채 다른 사람에게 떠넘기는 것일 뿐이다.

"우리가 승리할 수 있었던 건 정신력덕분이었다."

스포츠 경기 후, 인터뷰에서는 정신력이라는 말이 자주 등장한다. 승리 팀의 감독과 선수들은 전략, 기술, 체력보다 이것을 제1의 승리 요인으로 꼽는다. 많은 사람들이 운동 경기는 신체적, 체력적, 전략적 강점을 요하는 것이라 생각하지만 사실 스포츠만큼 정신적, 심리적 영향이 크게 좌우하는 곳도 없다. 아무리 체력이나 기본기가 탄탄한 사람도 멘탈이 한 번 흔들리기 시작하면 좀처럼 제 실력을 발휘하지 못한다. 때문에 정신력이 강한 사람이 경기를 주도하고 승리를 가져간다. 과거 자신의 화려했던 전적에 빠져있는 사람은 발전이 없고 패배 전적에 갇혀 있는 사람은 성장이 없다. 설사 내가 조금 전 경기에서 실책을 했더라도 이를 떨쳐버리고 현재에 집중하는 선수가 실수를 만회하고 승리로 이끈다. 선수가 실책을 하듯이 인간이라면 누구나 실수와 실패를 한다. 그러나 누가 먼저 그 순간에서 벗어나오는가 이것이 인생이라는 경기에서 중요한 요인이다. 이런 점에서 볼 때 대단한 정신력으로 무장한 로마인은 대단히 막강한 우승 후보이다.

로마는 패장을 처벌하지 않는다

스포츠는 인생과 매우 비슷한 점이 많다. 그래서인지 우리는 인생을 운동 경기에 많이 비유해서 이야기하곤 한다. 하지만 결정적인 부분에서 스포츠는 100% 완벽하게 인생을 표현하는데 무리가 있다. 경기는 승패에 따라 사람의 목숨을 위협받거나 나라의 존패가 갈리지 않는다. 물론 중요하지만 나라의 존립이나 존재의 위협을 받을 정도는 아니라는 뜻이다. 반대로 전쟁은 민족 간, 나라간 목숨을 걸고 하는 경기다. 여기서 질 경우, 패자는 패배감과 더해 아주 혹독한 대가가 따른다. 특히 패한 나라의 리더, 장군은 자신의 목을 내놓는 것은 물론 가족 또는 일족까지 형벌을 받고 죽임을 당한다. 신라 김유신 장군은 당나라와의 싸움에서 지고 오자마자 왕에게 가서 왕명을 욕되게 한 죄로 목을 내놓는 것이 당연하다고 아뢰었다. 고대 페프시아 다리우스 대왕은 실제로 전쟁에서 지고 돌아온 패장을 단숨에 칼로 베었다. 예전에는 전쟁을 이끄는 장군이 패배하고 오는 것은 제대로 제 할 일을 다하지 못한 것으로 보고 스스로 목숨을 내놓는 경우가 많았다. 그 중에서 카르타고는 승리하지 못한 사람에게 가혹하게 처벌하기로 유명했다. 패자들은 죽음을 당연히 각오해야 했고, 나라에서도 십자가형으로 엄중히 벌하였다. 당시에는 패배의 책임을 죽음으로 묻는 것이 일반적인 일이었다.

패배는 죽음으로 갚는다. 과연 이것이 이기지 못하고 돌아온 일을 제대로 책임지는 방법일까 하는 의문이 든다. 패자는 이미 그 어떤 누구보다 무거운 짐을 마음에 지고 온다. 동거 동락하던 동지를 잃고 혼자서 살아온 마음은 어떻겠는가? 평생 상처를 가슴에 묻고 살 것이다. 사람은 열 번을 잘해도 한 번을 실수하면 잘해온 게 소용이 없어진다. 큰 공을 여럿 세웠지만 크게 패하고 돌아온 사람에게 그 죄를 묻는다. 지고 돌아온 장수는 이미 자신에 대한 실망감과 나라를 지켜내지 못했다는 자괴감 등으로 벌써 고통 받으며 스스로를 벌하고 있을 것이다. 이런 상황에서 무조건 패배의 잘못으로 목숨을 내놓으라는 건 의미가 없다고 본다.

책임을 진다는 건 전쟁이나 경기에서 승리를 이끌도록 끝까지 최선을 다하는 것이다. 책임진다는 말로 물러나게 하는 것은 결코 좋은 해법이 아니다. 다만 포기한 채 다른 사람에게 떠넘기는 것일 뿐이다. 패배를 처벌하기에 앞서 전쟁을 승리로 이끄는 게 우선이다. 즉, 우리가 왜 패배했으며 어떻게 승리할 것인가를 우선 고민해야 한다. 그러기 위해서는 패배한 장수가 필요하다. 그는 상대와 싸워본 전적이 있는 훌륭한 정보원이자 상대의 전력을 가장 뼈저리게 느껴본 사람이다. 그러므로 다음 전쟁에서 같은 패배를 당하지 않기 위해서는 장수를 베어 버리기 보다 그를 이용하는 게 더 현명하다. 로마는 이미 그 당시에 패배를 책임지는 당시의 방법에 이러한 의문을 가졌고, 타국과는 다르게 대처했다. 그들은 패배한 장군을 처벌하지도, 죽이지도 않았다. 대신 다음 전쟁에 지휘관이나 참모로 일하도록 했다. 때문에 로마는 유럽, 영국, 중동을 2만 년 간 지배할 수 있었다. 로마에서는 패배의 책임을 제대로 질 수 있는 기회를 주었다. 굳이 처벌하지 않았던 건 명예를 목숨처럼 여기는 장수에게 패배로 더러워진 명예만큼의 충분한 벌이 되는 것은 없다고 판단한 덕분이다. 로마는 그나이우스 스키피오를 포함한 지휘관들이 카르타고에 잡혀 포로가 된 적이 있더라도 다시 전쟁에 보내어 만회의 기회를 주어 승리하도록 북돋아주었다.

실패를 포용함으로서 얻는 것

한 번의 실책으로 다시는 경기에 투입해주지 않는 감독을 믿고 경기에 최선을 다할 선수는 드물다. 전장에서도 마찬가지로 자신을 믿어주는 사람에게는 믿음 이상으로 보답하려 한다. 춘추시대 초나라 장왕은 용서로 목숨을 구한 대표적인 인물이다. 그는 난(亂)을 진정시킨 신하들을 치하하기 위해 회포를 푸는 자리를 마련했다. 한창 연회가 무르익을 때쯤 갑자기 바람에 불이 꺼졌다. 아무것도 보이지 않는 어둠에서 총희의 비명이 들렸다. 불이 꺼진 틈을 타 누군가가 총희의 몸을 건드린 것이었다. 총희는 그 사이 그 사람의 갓끈을 뜯고는 왕에게 불이 켜지면 누구인지 알 있을 거라고 말했다. 그러나 장왕은 불을 켜지 못하게 하고는 신하들에게 갓끈을 끊으라고 일렀다. 이에 신하들은 모두 갓끈을 끊고는 즐겁게 연회를 끝냈다. 그리고 3년 후, 초나라는 진나라와 전쟁을 하게 되었다. 그 때마다 한 신하가 늘 앞서서 싸웠다. 다섯 번을 전쟁했지만 그 신하 덕분에 초나라를 물리치고 매번 승리하였다. 특별히 애정을 주지도 않았음에도 매번 목숨을 걸고 앞장서서 싸우는 신하가 대견하면서도 궁금하여 그 이유를 물었다. 그러자 그가 답하기를 자신은 3년 전 연회 날에 갓끈이 끊긴 사람으로 그 때 죽을 죄를 지었음에도 용서하고 포용해주신 은총을 갚은 것뿐이라고 했다.

만약 장왕이 그 날 불을 켜고 끈이 끊겨진 사람을 찾아 그 자리에서 죽였다면 어떻게 되었을까? 오히려 권력이 더 강해졌을까? 아마 그 자리에 있던 모든 신하들도 공포를 느껴 그를 진심으로 따르기 보다는 두려워서 복종했을 것이다. 왕은 자고로 신하와 백성들에게 덕을 베풀고 신임을 얻어야 한다. 철저히 옳고 그름을 관리하는 것과 더불어 이들을 믿어야 한다. 진정한 리더는 모두가 최대한의 역량을 펼치는 분위기를 만드는 사람이다. 때로는 권한을 일임하고 작은 실책은 너그러이 감쌀 줄 알아야 한다. 사소한 것조차 용납하지 않는다면 그를 믿고 따르며 충언을 할 사람은 남아있지 않을 것이다. 그리고 결국 혼자가 된다. 대신에 같은 일을 다시는 반복하지 않겠다는 의지를 확인하고 달라진 모습을 보여줄 기회를 주어야 한다. 그러면 이들은 저절로 다른 사람에게 본보기가 되어 더 자유로운 분위기에서 다양한 시도를 할 것이다.

하지만 로마인도 무조건적으로 모든 패자에게 기회를 준 것은 아니었다. 일단 운이 나빴던 사람과 실력이 턱없이 부족했던 사람을 나누었다. 전자에게는 다시 기회를 주었고, 후자는 그를 뽑은 공동체의 책임이라고 받아들였다. 이러한 로마의 포용은 집단이나 개인의 성장에 큰 영향을 미친다. 여럿이 함께 프로젝트를 진행할 때, 개인의 업무를 볼 때, 좋지 않는 결과에 매번 책임을 물어 해고한다면 그 때마다 당사자와 함께 실패교훈까지 추방당하고 두려움만 남을 것이다. 사람은 자신이 직접 겪지 않은 일에는 심각성을 크게 깨닫지 못하고 시간이 지나면서 빠르게 잊는다. 대신에 최선을 다해 노력했음에도 환경적으로 어려운 경우였다면 회사의 경험으로 두고 기억하며 동일한 상황을 예방해야 한다. 단순히 그 상황을 덮기 위해, 책임을 지고 누군가를 기억 속에서 데리고 나가는 것이 근본적인 해결책은 아니다. 모두가 책임을 느끼고 경험과 교훈을 집단은 물론 개인의 무형자산으로 만들어야 한다. 경영의 대가 잭웰치는 일류 기업과 이류 기업의 차이는 똑같은 위기를 두 번 겪느냐 아니냐로 구별한다고 했다. 극복 과정에서 위기에 대한 백신을 개발하는 기업이 일류 기업이 된다. 최정상의 자리에 있는 기업이라 할지라도 100% 성공률을 보장하기는 어렵다. 하지만 망친 순간에도 이를 신속하게 포용하고 현명하게 대처함으로서 실점을 승점 내는 요인으로 바꾸어 버린다. 이것이 곧 경쟁력을 키우는 길이다.

"실패를 안으니 기회가 생겼어요."

사람에게는 생존을 위한 본능 몇 가지가 있는데 그 중에서 자신에게 위험한 일을 자동적으로 피한다는 것이다. 뜨거운 것을 만졌을 때 재빨리 손을 떼는 것처럼 말이다. '실패'에 대해서도 우리는 본능적으로 빨간 경고등이 켜지고 무조건 피하려고 한다. 하지만 이를 안고 오히려 감사하는 마음을 가질 때 새로운 문이 길이 열린다. 로마가 2만 년 간 많은 나라를 지배한 것도, 장왕이 목숨을 구하고 나라를 지킨 것도 실패를 포용했기 때문이다. 부정적인 상황에서도 배움을 찾고 그 속에 숨겨진 배움을 보는 사람은 잘못된 일마저도 전환점으로 만들어 버린다.

실제로 중국의 한 청년은 취업에 불합격을 하고도 감사하여 기회를 얻게 되었다. 그는 일하던 회사가 어려워지면서 부도가 났고 갑자기 서른에 백수가 되었다. 할 줄 아는 거라곤 회사에서 하던 컴퓨터 프로그래밍 뿐이었고 이미 삼십대가 되면서 새로운 일자리를 얻는 것이 쉽지 않았다. 그러다 신문에서 프로그래머 모집 공고를 보았고 그곳에 지원했다. 새 회사에도 그처럼 취직을 원하는 사람이 넘쳤다. 다행히 그는 높은 경쟁률 속에서 필기시험에 통과하여 면접을 보았지만, 행운은 거기까지였다. 결국 면접에서 떨어졌다. 하지만 이번 구직 활동은 예전과는 달리 준비 과정에서 소프트웨어 업계에 관한 정보를 많이 얻게 되었다. 비록 합격은 못했지만 지식의 시야를 넓힌 기회였다. 그는 감사함을 전하고 싶었고 이를 담은 편지를 회사에 보냈다.

회사에서는 선발되지 못한 사람에게서 감사 편지가 왔다는 소식이 전체에 퍼졌고 소문은 회장에게까지 알려져 그 편지가 전해졌다. 그로부터 3개월이 지나, 그는 회사로부터 답장 한 통을 받게 된다. 그것은 바로 그를 스카우트하는 편지였다. 그가 감사편지를 보낸 이후에 회사에는 합격자 중 결원이 생겼고 인사팀에서는 그를 떠올린 것이었다.

우리는 평소 얼마나 감사하며 살고 있을까? 실패는 자신을 대하는 마음과 자세에 따라 다시 성공을 데려오기도 하고, 더 큰 실패를 불러오기도 한다. 살면서 우리는 꽤 행복한 하루에도 불만을 늘어놓는다. 모임에만 나오면 늘 회사 다니는 것이 너무 힘들다고 불평하는 친구에게 다른 친구가 이렇게 말한 것이 기억에 난다. "학교는 우리가 배우려

고 돈을 주고 다니는데 회사는 나한테 돈을 주면서 일을 가르쳐 주잖
아.” 그 이후 불평하는 친구는 회사에 대한 마인드를 조금씩 바꾸었고
회사생활에서도 전보다 애착을 가지고 일하고 있다. 이처럼 사람은 어
떤 마음을 가지고 바라보는가가 자신을 살리기도 하고 죽이기도 한다.
만약 인생에 큰 벽을 만난 사람이 있다면, 감사하는 마음으로 바라보
라. 그 벽은 지금 단계의 끝을 알리며 다음 단계로 가는 시작점이다.
좌절은 곧 희망이 되고, 다시 일어날 수 있는 용기를 줄 것이다.

타인의 성공에 눈 감기

상대에게 상처를 남긴다고 내가 잘 되지는 않는다.
세상에는 셀 수 없이 많은 행복주머니가 있다. 하나의 성공주머니를 차지하려는
경쟁이 아니라 나만의 행복주머니를 채워가는 게 진짜 행복이다.

동물과 식물이 살기 어려운 곳. 온통
모래로 덮인 무시무시한 곳. 사막은 우리에게 이런 곳이었다. 그러나
생존마저 위협받는 이곳이 지금은 죽기 전에 꼭 가보고 싶은 곳이 되
었다. 사막 여행을 다녀온 사람은 이전에 다녔던 여행지가 기억나지
않는다고 할 정도로 환상적인 경험이라고 이야기 한다. 특히 우유니
사막은 하늘이 바닥에 비치면서 마치 하늘과 땅이 하나가 된 장면을
선사한다. 하늘을 걷는 기분을 느껴보고 싶은 사람들은 이곳을 찾아간
다. 미지의 땅이자 위험한 대지였던 사막은 이제 사람들의 호기심을
자극하는 곳이 되었다.

성공은 뺏기가 아니라 더하기다

하지만 멋진 광경 뒤에는 아직도 생존을 위협하는 발톱을 숨기고 있다. 실제로 사막은 살아가기에 어려운 환경이다. 때문에 이곳에서 목숨을 잃거나 생명이 위독한 상황에 이르는 사람이 많다. 일단 낮에는 내리쬐는 태양에 극심한 더위를 견디기 힘들고 심한 경우 자외선에 실명하기도 한다. 밤이 되면 영하로 내려가는 기온 탓에 체온유지가 힘들다. 또한 마실 물이 넉넉지 않다보니 수분 부족으로 쓰러질 수가 있다. 이외에 생명을 위협하는 요인은 수도 없이 많지만 목숨을 잃는 가장 큰 이유 중 하나는 '조바심'이다. 정말 자신이 죽을지도 모른다는 생각과 대열에서 이탈한 사람이 겪는 심리적 압박은 점점 스스로를 벼랑 끝으로 내몬다.

물이 충분하고 사람이 살기에 적합한 환경에서도 '조바심'은 인간을 위협한다. 지구에는 타인이라는 태양이 항상 우리 위를 맴돌고 있다. 다른 사람들이 나보다 뛰어난 성과를 내게 되면 뜨거운 곳에 서있는 것처럼 안달이 나서 괜스레 조급해진다. 사람은 주변의 행보에 굉장히 의식을 많이 하는 편이다. 남들이 실패한 일에는 굉장히 관대하지만 잘된 일에는 민감하게 반응한다. 아마도 성공이 하나만 있는 1등 자리라고 생각해서 경쟁으로 뺏어야만 한다고 잘못 알고 있는 것 같다. 마치 제로섬 게임에서 누군가 승리하면 다른 누군가는 반드시 패자가 되는 것처럼 말이다. 그래서 남이 잘 되면 내가 뒤처지는 것 인줄 알고 조바심을 낸다. 그러다 보니 '사촌이 땅을 사면 배가 아프다' 란 말이 생겨날 정도로 타인의 공이나 성취에 야박해진다.

상대를 흠집 낸다고 해서 내가 잘 되는 것은 아니다. 특히 행복은 제로섬 게임이 아니다. 내가 행복하다고 해서 남이 행복하지 않다거나 내가 행복하지 않다고 남이 행복해지지 않는다. 세상에는 수 억 개의 셀 수 없이 많은 행복 주머니가 있기 때문에 하나의 성공 주머니를 차지하려는 경쟁이 아니라 나만의 행복 주머니를 채워나가는 게 진짜 행복이다. 따라서 다른 사람이 잘됐다고 해서 시기할 것이 아니라 오히려 축하해주거나 도움을 얻어야 한다. 또한 자극을 받거나 영감을 떠올릴 수 있다. 그런데 우리는 잘못된 방법으로 타인과 비교하고 방해한다. 남의 기쁨을 방해하기 보다는 자신의 행복 만들기에 전념하면서 행복의 크기를 키워가야 한다.

함께 갈 때 더 멀리 간다

내가 자주 사용하는 '에버노트' 가 출시될 때 시장에는 이미 비슷한 어플이 많았고 다른 회사에서도 계속해서 더 좋은 앱을 만들어냈다. 하지만 에버노트 CEO 필리빈은 다른 기업이 그들을 막으려는 방법을 모색하지 않고 제품의 성공을 위해 어떤 노력을 하는지에 신경 쓰고 자신의 제품에만 집중했다. 그들의 에너지 100%를 오롯이 자신의 제품을 더 좋게 만드는데 사용했다. 필리빈은 남과 경쟁한다고 해서 더 좋은 제품이 되지 않는다는 것을 이미 알고 있었다. 대신에 스스로 경쟁하고 이전 버전과 비교했다. 그러다보니 당연히 사용자들도 매번 개선되는 에버노트에 만족을 느꼈다. 이처럼 우리도 다른 사람에 연연하기보다 어제의 나와 비교하면서 평정심을 가지고 나에게 더 집중하는 편이 낫다.

일전에 한 고등학생이 ID를 도용하여 다른 사람의 대입합격을 취소한 사건이 있었다. 더 놀라운 건 그 사건의 피해자가 피의자의 친구였다는 사실이다. 피의자는 합격한 친구에게서 질투와 시기를 느끼고 이런 행동을 한 것이다. 이 학생도 자신이 아닌 친구를 비교 대상으로 삼고 우를 범하였다. 전혀 다른 존재가 서로의 삶을 비교한다는 건 전제부터가 잘못된 것이다. 마치 자동차와 장미꽃 중에 누가 더 아름가운가를 묻는 질문과 같다. 하지만 지금 우리는 이렇게 말도 안 되는 경쟁심에 불타 엉뚱한 경쟁력을 기르고 있다.

삶은 다르다는 점을 인정할 때 더 행복해진다. 인류가 지금껏 같이 힘을 합쳐 발전해왔듯이 앞으로도 우리는 함께 걸어가야 한다. 독일에서는 이미 '길드' 라는 문화로서 상생해간다. '길드' 는 중세유럽의 기능인 조합에서 생겨난 것으로 같은 일을 하는 사람들을 경쟁자가 아니라 파트너라고 생각한다. 자동차를 만들 때에도 부품을 담당하는 납품

업체가 아닌 자동차를 같이 만들어가는 곳으로 대우한다. 우리 또한 사촌이 땅을 사면 배 아파 하지 않고 축하 파티를 열어주는 분위기가 되었으면 좋겠다. 진정한 친구는 슬픔을 나누어주는 걸 넘어서 기쁨을 진심으로 기뻐해주는 사람이다. 좋지 않은 일에는 누구나 안타까워하며 애도해줄 수 있지만, 좋은 일을 나의 일처럼 기뻐해주기는 쉽지 않기 때문이다. 이제는 스스로에게 그리고 상대에게도 진심으로 같이 기뻐해주는 일이 많았으면 한다. 우리는 서로 다른 존재이며, 다르기 때문에 같이 가야 하는 존재다. 이제는 다른 사람의 성공에 일희일비하기 보다는 조급함을 버린 채 눈을 감고 한 쪽 귀로는 좋은 소식을 듣고 한 쪽 귀로는 배움을 얻는 사람이 되자.

낙인 공포에서 벗어나라

과업에 대한 평가를 자신인 양 오해해서는 안 된다.
스스로가 부정적인 확신을 부추기는 꼴이 되기 때문이다.
사람은 누구나 상대적이며 주관적이다.

나는 내기에 운이 좋은 편이다. 작은 게임부터 식사 내기까지 웬만해선 걸리지 않고 잘 넘어간다. 반대로 잘 피해 다니는 나와는 달리 유독 내기만 하면 지고, 벌칙에 걸리는 사람도 있다. 어디를 가나 계속 걸리는 사람이 걸리고, 이기는 사람이 계속 이긴다. 그래서 나는 정말 태생적으로 운이 좋은 사람과 운이 나쁜 사람이 있는 줄 알았다. 그런데 사람들을 가만히 관찰해보니 타고난 운 때문만은 아닐 수도 있다는 공통적 실마리를 발견했다. 매번 지는 사람은 내기 전에 이런 말을 했다. "아, 나 잘못하는데." "이런 거하면 나 매번 걸려." "나 이런 운 없어." 놀랍게도 이 말을 하자마자 진짜 게임에 지거나 벌칙에 당첨된다. 그리고는 뒤이어 이렇게 말한다. "거 봐, 내가 못한다고 했잖아. 난 하기만 하면 걸린다니까."

이기적인 뇌

자기가 보고 싶은 대로 보고, 믿고 싶은 대로 믿는 사람을 뭐라고 할까? 안하무인에 고집불통이라고 한다. 자신의 말만을 옳다고 하는 이런 사람들은 같이 있는 사람들에게 엄청난 존재감을 드러내며 단시간에 스트레스를 준다. 자주보고 싶지 않다는 마음을 먹게 하는 재주를 가진 사람들이다. 그렇다면 우리의 사정은 어떤가? 나는 맹세코 스트레스유발자가 되지 않는다고 확신할 수 있을까? Never. 절대 그럴 수 없다. 사람은 누구나 스스로가 보고 싶은 대로 보고, 믿고 싶은 것만 믿는다.

우리가 얼마나 객관적이지 않는가 하면 일단 인간의 뇌는 자신에게 좋은 것이든 나쁜 것이든 상관없이 자신이 생각한 것이 타당한 쪽으로 중심이 기운다. 재미있는 사례로 스스로 재수가 없다고 여기는 사람과 행운아라고 생각하는 사람이 오후 같은 시간대에 은행, 우체국, 마트를 방문했다. 세 곳 모두 사람이 많아 일을 해결하는데 시간이 많이 걸렸다. 구경을 할라치면 줄을 서서 기다려야 했다. 평소 운이 나쁘다고 생각한 사람은 내가 올 때는 꼭 이렇게 사람이 많다고 투덜거렸다. 사람이 많은 것을 자신의 불운을 뒷받침해줄 근거로 해석해버린다. 하지만 은행, 우체국, 마트는 운이 좋건 나쁘건 오후 시간대라면 사람이 북적거리는 것을 피할 수 없다. 단지 실제 붐비는 시간대에 간 것뿐이다.

그렇지만 이들은 이 사실을 아주 가볍게 무시하고는 "나는 운이 안 좋은 사람이야"라는 결론을 내리도록 상황을 끼워 맞춰버린다. 롤프 도벨리는 이처럼 자신의 주장에 옳다고 뒷받침하는 증거만을 믿는 행동을 심리학적 용어로 '확증편향'이라고 설명했다.[8]

앞의 내기 사례 역시 자신을 내기에 소질 없는 사람이라고 이름표를 붙인 일은 눈치 채지 못하고 게임에서 지자마자 옳다구나 기다렸다는 듯이 '거봐, 내 말이 맞지?'라고 자신의 생각이 맞다고 으스댄다. 설사 이긴다고 해도 원래는 지는 편인데 이긴 결과를 오히려 예외적인 일이라고 받아들인다. 이들은 지금까지 전적을 따져볼 때 충분히 그렇게 생각할 수밖에 없는 상황이라고 반박할지도 모른다. 그러나 운이 좋다고 생각하는 사람을 보면 같은 상황에서도 다른 모습을 보여준다. 이 부류의 사람은 설사 게임에서 졌다고 해도 자신이 운이 나쁜 사람이라고 생각하지 않는다. 단지, 이번 게임이 아주 우연히 예외로 벌어진 일이라고 본다. 한 사람은 진 게임이 당연한 결과이고, 한 사람은 어쩌다 일어난 의외의 결과이다. 같은 사건을 두고도 서로의 주장에 따라 극명하게 다른 의미로 해석한다.

이러한 확증편향은 긍정적인 상황에서는 문제가 되지 않지만 부정적인 결과와 결합하게 되면 상황을 더욱 악화시킨다. 스스로가 부정적

---

8) 스마트한 생각들, 롤프도벨리.

인 상황을 더 지지하게 되어 한계를 그어버리기 때문이다. 예를 들어, 영어 과목에서 좋은 성적을 받지 못한 학생이 자신의 노력 부족이나 시험 난이도에서 이유를 찾지 않고 '나는 원래부터 영어를 못했어.' 라고 단정 짓는 순간, 영어랑은 맞지 않는다고 판단해버린다. 계속해서 뇌는 영어와 친해질 수 없는 이유를 찾아내고, 진짜 그렇게 되도록 자초하게 된다. 어른 앞에서 긴장하는 아이가 어른들은 어렵다고 못 박아 버리면 실제로 더욱 얼어버린다. 할아버지께 주스를 가져 드리려다 동생이 바닥에 흘린 물 때문에 넘어져도, 어른 앞이라 긴장한 탓으로 여긴다. 사람은 놀라울 정도로 자신이 주장하는 것을 지지하려 한다. 거기에 근거가 뒷받침되면 더 영향력을 행사한다. 그러므로 확증편향을 다룰 때는 세심한 주의가 필요하다. 특히나 자신에 대한 부정적인 확신을 가지지 않도록 해야 한다.

평가를 재평가하기

이제 막 당신은 부정적인 확신이 얼마나 위험한지를 깨달았을 것이다. 이에 마음을 먹고 긍정적인 확증을 노력 하려는 당신, 그러나 주변은 당신이 쉽게 되도록 내버려두지 않는다. 스스로 긍정적이었던 사람도 주변의 부정적 평가에 주저하게 된다. 칭찬만큼 야단은 다른 방면으로 강한 에너지를 가진다. 고래도 춤추게 만드는 게 칭찬이라면, 춤추는 고래마저 기운 빠지게 하는 게 비난이다. 아무리 능력이 뛰어난 화가라도 작품에 혹평이 쏟아지면 자신의 유능함을 의심하게 된다. 믿음이 굳건하더라도 사람은 여럿의 이야기에 흔들릴 수 있다. 우리는 자신의 과업에 대한 평가를 자신을 향한 것으로 착각할 때가 많기 때문이다.

최근 김씨에게는 어두운 그림자가 드리웠다. 입사 5년차인 그는 회사에서 인정받는 팀원이다. 회의도 주도적으로 잘 이끌어 내가고, 선배들에게는 좋은 조력자이자 후배들에게는 훌륭한 롤모델로 통한다. 그러던 그가 얼마 전부터 전혀 다른 사람으로 변했다. 매사에 자신감이 없고 새로운 의견을 내지 않고 눈치를 보거나 시키는 일만하는 수동적인 사람이 되었다. 사건의 발단은 김씨가 새로 추진하는 기획 프로젝트를 맡으면서 시작되었다. 그는 평소와 다름없이 열심히 분석하여 만든 기획안을 보고했다. 그러나 연거푸 호된 질타를 당하자 김씨는 점점 자신의 능력에 회의감이 들었다. 그는 지금껏 나쁜 평가에 익숙하지 않았다. 부장님은 그의 기획안을 나무랐지만 그는 자신의 실력이 무시당한다고 느꼈다. 자신도 모르게 혹평을 사적으로 받아들여 자신의 능력을 불신하는데 이르렀다. 그리고는 부장님과의 신뢰관계마저 흔들리고 있다고 불안해했다.

여기서 그의 긍정적 확증 편향이 흔들리지 않기 위해서는 '거절의 대상'이 무엇인지 잘 파악하는 게 중요하다. 부장님이 못마땅하게 여긴 것은 '김씨' 라는 사람이 아니라 '김씨의 기획안' 이다. 실력이 아주 뛰어난 사람도 계약을 거절당하거나 고배를 마실 수 있다. 다만 이를 자신에 대한 평가로 확대 해석하여 인식하지 않는다. 확대 해석하는 경우 다시금 부정적인 의견에 지지를 더해주는 꼴이 된다. 만약 회사에 제프 호킨스와 같은 부장님이 있었다면 그에게 이렇게 말해주었을 것이다. "너를 회사와 동일시하지 마. 제품과도 동일시하지 마. 물론 너 자신을 회사와 제품과 같다고 착각 할 수 있어. 나 역시 옛날에 그런 착각에 갇혀 있을 때도 있었으니까. 하지만, 프로젝트가 얻어져 실패하더라도, 너의 개발 제품이 인기를 끌어 성공하더라도, 네가 실패하거나 성공한 것은 아니야. 너의 회사가 망하고 제품이 망가질 수는 있어도, 너 자신은 결코 실패자가 아니야."

두 번째로 거절하는 사람 또한 주관적이라는 점을 인지하고 있어야 한다. 사람이 하는 평가는 자신만의 기준을 토대로 평가하기에 무조건적으로 완벽한 판단이란 있을 수 없다. 예술 분야에서는 더욱 흔한 일이다. 내게는 온 몸의 털이 설만큼 소름 돋는 감동의 작품이었다면, 다른 사람에게는 전혀 아무런 느낌조차 주지 않는 작품일 수 있다. 이처럼 내 작품에 대한 평가를 받아들일 때에도 객관적이어야 한다. 상대가 거절한 대상은 무엇인지, 무슨 기준으로 거절했는지, 절대로 이를 일반화해서는 안 되며, 100% 신뢰해서도 안 된다. 시도와 거부는 무언가를 시도할 때 저절로 따라오는 실과 바늘의 관계다. 거절당하는 일을 과정의 한 부분으로 받아들이고, 그 상처에 스스로 소금을 뿌려서는 안 될 일이다. 상대에 따라서 누구나 칭송받는 게 아니라 공격당할 수 있다는 사실을 받아들인다면 스스로 안 된다고 낙인찍지 않을 것이다.

미국 대통령을 만든 한 마디

과거의 성공이 미래의 성공을 보장할 수 없는 것처럼 과거의 실패역시도 미래의 실패를 단정 짓지 못한다. 미국 대통령 로널드 레이건이 처음 일자리를 구하러 갔을 때 그에게 큰 인물이 되리라 말한 사람은 아무도 없었다. 그는 1932년 6월 여름, 대학을 졸업하고 직장을 구하러 시카고로 갔다. 그는 아나운서가 되고 싶었고 라디오 방송국을 돌며 일자리를 찾아 다녔지만 받아주는 곳은 어디에도 없었다. 미래의 대통령을 모두가 탈락시킨 것이다. 하지만 계속되는 낙방에도 그는 한기업가가 해준 말을 잊지 않았다. "일단 라디오 방송국에 문을 열고 들어가게. 그 이후의 일은 아무 것도 아닐세, 젊은이." 그 때 레이건은 이곳에서 불합격하더라도 최종적인 내 삶에서 실패자가 되지 않는다는걸 깨달았다. 그래서 계속 포기하지 않고 문을 두드렸다. 만약 로널드가 이 이야기를 듣지 못했다면, 듣고도 흘려버렸다면 우리가 아는 지금의 대통령은 없었을 것이다. 풋내기 취준생 로널드를 대통령으로 만든 건 그 때의 깨달음 덕분이 아닐까?

청년기의 보잘 것 없는 하루가 반드시 형편없는 노년으로 이어지지는 않는다. 우리에게는 언제든 역전의 기회가 있다. 다만 현재의 실패를 일반화하여 자신은 안 될 거라는 오류가 미래를 처참하게 만든다. 우리도 모르는 사이에 스스로 기권 패를 던지는 것이다. 세계적인 선수들에게도 패배 전적은 있다. 그러나 패배로 하여금 자신을 패배자로 만들도록 내버려두지 않는다. 자기 손으로 직접 승리를 거머쥔다. 우리도 인생이라는 경기에서 지고 이기기를 반복한다. 패배할 수는 있다. 그러나 패배자가 되지는 말자.

최악의 시나리오는 스스로를
괴롭히는 것이다

흠집을 내다 무늬를 만드는 법이다.
실패는 인생을 통해 배워가는 자연스러운 과정이다.
자책보다는 건강한 실수를 하도록 유도해야 한다.

정장 대신 트레이닝 복을 입고 손에는
사원증 대신 도시락을 들고 도서관으로 간다. 당신은 3년 전에 학교를
졸업했고 취업 전쟁에서 낙오하여 공무원 시험 준비를 하고 있다. 오
늘은 1차 합격 발표가 나는 날, 떨리는 마음으로 확인해본다. 결과는
불.합.격. 과연 그 순간 내 머리 속에는 어떤 생각이 스칠까?

 1. 그럴 줄 알았어. 더 열심히 하지 그랬어.

 2. 괜찮아. 열심히 했는데.. 속상하지?

 열에 아홉은 1번의 생각을 따르며 게으름을 피운 날들을 떠올린다.
"제대로 집중 안하고 딴 짓을 너무 많이 했어." 불합격을 자초한 것이
결국 자신이라며 자책한다.

 두 번째 상황. 3년 동안 공무원 준비를 한 친구를 둔 나. 위와 같은

상황이지만 내가 아니라 친한 친구가 시험 결과 발표를 앞두고 있다. 결과, 나의 가장 친한 친구는 불합격 통보를 받았다. 이 소식을 들은 나는 과연 친구에게 뭐라고 첫 마디를 던졌을까?

우리는 고민 없이 2번의 답을 한다. 설사 친구가 집중하지 않은 날을 보았다하더라도 질타보다 위로를 먼저 해준다. 상대가 상처받았을 것을 먼저 생각해볼 때 쉽사리 1번의 말을 하지 못할 것이다. 우리는 나보다 타인에게 좀 더 관대하다.

두 얼굴의 인간

'두 얼굴의 사나이, 아수라 백작, 지킬 앤 하이드.' 모두가 인간의 양면성을 표현한 캐릭터들이다. 사람들에게는 실제로 이들처럼 다른 사람에게 보여지는 얼굴, 나에게 보이는 얼굴 두 개가 공존한다. 보통 전자의 얼굴을 우리는 가면이라고도 하는데 신기한 점은 대부분 전자의 모습이 후자보다 더 천사 같다는 것이다. 앞의 간단한 테스트만으로도 알 수 있듯이 우리는 타인을 대하는 것보다 스스로에게 더 가혹하다. 친구나 가족에게는 상처를 보듬어 주려 하면서 정작 왜 자신에게는 다독여주지 못하는 걸까? 자기 자신은 누구보다 스스로를 가장 아끼는 좋은 친구가 되어야 한다. 타인으로부터 나를 지키려는 호신술 이전에 자신으로부터 다치지 않도록 스스로를 지키는 호신술이 먼저 필요한 때다.

나의 실수를 용서하자

자기 자신에게는 엄격하되, 남에게는 관대하라는 말을 따르며 살아와서일까 우리는 스스로 잘한 일을 자랑하는 것에는 인색하다. 반대로 상대의 허물은 덮어주며 나의 허물은 마땅히 대가를 치러야 한다는 것에 익숙하다. 그래서인지 주변의 말에 쉽게 상처 받으며 자존감이 낮고 자책을 수시로 일삼는 사람이 많다. 그러나 이제는 스스로를 너무 채근하지 않았으면 좋겠다. 우리는 스스로를 과도하게 제한한다. 이제는 우리가 자신에게 좀 더 관대해질 필요가 있다. 정말 해서는 안 되는 큰 틀을 두고는 그 외에는 자유롭게 하도록 허락하자.

능률면에서도 엄격한 제한을 받은 사람보다 적정선에서 자유롭게 이것저것 시도해본 사람이 일을 더 잘 처리한다. 일례로 전투기를 조종하는 후보생 둘은 극과 극으로 다른 선생님에게서 훈련을 받았다. 첫 번째 조종사는 스승으로부터 비행기를 조종하는 수 십 가지 규칙을 익혔다. 날씨가 이럴 때는 이렇게, 기류가 이럴 때는 이렇게, 매뉴얼을 외우다시피하며 조작법위주로 운전을 했다. 두 번째 조종사는 선생님으로부터 딱 3가지 규칙만을 배웠다. 그의 스승은 비행에서 절대 해서는 안 되는 행동 세 가지를 제외하고는 스스로 융통성 있게 변형하고 연구하며 운행하도록 지시했다. 덕분에 두 번째 비행사는 첫 번째 비행사보다 가능한 비행 종류가 많았고 위급 상황에 대처가 빨랐다. 첫 번째 비행사는 당연히 비행에 제한적일 수밖에 없었다. 이처럼 해야 할 일을 일일이 짚어주며 주어진 일만 하게 하는 것은 맡은 사람으로 하여금 일에 책임감과 효율성을 떨어뜨리는 일이다. 오히려 담당자가 일을 전적으로 맡아 직접 고민하며 해보게 하는 것이 더 효과적이다. 그러기 위해서는 실수를 하지 못하게 아예 막아버리거나 실책을 심하게 꾸짖기 보다는 건강한 실수를 하도록 유도하고 이를 포용하는 태도를 유지해야 한다.

흠집을 내다 무늬를 만드는 법이다. 스스로 흠을 질타하는 것은 상황만 더 악화시키고 잘못된 상황에 계속 머무르게 한다. 눈과 마음을 긍정적인 방향으로 빠르게 돌리는 게 우선이다. 살다보면 내가 원하는 대로, 뜻대로 되지 않는 게 인생이라는 말을 절실히 느낀다. 술술 풀리는 일은 극히 드물고 대게 얽히고설키며 풀릴 듯 풀리지 않는 일이 허다하다. 그러나 시간이 약인건지, 나를 너덜너덜하게 만들었던 것이 별 것 아닌 일이 되는 게 또 인생이다. 당시에는 큰 일이 지나고 보면 아주 작은 일이 된다. 어떤 책에서는 83세의 아버지가 딸에게 실패가 인생을 통해 배워가는 자연스러운 과정임을 나이가 들어서야 깨달았다고 말했다. 아버지는 이제껏 살아오면서 너무 자신을 닦달한 것을 후회했다. 결국 그것이 경험이 되어 지금의 나를 만든 것인데 그 당시 나를 채찍질하며 보낸 아픈 시간을 안타까웠기 때문이다. 그는 딸이 자신처럼 중요하지 않은 일에 스스로 실망하고 상처 될 말을 내뱉지 않았으면 하는 마음으로 그 말을 전했다. 우리 모두 스스로에게 반성이라는 이름으로 과한 처벌을 하지 않았나 돌아봐야 한다. 특히나 내 인생을 망칠 것만 같은 행동도 실제로는 그만큼의 파괴력을 발휘하지 않는다. 오히려 그 일보다 부정적인 생각에 사로 잡혀 아무것도 하지 못하는 마음이 더 나쁘다.

최고의 발명가들은 발명에 열정적인 사람이기도 하지만 자신의 실패에 굉장히 관대하다. 망친 발명품에도 굴하지 않고 이를 바탕으로 다시 시도하도록 자신을 용서하는 마음이 그들을 최고의 발명가로 만들었다. 이 세상 수많은 제품도 실수에 멈춰 자책하는데 그쳤다면 탄생하지 않았을 것이다. 어쩌면 실패는 성공의 어머니뿐 아니라 모든 것의 어머니인지도 모르겠다. 혁신적인 사람이고 싶다면 먼저 나의 실수와 실패에 좀 더 관대해져 보자.

나는 이미 완벽하다

아침마다 거울을 보면서 이렇게 말해라. '나는 날마다 모든 면에서 점점 더 나아지고 있다.'[9] 스스로 믿어주는 것은 실로 대단한 힘을 발휘한다. 우리 뇌는 자신이 하는 말에 첫 번째 지지자로 그에 대한 근거

---

9) 에밀 쿠에 자기암시, 에밀쿠에.

를 찾는 회로를 가진다. 단지 나는 할 수 있다, 할 수 없다고 마음을 먹고 입으로 내뱉는 것 뿐 일지라도 그 차이는 크다. 뇌는 우리가 하는 생각과 말을 기준으로 받아들이기 때문이다. 오지탐험이 불가능하다고 생각하는 사람에게는 오지에서 발생하는 위험한 사고 소식과 가서는 안 되는 이유가 더 잘 눈에 띄고, 가능하다고 생각하는 사람에게는 생존이 가능하고 탐험을 해낸 사람들의 이야기를 더 잘 찾아낸다. 그러므로 자책보다 북돋아주는 편이 훨씬 낫다. 천재는 태어나는 것이 아니라 만들어진다고 했다. 이 말은 누구나 천재가 될 수 있으며 우리 안에는 그 씨앗이 존재한다는 뜻이다. 지갑에 돈이 있음을 아는 사람은 배가 고프거나 아플 경우 돈을 꺼내어 쓰지만 지갑에 돈이 있어도 있는 줄 모르는 사람은 쓸 수가 없다. 천재성도 마찬가지로 우리 안에 있다는 것을 아는 자체만으로 능력을 발휘할 힘을 얻는다.

오만 원짜리 지폐가 밟혀 더러워진다고 해서 쓰레기통에 버릴 것인가? 오만원의 가치는 구겨져도 천 원이 되거나 오백 원이 되지 않는다. 사람 또한 찢기고 더러워져도 여전히 가치로운 존재이다. 설사 내가 전혀 쓸모없는 사람으로 느껴질 때가 오더라도 나의 가치를 믿고 자신을 지켜나가야 한다.

"자책하면 못 쓰는 거란다. 그게 바로 못생겨지는 거야. 못 생겨지는 건 마음에서부터 시작된단다." –어떤 하루

혹시 매일 스스로를 못나게 만들고는 거울을 보며 왜 이렇게 못생겼냐고 말하고 있는 건 아닌가? 우리는 좀 더 나은 내가 되는 데에 에너지를 쏟아야 한다.

사람에게는 생존을 위한
본능 몇 가지가 있는데 그 중에서
자신에게 위험한 일을 자동적으로 피한다는 것이다.
뜨거운 것을 만졌을 때
재빨리 손을 떼는 것처럼 말이다.
'실패'에 대해서도 우리는 본능적으로
빨간 경고등이 켜지고 무조건 피하려고 한다.
하지만 이를 안고 오히려 감사하는 마음을 가질 때
새로운 문이 길이 열린다.
로마가 2만 년 간 많은 나라를 지배한 것도,
장왕이 목숨을 구하고 나라를 지킨 것도
실패를 포용했기 때문이다.
부정적인 상황에서도 배움을 찾고
그 속에 숨겨진 배움을 보는 사람은 잘못된 일마저도
전환점으로 만들어 버린다.

실패는 결코
나를 망가뜨리지 않는다.
다만 내 안의 나약한 마음을
망가뜨릴 뿐이다.
그리고 나를 더
강인하게 할 뿐이다.

Chapter n6

역풍을 두려워하지 않는 자가
높이 난다

결정타를 날려라, 있는 힘껏

인생의 가장 큰 스승

첫 시작부터 완벽하게 해낼 수는 없다.
계속 시도하고 실수를 거듭하다 마침내 방법을 터득한다.
즉, 실패 없이는 더 나은 무언가는 불가능하다.

찰칵 찰칵. 밥 먹기 전 찰칵. 여행지에서 찰칵. 공부하면서 찰칵. 투표 하고서도 찰칵.

우리에게는 무슨 일이든 사진으로 남기는 문화가 생겨났다. SNS가 활성화되면서 다른 사람에게 내가 하는 일을 알림과 동시에 인증을 하는 것이다. 그 중심에는 인스타그램이 존재한다. 최근에는 음식사진을 올리고 사랑하는 사람과의 사진을 담는 먹스타그램(먹는 사진+인스타그램), 럽스타그램(러브+인스타그램의 줄임말)이라는 용어가 생기면서 더욱 인기를 끌고 있다.

인스타그램은 사진과 동영상을 공유하는 소셜네트워크 서비스(SNS)로, 인스턴트(instant)와 텔레그램(talegram)이 합해진 말이다. 세상의 순간들을 포착한고 공유한다10)는 슬로건으로 현재는 정말 세상의 모든 순간을 무섭도록 빠르게 닮는 중이다. 후발주자로 시작했지만, 2014년 12월에는 월간 이용자 수가 3억 명을 돌파하면서 트위터를 넘어섰다. 또한 젊은 사람들 사이에서는 인스타그램 선호도가 페이스북을 앞질렀다. 32세의 청년이 만든 서비스가 문화를 선도하고 있다.

억만장자를 만든 실패

그는 어떻게 트렌드를 이끄는 서비스를 만들 수 있었을까? 특이하게도 이 청년은 IT를 전공하지 않는 비전공자로서 IT업계에서 큰 성공을 이루었다. 그의 이름은 케빈 시스트롬, 그는 중학교 때 처음 컴퓨터 프로그래밍을 접하고 독학했다. 대학교에 가서는 이를 전공으로 살리는 대신에 경영학을 공부했다. 이런 그가 결정적으로 IT업계에 발을 들이게 된 것은 스탠퍼드 대학교의 메이필드 펠로우 프로그램(Mayfield Fellows Program) 덕분이었다. 이 프로그램은 학생들이 기업의 생태계를 직접 경험하고 훈련하기 위해 만들어졌다. 케빈도 이를 통해 트위터의 전 모델 오데오에서 인턴 경험을 쌓았고 필드에 있는 선배들과 교류하였다. 학생들은 대학에서 강의를 듣고 책을 읽고, 과제를 하며 지식을 쌓는다. 그러나 완전히 배우는 것은 직접 문제를 겪고 나서이다. 우리

---

10) Capturing and sharing the world's moments.

는 그 때 더 많은 것을 깨우친다. 대학에서 배운 전반적인 이론과 지식들이 사회에서는 다른 경우가 많다. 이러한 차이를 막기 위해 스탠퍼드에서는 학생들이 스스로 실패하고 직접 체험하면서 배우도록 한다.

인생에서 가장 위대한 스승으로 먼저 '실패'를 꼽는 데에 모두가 동의할 것이다. 우리가 존경하고 따르는 현자나 인물들도 '실패'를 스승으로 삼은 후에 더 성장했다. 시스트롬도 졸업 후 구글에서 일하면서 글로벌 IT기업을 알아갔고 넥스트스톱으로 이직했다. 회사에 다니면서도 그는 자신의 회사를 꿈꾸었고 밤마다 연구했다. 그러던 중 2010년 스타트업 파티에서 투자자 안드레센 호로비츠(Andreessen Horowitz)를 만난다. 그에게 사업 아이디어를 이야기했고 2주 뒤 50만 달러를 투자 받는다. 당시 27살이었던 시스트롬은 당장 회사를 그만두고 메이필드 펠로우 프로그램에서 만난 마이크 크리거(Mike Krieger)와 함께 창업을 한다. 바로 이 때 만든 프로그램이 인스타그램이라고 말하면 손쉬운 성공신화가 됐겠지만, 그 때 둘은 버븐(Burbn)이라는 위치기반 서비스를 만들었다. 어떤 장소에서 '체크인'을 하고 계획을 세우고, 다른 사람들과 나누면서 포인트를 쌓기도 하고, 사진도 함께 올리는 소셜 플랫폼이다. 말로만 들어도 여러 가지 기능을 넣어서 복잡하게 느껴진다. 이 어지러운 프로그램은 혹평을 당하고 처참하게 실패한다. 후에 시스트롬과 크리거는 버븐에 있던 모든 기능을 버리고 사진 공유기능만을 사용한 인스타그램을 개발한다. 즉, 버븐은 인스타그램의 시초이자 전 모델이 된 것이다. 첫 시작부터 완벽하게 성공을 하는 사람은 없다. 자꾸만 시도하고 실수를 거듭하다 마침내 방법을 터득한다. 즉, 실패 없이는 더 나은 무언가는 불가능하다. 시스트롬이 젊은 나이에 전 세계에서 인기 있는 서비스를 개발한 것도 이전의 큰 실패 경험 덕분이다. 세상에 저절로 이루어진 것이 있다면 그건 거짓이다.

하버드 최고의 교재

배움에 더 현명한 사람은 자신의 실패뿐만 아니라 다른 사람의 실패에서도 배움을 얻는다. 미국의 정치가이자 과학자인 벤자민 프랭클린은 이렇게 말한다. "우리는 다른 사람에게 지혜를 살 수도 있고 빌릴 수도 있다. 지혜를 사는 자는 그 대가로 개인 시간과 돈을 지불해야 한다. 하지만 지혜를 빌린다면 다른 사람이 실패에서 얻은 교훈을 자신의 재산으로 변화시킬 수 있다." 이는 지렛대로 가볍게 들어 올리는 것처럼 다른 사람의 자본을 이용해 자신의 자산을 높이는 방법이다.

하버드 비즈니스 스쿨 수업에서는 이미 다른 사람의 실패 사례를 배움에 적극 활용한다. 재학생들은 선배들의 졸업 후 인생 이야기와 실패담을 공부한다. 후배들에게 같은 배움의 길을 걸어온 선배의 실패만큼 최고의 교재도 없기 때문이다. 졸업생들은 5년 만에 한 번씩 동창회에서 자신의 근황을 담은 보고서를 제출한다. 근황 보고서는 졸업

10년 후(30~40대), 20년 후(40~50대) 순서로 자료를 정리해둔다.

여기서 반전은 하버드 스쿨의 졸업생 근황 보고서가 수많은 실패로 가득 차있다는 점이다. 하버드를 나온 사람은 높은 자리에서 호화로운 생활을 할 거라는 예상과 달리 모두가 성공적인 인생을 살지는 않았다. 졸업 후 계속해서 파트타임으로 일하며 근근이 생활을 버텨가는 사람도 있고, 가정을 지키지 못해 아주 힘겹게 살아가는 사람도 많았다. 재학생들에게 선배들의 이러한 현실적인 이야기는 가장 와 닿을 것이다. 더불어 진지하게 자신의 미래에 대해 고민해보는 시간이 된다. 최근 한국에서도 비슷하게 '사람책'이라는 것이 생겨나면서 글이 아니라 직접 사람이 책이 되어 스스로 인생에서 겪은 일들을 나눈다. 미국 경영 통계학 연구에 따르면, 타인이 저지른 실수나 실패를 내가 똑같이 저지를 확률이 60%에 가깝다고 한다. 이를 볼 때, 다른 사람의 실패를 통해 배우는 것은 미연에 생길 일을 막는 좋은 방지책을 마련해두는 일이다.

세계에서 뛰어난 경영 대학원으로 꼽는 하버드 스쿨이 '타인의 실패'에 초점을 두고 학생을 교육하는 이유에는 또 한 가지가 있다. 인간은 자신과 비슷한 어려움을 겪은 사람들이 극복하는 과정을 보면 자신도 할 수 있다는 자신감과 해결의 실마리를 얻는다. 사람은 누구나 어려움을 겪는다는 것과 역경 앞에서는 나를 포함한 모두가 힘들다는 점에서 공감하며 위로받는다.

성공은 가장 멍청한 스승이고 실패는 가장 위대한 스승이라고 했다. 하지만 실패한 사람 모두가 배움을 얻지는 않는다. 최고의 스승과 좋은 교재가 있다고 모두가 공부를 잘하지는 않듯이 간접적이든, 직접적으로든 실패 경험을 얻은 사람 전부가 좋은 가르침을 얻지는 않는다. 그 이유는 실패가 사람을 가려서가 아니라 사람이 실패를 가리기 때문이다.

질문하면 달라진다

최근 인터넷에서 이별 후 1달 간의 감정 변화를 적은 글을 보았다. 헤어지고나서 드는 수많은 감정들을 너무나 공감가게 잘 표현했다. '괜씸 → 다시 오겠지 → 미련 → 진짜가? → 진짜가봐.. → 잘지내네.. → 그래, 잘 지내라 → 잘 가라 → 오기만 해라 → 오지 마라 → 가볍게 무시 → 증오 → 무관심, 무신경' 나는 글을 읽고 사랑에 실패한 것에만 극한된 것이 아니라 모든 실패 상황에도 일정한 감정 변화가 나타날 수 있다고 생각했다.

일을 그르치면 우선 망쳐버렸다는 사실에 화가 난다. 그 다음은 다시 그 장면을 회상하며 좌절하고, 나에게 실망한다. 보통 처음에는 감정적으로 대응하기 때문에 대부분 여기까지는 비슷한 모습을 보인다. 그러나 문제는 다음 단계다. 감정적인 반응이 지나가고 '왜 그럴까?'

라고 질문하는 단계, 바로 이 단계가 개선으로 연결되느냐하는 포인트이다. 물론 어떤 질문을 하는가에 따라 답이 또 달라지겠지만 자신의 분야에서 두각을 보이는 사람은 거의가 이런 고민의 시간을 보내왔다. 일을 망치고서는 '왜 이런 일이 벌어졌을까, 다시 같은 상황을 번복하지 않기 위해 나는 어떻게 해야 할까?' 객관적으로 분석한다. 회사에서 상사에게 비난을 들었을 때도, 사원들은 기분 상해하며 상사에 분노를 느낀다. 그리고는 술 한 잔에 모든 걸 잊어버리고 제대로 그 일을 꺼내보지 않는다. 감정이 가라앉고 난 후에도 자신의 잘못에 대해서 들춰 보는 사람은 극히 드물다. 아주 소수만이 나의 판단이 잘못된 것은 아닌지, 우선순위를 제대로 따졌는지, 적절한 대응을 하지 못한 것인지 정확한 원인을 파악하고 앞으로의 개선 방향에 대해 고민한다. 이러한 분석의 과정만이 실패 경험의 가치를 값지게 한다.

사랑에서도 실연의 시간을 어떻게 보내는가에 따라 다음 사랑의 행복감이 달라진다. '좌절력'이라는 책에서 도야마 가즈히코는 원인을 분석하는 것만으로도 실패를 실패로 끝내지 않게 한다고 말했다. 미쓰시비의 게이이키도 자신의 실패를 시간 순서대로 돌아보며 분석하는 일이 커리어를 정리하는 일과 같다고 말했다. 그에게 실패는 커리어를 쌓는 좋은 공부다. 이들은 그릇된 일의 원인을 철저히 알고 넘어갔다. 다시 도전할 수 있게 실패를 빠르게 잊어버리되, 교훈은 절대 잊지 않았던 것이다. 반대로 우리는 교훈은 빨리 까먹고는 실패 감정만 기억하며 다시 도전하기를 어려워한다. 실패에 예를 갖춘다면 우리는 충분히 배움이라는 선물을 받는다. 다만 버릇없이 굴게 되면 자기 비하와 좌절감의 웅덩이에 갇히게 될 것이다. 실패 자체로는 선과 악을 따질 수 없는 일이나 그에 대처하는 우리의 행동은 충분히 다른 결과를 만든다. 그러므로 투덜대지 않고 그것이 주는 선물에 감사하는 자세를 가져야 한다.

과녁에 한 걸음 더 가까이

끝이라고 생각한 곳에서 우리가 다시 올라갈 수 있는 이유는
더 이상 바닥은 없기 때문이다. 길을 잃었다 생각하는 곳은 사실 목적지에 다다른 때이고
또 다른 길을 찾은 시작점이다.

'신에게는 아직 7척의 배가 남았소.'
영화 '명량'으로 이순신에 대한 존경심이 다시 뜨거워졌다. 덩달아 이
전에 방영되었던 드라마 불멸의 이순신도 같이 회자되었다. 영화에서
최민식이, 드라마에서는 김명민이 이순신을 연기했다. 배우 김명민은
매번 맡은 배역에 완벽히 빠지는 명품 연기자 중 한 명이다. 그러나 이
순신을 연기할 때까지만 해도 전혀 알려지지 않은 배우였다.

바닥이었기 때문에 올라갈 일 밖에 없었다

당시 김명민은 인기도, 인지도도 없었고 연기 실력 또한 여물지 않
은 상태였다. 그런 그가 이순신 역할을 맡아 연기한다는 것은 자신은

물론 제작자에게도 위험한 도전이었다. 대부분의 시청자들이 김명민을 이순신으로 느끼고 드라마에 빠져들 수 있을지 미지수였기 때문이다. '잘 할 수 있을까' 하는 주변의 걱정과 의심에 진짜로 내가 이순신을 연기할 수 있을지 확신이 점점 줄어들었다. 그러나 시간이 지날수록 그는 진짜 이순신이 되어갔다. 김명민은 누구도 이순신 장군을 직접 본 사람은 없다며 더욱 더 연기에 집중했다. 그때 그는 이미 바닥이었고, 더 이상 내려갈 곳이 없었다. 때문에 올라갈 일만 남았다고 생각했다.

바닥에서 사람들은 두 가지 생각을 한다. '그래, 나는 이제 끝났어.'라고 생각하고 모든 것을 포기하거나, '더 이상 떨어질 곳도 없고 이제 올라갈 때야.'라며 다시 올라갈 용기를 낸다. 김명민은 후자로 바닥에 있는 자신에게 희망을 주었다. 비록 스스로는 그 때의 연기를 어정쩡하다고 했지만 시청자들은 그의 연기에서 진짜 이순신을 보았다. 김명민은 이때부터 연기 실력을 인정받기 시작했다. 어떤 시련이 와도 좌절시킬 수 없다는 말이 그를 보면 떠오른다.

끝이라고 생각한 곳에서 다시 올라갈 수 있는 이유는 바닥이라고 생각했기 때문이다. 누구나 처음에는 더 이상 회생 불능한 처지를 비관한다. 하지만 상황에 굴복하지 않는 사람은 단념하기에 이르다며 다시금 재기를 노린다. 그러나 때로는 모든 불행과 불운이 나에게만 오는 것처럼 느껴지기도 한다. 정말 막다른 길에 서있으며 나만 빼고 남들은 다 잘 되는 것 같아 실의에 빠지게 된다. 여기서 지치면 결국은 '내가 이렇게 되려고 여기까지 달려 온건가' 하는 질문에까지 이른다. 내가 무엇을 위해 이렇게 노력한 것인가 초심을 되짚어보게 된다. 더 이상 내가 내려갈 곳도 없다는 것을 깨닫게 되면서 원래 시작의 마음으로 돌아가 생각해보게 되는 것이다. 그러면서 마음을 다잡는다. 결국 넘어진 것에 항복하지 않고 일어나서 더 잘 가도록 재정비하기 시작한다. 갈 길을 잃은 곳에서 다시 목적지를 찾고 길을 나선다. 길을 잃는 것은 다시금 목표를 분명히 할 수 있는 계기가 된다.

이미 우리는 다 왔다

실패했음에도 불구하고 포기해서는 안 되는 또 다른 이유는 끝났다고 생각하는 그 때 목적지가 이미 바로 앞에 있기 때문이다. 사람은 아쉽게도 눈에 보이는 것들만 보고 판단한다. 예를 들어, 귤 12개 따기 미션에서 이미 11개를 따고 1개를 남겨둔 상황이라면 그만두지 않는다. 그러나 몇 개를 땄는지 알 수 없고, 얼마나 더 남았는지 모른다면 행동은 달라진다. 이미 11개를 땄음에도 자신의 위치를 알지 못한 채 포기할 확률이 높다. 즉, 목표치에 도달하는 정도가 보이지 않을 경우, 목표량을 눈앞에 두고도 그만둬 버린다. 안타까운 일은 우리가 하는 일의 80% 이상은 이처럼 과정이 눈에 명확히 보이지 않는다. 그렇기에 알고 보면 목표 앞 한 걸음에서 좌절하는 경우가 많다.

엄청난 실력을 가진 사람도 이 좌절감에서 자유로울 수 없다. 플로렌스 채드윅은 세계적으로 뛰어난 수영선수로, 1951년 영국 해협을 수영으로 왕복한 최초의 여성이다. 16시간 22분 만에 영국 해협을 왕복했고, 또 다른 새로운 도전을 했다. 1952년 7월 4일, 미국 캘리포니아 카탈리나 섬에서 캘리포니아 해변까지 수영으로 건너가기를 시도했다. 16시간 동안 먹지도, 마시지도 않고 35km 수영해야 갈 수 있는 거리였다. 도전 당일, 플로렌스 채드윅의 열정을 시험이라도 해보는 듯 날씨는 매우 추웠다. 해안에는 상어 떼로부터 보호해줄 보트마저 보이지 않을 정도로 안개가 가득했다. 그녀는 그럼에도 불구하고 전진했다. 그런데 15시간 정도 헤엄친 그녀가 갑자기 물에서 나가겠다고 했다. 그녀를 응원하던 어머니, 친구, 코치들 모두가 거의 다 와가니 조금만 버티라고 말했다. 그들은 채드윅이 육지 앞에서 포기하지 않기를 바랐다. 그러나 채드윅은 다 와간다는 말이 그저 자신을 응원하기 위함이라고 생각했다. 그 정도로 앞이 보이지 않는 날씨였다. 결국 그녀는 해안까지 갈 수 없다는 판단에 횡단을 멈추고 배에 올라탔다. 배를 타고 육지로 온 채드윅은 그제야 자신이 포기한 곳에서 육지까지 불과 800m 밖에 남지 않았다는 것을 알게 되었다.

채드윅은 해변까지 얼마 남지 않은 곳에서 포기한 것에 굉장히 실망했다. 다음날 기자회견에서 자신이 실패한 이유가 추위 때문도, 피곤함 때문도 아니라고 발표했다. 내가 눈앞에서 실패한 이유는 안개 때문이었으며, 더 정확히 말하자면 안개 때문에 목표를 볼 수 없었기 때문이라고 말했다. 덧붙여 만약 캘리포니아 해변이 보였더라면 충분히 완주할 수 있었을 거라고 대답했다. 그러나 진짜로 그녀를 방해한 것은 안개가 아니라 자기 자신이었다. 목표지점이 눈에 보이지 않았던 건 그저 자신의 목표가 흔들리고 있다는 걸 보여준 것뿐이다.

두 달 뒤, 채드윅은 다시 캘리포니아 해안 횡단에 도전했다. 그 날도 안개는 아주 짙어 시야 확보가 어려웠다. 바닷물도 그녀의 열정을 식힐 만큼 차가웠다. 그러나 첫 번째 도전의 실패를 계기로 그녀의 마음속에는 목표가 확고히 자리 잡고 있었다. 이번에도 해변이 눈에 잘 보이지 않았지만 앞에 있음을 믿었다. 그 결과, 그녀는 안개와 추위를 뚫고 횡단에 성공했다.

한 걸음을 남겨두고 포기하지는 말자

우리 역시도 등산에서 힘들 때마다 다 와 가냐고 묻는다. 분명 산에 오르기 시작한지 한참이 지난 것 같은데 정상이 보이지 않는다. 정상은 원래 가까이 왔을 때 더 보이지 않는다. 출발한지 얼마 되지 않아서 위를 올려다보면 정상의 봉우리가 보이지만 우리가 정상 근처에 있다면 보이지 않을테니 말이다. 그러니 힘들고 포기하고 싶어질 때 우리는 정상에 생각보다 꽤 많이 가까이 와있다. 이를 간과하고 정상 앞에서 내려가는 안타까운 일이 없었으면 한다. 채드웍도 이 사실을 빨리 알았더라면 첫 번째 도전에서 성공했을 것이다. 그러나 그녀는 첫 번째 도전의 실패에서 이를 배웠고 두 번째 시도에서 포기하지 않고 계속해서 나아갔기에 횡단을 성공적으로 마쳤다.

사람들을 그만두게 하는 것은 목표에 얼마나 다다랐는지 보이지 않는데서 오는 불안감이 큰 영향을 미친다.

우리 주변에서도 바로 앞에서 주저하는 사람이 많다. 한 걸음만 내딛으면 되는 일인데 앞에 있는 작은 장애물 때문에 끝낸다면 너무 억울하지 않은가? 혹시 지금 포기하고 싶은 사람에게 묻고 싶다. 손을 뻗으면 닿을 거리에서 무섭다고 안 될 거라는 마음으로 손을 뻗지도 않고 있는 건 아닌가? 잡고 싶다면, 손을 뻗어야 한다. 뻗는 순간, 잡을 수 있다. 조금만 더 버티라고 옆에서 말해줄 순 있지만, 직접 내미는 것은 나만이 할 수 있다. 기회는 해변가의 파도와 같다. 우리에게는 항상 크고 작게 주변에서 밀려오고 있다. 자신의 자리에서 최선을 다한다면 언제고 기회는 온다. 출발선보다 더 중요한 것은 목적지를 잊지 않고 그 방향으로 나아가는 것이다. 밥이 익기도 전에 불을 꺼서는 안 된다. 우리에게도 마지막 뜸을 들일 시간은 필요할 테니까.

03

10년 백수, 금이 되는 시간

앞으로 가지 않고, 가만히 있는 것처럼 보인다고 그 시간이 쓸모없지는 않다.
오히려 성장은 제자리 걸음이 축적되어야 일어난다.
눈에 보이지 않는 그 시간들이 폭발적으로 성장하게 한다.

어느 깊은 가을, 잠에서 깨어난 제자가
울고 있었다.

이를 본 스승이 기이하게 여겨 제자에게 물었다.

"무서운 꿈을 꾸었느냐?"

"아닙니다."

"슬픈 꿈을 꾸었느냐?"

"아닙니다. 달콤한 꿈을 꾸었습니다."

"그러면 왜 그리 슬피 우느냐?"

제자는 흐르는 눈물을 닦으며 나즈막히 말했다.

"그 꿈은 이루어질 수 없기 때문입니다."

-영화 〈달콤한 인생〉

나는 청춘의 대부분을 백수로 보냈다

영화의 마지막 장면은 이병헌의 의미심장한 대사로 끝난다. 마치 지금 청춘의 쓰라린 꿈을 연상시킨다. 감독은 엔딩에 이 대사로 하여금 무엇을 전하고 싶었을까? 답의 실마리는 감독의 삶에서 찾을 수 있다. 김지운 감독은 굉장히 독특한 이삼십대를 보냈다. 그가 영화감독이 된 건 34살이었는데 그 때까지 아무런 직업이 없었다. 즉, 20대와 30대 대부분을 백수로 살았다. 지금이야 이태백^(이십대 태반이 백수)라는 상황에 그게 무슨 놀랄 일인가 하겠지만, 당시만 해도 그리 흔한 일이 아니었다. 그리고 무엇보다 그는 자발적으로 백수가 되었다는 점에서 굉장히 특이했다. 도리어 그는 창피하고 끔찍했을 백수 상황을 가장 값진 시간이라며 즐겼다.

만약 영화감독이 되지 못했다면 평생 백수로 살려고 했었다니 얼마나 기가 막힌가. 이 정도로 영화감독을 향한 그의 의지는 대단했다. 다른 길을 가는 건 악마의 달콤한 속삭임 같은 거였다. 그렇다고 집에 돈이 많아서 백수라도 먹고살 걱정이 없는 집안도 아니었다. 그러니 백수 생활이 그리 순탄하지는 않았다. 앞길 창창한 20대 자녀가 아무것도 안하고 있는 모습을 보는 부모님이 가만히 있었을 리도 없고, '그래도 너는 할 수 있을 거야.' 주변에서 응원했을 리도 없다. 그럼에도 불구하고 김지운 감독은 백수를 고집했다. 그에게 감독이 아닌 삶은 용납할 수 없는 일이었다. 정확히 말하자면 그때의 상황은 그저 감독이 되기 위해 거치는 길이자 과정이라고 생각했는지도 모르겠다. 단지 그는 의도적으로 다른 길을 모두 거부한 것이다.

생활은 힘들었지만, 이 시간은 감독으로 활동하는데 아주 큰 밑거름이 되었다. 그는 매일 좋은 영화를 보고, 좋아하는 음악을 찾아 들었다. 성과가 없는 날들이었지만 단단하게 다져왔던 하루들이 그를 강하게 만든 것이다. 덕분에 그는 영화감독으로서 '반칙왕', '장화홍련전', '달콤한 인생', '좋은 놈 나쁜 놈 이상한 놈' 등의 다양한 장르를 다룰 수 있었다. 실제로 그가 감독이 된 것도 이틀 만에 쓴 시나리오가 당선된 덕분인데 아마도 10년이 넘도록 투자해왔기에 가능했던 일이다. 그 영화가 바로 '조용한 가족'이다. 충무로에서 글 잘 쓰는 감독의 비결이 백수생활이라니 아이러니 하지만 꽤나 설득력 있는 이야기다. 이제는 한국을 넘어 헐리웃에 진출한 김지운감독은 아놀드 슈왈제거와 영화 '라스트 스탠드'를 제작했다. 또한 아시아계 감독으로는 최초로 미국 영화인조합이 선정한 차세대 감독상을 수상하며 감독으로서 활발한 활동을 하고 있다. 그에게 오랜 백수 생활은 도약의 발판이었다. 그는 자신과 같은 시절을 보내고 있을 사람들에게 이렇게 말한다. "그 시절에 느슨함을 즐기기도 했지만 많은 걸 섭취했다. 좋은 의지를 갖고 있으면 좋은 선택을 할 수 있고, 언젠가 실현된다. 지금 그런 상황인 분들도 미래를 준비하는 시간이라 생각하면 더 긴장하게 될 것이다."

대나무형 삶

"사람은 성장하고 있거나 썩어가고 있거나, 둘 중 하나다. 중간은 없다. 가만히 서 있다면 썩어가고 있는 것이다." 2007년 아카데미 최우수조연상을 받은 배우이자 음악가 앨런 아킨(Alan Arkin)은 말했다. 많은 사람들도 계속 해서 앞으로 나아가야 하며, 가만히 있으면 도태될 거라고 생각한다. 실천하고 결과를 내는 행동만이 전진하게 할 뿐이라고 말이다. 때문에 우리는 아무리 열심히 일 한다고 하더라도 성과가 없다면 결국 우리에게 그 시간은 낭비된 것이다. 그러나 이것은 아주 위험한 착각이다. 앞으로 가지 않고, 가만히 있는 것처럼 보인다고 해서 그 시간이 쓸모 없는 것은 아니다. 오히려 성장은 제자리걸음이 축적되어야 일어난다. 주로 대나무가 이러한 성장을 하는 대표적 케이스다.

대나무는 심은 후 4년 동안 자라지 않는다. 처음 심은 곳을 표시해 두지 않고서는 찾기가 어려울 정도로 아무런 변화가 없다. 그렇게 1년, 2년이 지나도 대나무는 땅에서 전혀 보이지 않는다. 그러다 3년이 되면 드디어 30cm 정도의 죽순이 자란다. 그리고는 또 아무 소식이 없다. 3년에 걸쳐 고작 30cm를 큰 것이다. 4년째가 되어도 30cm에 멈춰있다. 그러나 5년째가 되는 순간, 놀랍게도 하루에 1m씩 자란다. 즉, 5년 만에 대나무는 폭발적인 성장(퀀텀 리프)를 하는 것이다. 이 때 대나무가 1시간 동안 자라는 높이는 소나무가 30년 동안 자라는 높이와

맞먹는다. 대나무는 엄청나게 자라기 위해 4년 동안 땅 속에서 준비를 하고 있었던 것이다. 이 놀라운 성장은 하루에 벌어진 일이 아니라 4년의 시간이 만든 변화이다.

대나무가 갑자기 5년 만에 하루 1m씩 자랄 수 있었던 이유는 무엇일까? 그것은 바로 아무런 변화가 없던 4년의 시간 속에 비밀이 숨겨져 있다. 4년이 넘는 시간 동안 대나무는 보이지 않는 땅 속 깊이 뿌리를 내리고 있었다. 그리고 엄청난 속도로 자랄 수 있게 서로가 얽히고 단단하게 자리 잡은 것이다. 그런데 만약 5년 가까이 변화가 없다고 해서 물과 거름주기를 그만뒀다면 어떻게 됐을까? 하루에 1m씩 자라는 일은 없었을 것이다. 대나무형 삶은 이처럼 눈에 보이지 않지만 어느 순간 노력한 시간들이 발휘되면서 폭발적으로 성장하는 것을 말한다.

멀리 뛰기 위해서는 무릎을 굽혀야 한다

현재 세계적 기업 소프트 뱅크 설립자 손정의 또한 소프트 뱅크를 만들기까지 인고의 시간이 있었다. 그는 회사를 창업하고 몇 년 되지 않아 만성간염에 걸려 버렸다. 바삐 움직여도 모자랄 시간에 병으로 회사에 나가지 못하고 3년을 병원에 입원해야 하는 상황이었다. 한창 회사가 성장을 해야 할 시기에 병원에 몸이 묶인 것이다. 소프트뱅크로서는 회사가 앞으로 나아가느냐 마느냐의 기로에 서게 되었고 그는 인생

최대 위기를 맞는다. 그러나 좌절하며 병원에서 넋 놓고 있는 대신 책을 읽기로 했다. 죽기 전 삶을 돌아보았을 때, 그때만큼 책을 열심히 본 적이 없다고 할 정도로 4천 권이라는 어마어마한 양의 책을 독파했다. 그리고 29세인 86년 5월, 3년 만에 완치하여 회사로 돌아간다. 놀랍게도 소프트뱅크는 손정의가 복귀하자마자 초고속으로 성장한다. 아무것도 할 수 없었던 시기에 읽은 책들이 그로 하여금 더 높은 차원의 사고를 하게 만든 것이다. 결국 병원에서 보낸 그의 젊은 날의 멈춤은 회사를 키운 소중한 시간이자 스스로에게도 성장한 귀한 시간이었다.

대나무형 삶을 산 사람을 보면 다른 분야일지라도 끊임없이 노력했다는 공통점을 가진다. 비록 시도에 대한 결과가 바로 나타나지 않더라도 말이다. 이들은 최소한 5년 또는 그 이상이 흐르고서야 결실을 맺었다. 만약 조급해서 다른 곳으로 눈을 돌리거나 포기해버렸다면 달콤한 미래는 없었을 것이다. 천하를 통일한 유방도 산속에서 목숨만 부지하며 지낸 적이 있다. 그는 비참한 생활을 참아내고 때가 올 때까지 준비를 하고 있었다. 그랬기에 항우가 자만한 틈을 타 그를 제치고 삼국을 통일하였다. 지금 제자리에 멈춰있다고 슬퍼하고 있는가? 목표를 향해가는 삶에서 헛된 시간은 없다. 슬퍼하며 보내버리기에 시간은 너무나도 아깝다. 더 많이 읽고, 나를 돌보아야 할 것이다. 어두웠지만 가장 값진 시간이 될 지금을 묵묵히 견디어보자. 사시사철 푸르른 대나무처럼 우리에게도 시들지 않는 푸른 봄날은 올 것이다.

04

실패내공, 필살기를 만들다

고수도 시작은 미미했다.
하지만 끝이 창대할 수 있었던 건 부족함을 토대로 연습에 매진했기에 가능했다.

나는 대학교 신입생 때 기숙사에서 생활했다. 당시 기숙사는 2인실로 전공, 고향이 다른 다양한 친구들과 같이 지냈다. 나는 선배와 함께, 내 친구는 체대생과 방을 쓰게 되었다. 우리는 서로의 방을 오가며 다같이 친해졌다. 친구의 체대생 룸메이트는 양궁선수로 활동하고 있었는데 그전까지 난 운동선수와 어울릴 기회가 별로 없었다. 까만 피부에 다부진 체격을 상상한 것과는 달리 아주 고운 얼굴을 가진 친구였다. 하지만 그런 그녀에게도 옥의 티가 있었다. 그것은 바로 손, 수줍게 웃으며 흔드는 손을 밴드가 휘감고 있었다.

'실패내공'

　그녀는 상처 난 손으로 훈련을 해서 아예 굳은살이 상처를 덮어버렸다. 별거 아닌 것처럼 이야기하는 친구의 거친 손을 볼 때마다 고등학교 책상 속에 끼워두었던 사진이 떠올랐다. 그 때 나는 박지성의 발 사진을 인쇄하여 꽂아놨었다. 당시 그 사진은 '박지성의 또 다른 심장'이라는 제목으로 인터넷에 올라와 화제가 됐었다. 사진 속 발은 발톱이 갈라져 있고 친구의 손만큼이나 상처와 굳은살로 거칠고 투박했다. 심지어 그는 평발이었고 연습벌레의 별명이 붙은 이유를 짐작케 했다. 그 사진은 실력자의 화려한 모습 뒤에 숨겨진 진짜 모습을 깨닫게 했다.

　그의 멋진 한 골 뒤에는 수 천 번의 슛 연습과 실책이 담겨 있었다. 오리가 우아하게 보이지만 물속에서는 보이지 않는 발을 쉴 새 없이 움직이는 것처럼 매 경기에서 골문을 맴돌며 내공을 쌓았다. 축구를 관람하는 사람은 전·후반전 90분만을 보지만, 그는 매일 매일 골대를 향해 뛰어다녔다. 양궁선수인 친구도 대회 메달을 휩쓰는 실력자였는데 그녀도 박지성 만큼이나 엑스텐[11]을 위해 수없이 많은 과녁을 빗나갔을 것이다.

---

11) 과녁의 정중앙.

무엇이든 처음부터 잘하는 사람은 없다. 고수가 된 사람들도 시작은 미미했다. 하지만 끝이 창대할 수 있었던 건 부족함을 토대로 연습에 매진했기에 가능했다. 간혹 보잘 것 없는 실력에 포기하거나 좌절하는 경우가 많은데 각 분야의 고수는 반대로 그것을 계기로 지금의 실력을 쌓았다. 별 볼 일 없는 실력에 대한 반응은 크게 3가지다. 첫째, 포기하거나 그만둔다. 둘째, 더 연습한다. 셋째, 그 수준에 만족한다. 고수는 두 번째 더 연마하는 계기로 삼는다. 실력자에게 실패는 곧 연습이다. 자신만의 기술을 가진 사람들은 대게 실패나 슬럼프와 같은 경험을 통해 내공을 쌓았다. 형편없다는 평가나 부족한 실력이 자극제가 되어 강점을 더 강화하고 약점을 더 약화한다. '비밥 모던 재지'의 창시자인 찰리 파커가 재즈계에서 루이 암스트롱 · 듀크 엘링턴과 함께 가장 영향력 있는 재즈 뮤지션이 된 것도 실패내공의 힘이 컸다.

재즈계의 전설을 만든 건 '심벌즈'였다

찰리 파커는 색소폰을 꽤나 잘 부는 재즈 연주자였다. 잼 세션에서 굴욕을 당하기 전까지는 말이다. 잼 세션은 재즈계의 콩쿠르와 같다. 보통 영업이 끝난 클럽에서 이루어지는데 잼 세션에 참가하고 싶은 사람은 선착순으로 노트에 이름을 적어 신청한다. 잼 세션 마스터는 이를 토대로 악기별로 한 사람씩 불러내 즉흥 잼 세션을 한다. 합주에 제대로 따라오지 못하는 연주자는 바로 아웃되고 다음 사람이 그 자리를 대체한다. 잼 세션은 실력이 없으면 가차 없이 내려 가야해서 잘라내기 시합(Cutting Contest)이라고도 불린다. 그럼에도 경합 연주에서 오래 살아남으면 유명 밴드 리더나 사람들의 눈에 띌 수 있어서 재즈계에서 살아남으려는 많은 사람들이 몰려든다.

찰리 파커 역시 재즈계에 꿈을 둔 연주자로 잼 세션에 참여했다. 그는 드러머 조 존스와 함께 공연을 했다. 그런데 'Body and Soul' 을 연주하는 중에 찰리 파커가 그만 틀린 조성으로 색소폰을 불었다. 조 존스는 공연을 망쳐버린 찰리 파커에게 화가 나 그를 향해 심벌즈를 집어 던졌다. 찰리 파커는 많은 사람들 앞에서 심벌즈를 맞는 망신을 당하곤 집으로 돌아가 밤새도록 울었다. 하지만 다음 날 일어나 그는 연습하고 또 연습했다. 조 존스의 심벌즈는 모욕감과 함께 그를 악바리 연습벌레로 만들었다. 그 후 1년 뒤 찰리 파커는 피나는 노력 끝에 최고의 뮤지션이 되어 다시 나타났다. 심벌즈를 맞은 날, 색소폰을 조금 불 줄 아는 애송이 찰리 파커는 죽었고 전설의 닉네임 '버드' 로 다시 태어난 것이다. 지금도 사람들은 전설의 버드 '찰리 파커' 를 만든 것은 조 존스의 심벌즈라고 말한다. 실제로 그 날의 뼈아픈 경험이 없었더라면 찰리 파커의 음악도 그 정도로 성장하기는 힘들었을 것이다. 심벌즈는 한계를 뛰어넘어 위대한 연주자가 될 수 있었던 물꼬를 틔워 주었다.

이러한 찰리 파커 일화는 영화 '위플래쉬'에 소개되면서 사람들에게 널리 알려졌다. 극 중 주인공 앤드류는 찰리 파커와, 교수 플래쳐는 조 존스와 비슷한 캐릭터를 연기했다. 영화는 실제 감독이 고등학교 오케스트라 드럼 연주자였던 경험을 바탕으로 쓰여 졌고, 그 때 지휘자에게 느꼈던 두려움을 바탕으로 각색했다. 이야기는 최고의 드러머를 꿈꾸는 앤드류가 플래쳐 교수에게 발탁되어 밴드 연주를 함께하게 되면서 시작된다. 플래쳐 교수는 평소에 조금의 오차도 용납지 않는 사람이다. 학생들이 스스로 한계를 깨도록 끝까지 밀어붙인다. 앤드류에게도 "세상에서 가장 쓸떼 없는 말이 '그만하면 잘했어'야. 난 한계를 넘는 걸 보고 싶어."라고 말하며 위대한 연주자로 성장하도록 그를 자극한다. 결국 그는 불안감과 두려움을 떨쳐버리고 온전히 자신만의 연주를 선보이면서 영화는 끝이 난다. 영화내내 배경 변화가 적고 단조롭지만 분위기는 웬만한 공포영화같은 몰입도와 긴장감을 준다.

혹독함은 나를 더 강인하게 한다

많은 사람들이 영화 속 학생을 몰아붙이는 플래쳐 교수의 모습을 통해 현재 교육 방식을 돌아보게 되었다. '위대한 천재를 만들기 위한 채찍질은 허용되는가? 채찍과 당근, 과연 무엇이 옳은가?' 하지만 나는 그보다 부정적인 경험도 동기가 되는 강력한 힘을 발휘할 수 있다는 점을 보여준 영화가 아닐까 생각했다. 분야에 상관없이 누구나 플래쳐 교수와 같은 장벽에 부딪힐 때가 있다. 혹은 슬럼프, 불안함, 주변의 기대나 시선, 평가로 상처 받는다. 감독 또한 재즈 드러머의 꿈이 꺾인 자신의 이야기를 영화로 만들었다는 점에서 뼈아픈 경험이 소중한 내공이 된다는 것을 여지없이 드러낸다.

워렌버핏은 경험을 세상에서 가장 가치 있는 것으로 여기며 타인에게 뺏길 수 없는 개인 자산이라고 말했다. 여기서 그가 강조한 경험은 긍정적인 경험뿐 아니라 부정적이고 혹독한 경험까지도 포함한 것이라고 생각한다. 대한민국 야구의 전설, 양신 양준혁을 있게 해준 만세타법도 비슷한 일화를 통해 탄생했다. 그는 2002년 연속 3할을 놓치고 지독한 슬럼프를 겪고 있었다. 이 일로 더 이상 예전의 방법으로는 승산이 없겠다 생각한 그는 자신의 타격과 폼을 분석해 만세타법을 개발했다. 지금의 그를 있게 한 타격은 슬럼프로부터 탄생한 것이다. 때로는 부정적인 일들이 더 큰 영향력을 발휘한다. 양준혁, 박지성, 찰리 파커, 앤드류는 야구, 축구, 색소폰, 드럼이라는 각기 다른 분야에서 이름을 떨쳤지만 혹독한 실패 트레이닝 후에 더욱 더 빛을 보았다. 실패는 결코 나를 망가뜨리지 않는다. 다만 내 안의 나약한 마음을 망가뜨릴 뿐이다. 그리고 나를 더 강인하게 한다.

모든 길에는 빨간 신호등이 있다

우리는 자신도 모르게 매일 조금씩 계단식 성장을 한다.
나의 속도가 너무 더디게 느껴지는 사람이 있다면 다음에 오를 계단이 그만큼 더 높은 것이다.
머무르는 시간과 오르는 계단의 높이는 비례하는 법이다.

다이어트를 하면 처음에는 잘 빠지는
가 싶더니 시간이 지날수록 몸무게가 그대로 멈춰있는 시간이 길어진
다. 그렇게 빠졌다, 멈췄다, 혹은 다시 찌고 빠지기를 반복하면서 몸무
게가 지속되는 것이다.

단번에 이루어지는 것은 없다

다이어트뿐만 아니라 모든 일은 단번에 이루어지지 않고 순차적으
로 진행된다. 한 번에 해결되는 일은 세상에 없다. 우리가 흔히 말하는
슬럼프가 항상 존재한다. 공부를 할 때, 악기를 배울 때, 일을 할 때,
무슨 일이든 위로 직선을 그리며 올라가지만 어느새 변화가 없는 시기

가 찾아온다. 그러나 침체기는 성장을 위해 꼭 필요한 과정이다.

노력하지 않고 얻는 것은 절대 내 것이 아니다. 이는 언제든 사라질 수 있다. 고난과 수고로움 없이 얻을 수 있는 성취란 세상에 없다. 다산 정약용은 "세검정이 아름다울 때는 폭우가 내려 물이 넘쳐흐를 때인데, 비를 맞으면서 숙정문을 나서는 이가 많지 않아 그 풍경을 보는 이가 드물다."라고 말했다. 세상에 귀하고 아름다운 그 어떤 것도 위험을 감수하고, 참고 견뎌야 완성된다. 아름다운 경치를 보는 것도 이러한 노력이 필요한데 다른 것은 어떠하겠는가.

5년 전쯤에 기타 연주에 빠져 실력파 친구에게 멋진 곡 하나를 마스터하려면 얼마나 걸리냐고 물은 적이 있다. 친구는 웃으면서 내가 어떻게 하느냐에 따라 달렸다며 대답을 얼버무렸다. 그리고는 한 달 정도만 참고 열심히 하면 어느 정도 쉬운 곡은 할 수 있을 거라고 했다. '한 달'이라는 생각보다 가벼운 기간에 나는 만만해했다. 그런데 친구는 그 한 달이 가장 어려울 거라고 경고했다. 처음엔 기타를 배운다는 생각에 신나 하루, 이틀은 할 수 있는데 점점 하다보면 손가락이 아프고 실력은 계속 제자리일 것이 분명하기 때문이다. 거기다 제대로 된 리듬이 없는 걸 계속 해야 하니까 그 때만큼 지루할 때가 없을 거라며 충고했다. 후에 나는 기타 대신 드럼을 배우면서, 그 충고를 조금씩 이해하게 되었다. 배운지 3달이 넘도록 같은 비트에, 손 연습만 하고 있게 된 것이다. 상상했던 강렬한 사운드와는 너무 달랐다. 친구는 멋진 연주를 즐기는 시간이 될 때까지는 재밌지 않은 시간을 보내야 한다는 걸 알려주고 싶었던 것이다. 그 지루함을 참고 하느냐 마느냐, 만약 참아낸다면 굳은살이 생기면서 악기에 익숙해진다. 다행히 스틱이 손에 익을 때까지 재미없던 시간을 견뎌낸 나는 점차 실력에도 가속도가 붙었다. 후에는 다른 연주자와 합주를 할 정도가 되었다.

제자리 걸음에도 성장한다

한국 축구선수 최초로 프리미어리그에 진출한 박지성도 공을 차면서부터 현란한 패스와 드리블을 하진 않았다. 골로 연결하기 위한 한 번의 킥을 위해 수없이 많은 공을 찼다. 그 공이 골대를 맞고 계속해서 튕겨져 나왔을지라도 말이다. 김연아 역시도 3분의 완벽한 피겨 스케이팅을 위해 셀 수 없이 많을 정도로 얼음 바닥에 엉덩방아를 찧었다. 훈련을 하다보면 잘되는 날보다 잘되지 않는 날이 더 많다. 매번 너무나도 잘 된다면, 세상에는 수 백 명의 박지성과, 김연아가 있을 것이다. 백 명이 함께 축구를 시작했다고 하자. 3년 안에 절반이 그만 두고, 5년 안에 그 중에 또 절반이 그만 둔다. 그리고 10년이 되면, 100명 중에 2~3명만이 계속해서 축구를 한다. 이들은 골을 넣지 못하고, 벤치에서 앉아있던 날에도 훈련을 한다. 실력이 지금 당장 날로 향상되지 않더라도 흘린 땀은 배신하지 않는다는 사실을 믿었기 때문이다.

성장은 직선처럼 오르는 모양의 수학 그래프와는 다르다. 오히려 올라
갔다 멈춰있다, 때로는 내려갔다가 올라가는 계단과 비슷하다. 사람의
몸에는 스프링이 없기 때문에 구름판을 딛고 뛰어야 올라가기 때문이
다. 그러므로 당연히 에너지를 모아 솟아오르려면 우리가 제자리걸음
이라고 말하는 구간이 필요하다. 이 때 우리는 에너지를 압축하고 다
음 계단을 준비한다.

보이지 않는 내부에서의 부지런한 움직임이 있었기에 눈에 띄는 변
화를 느끼는 것이다. 변화가 없어 보이는 제자리걸음에도 근육은 생긴
다. 그리고 그 근육이 성장할 때 가속력을 내도록 돕는다. 우리는 자신
도 모르는 사이에 매일 조금씩 계단식 성장을 하고 있는 중이다. 나의
성장속도라 너무 더디게 느껴지는 사람이 있다면 다음에 오를 계단이

계단식 성장 12)

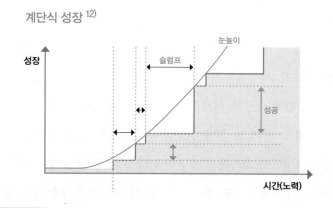

12) 계단식 성장 그림, 최규석 참고.

그만큼 더 높다고 보아도 무방하다. 머무르는 시간과 오르는 계단의 높이는 비례하기 때문이다.

절대적 휴식

앞으로 가지 않는 빨간불은 초록불을 향한 보이지 않는 준비와 휴식이다. 우리나라 사람들은 예부터 성과주의가 강해서 무언가라도 하지 않고 시간을 보내는 것을 낭비라 취급하며 무척이나 꺼렸다. 특히나 휴식과 여가로 보내는 시간에는 더욱 그랬다. OECD 국가 중 노동 시간으로 상위권을 차지할 정도로 휴식과 여가에 인색했다. 그러나 몇년 전부터, 잘 쉬는 것의 중요성을 강조하는 사람들이 생겨나면서 사람들의 인식도 달라졌다. 이제는 사람을 혹사시키는 업무 스타일에서 벗어나 개인의 행복을 위해 나만의 휴가를 즐기는 사람이 늘었다. 제대로 충전하지 않고서는 달릴 수 없다.

밀림에서 사자가 가장 강한 동물인 이유는 사냥을 가장 잘 하는 것뿐 아니라 적들이 있는 초원 가운데에서도 편하게 몇 십 시간을 잘 수 있기 때문이다. 즉, 강한 자가 되는 것은 자신을 숨 막히게 밀어 붙이는 것이 아니다. 반대로 자신에게 충분히 쉴 수 있는 시간을 주고, 휴식 시간을 조급해하지 않는 것이다. 상어는 움직이지 않고 멈추게 되면 호흡을 못하게 된다. 그래서 살기 위해 계속해서 헤엄치고 움직여야 한다. 사람은 생존을 위해 움직여야 하지는 않다. 그런데 마치 상어처럼 강박적으로 자신을 몰아세운다. 어떤 사람은 단지 아무 일도 하지 않는 시간은 낭비라는 생각에 깨어있는 내내 필요하지도 않는 일들을 억지로 만들어낸다. 생각할 시간조차 없애는 어리석은 행동이 오히려 자신의 목을 조른다. 이제는 나에게 깊은 호흡을 할 여유와 시간을 허락해야 한다. 깊은 호흡이야 말로 지치지 않고 오래갈 수 있는 좋은 방법이다. 지금껏 짧은 호흡으로 짧게 왔다면 이제는 긴 호흡으로 길게 가야할 때이다.

06

성공적으로 실패하기

세상을 놀라게 한 모든 것이 항상 그랬다.
파격적인 시도였으며, 차가운 반응과 뜨거운 반응을 몰고 왔다.
동시에 더 나은 변화를 이끌었다.

최근 광복 70주년을 맞아 한국인 의
식주 변천사를 되짚어본 기사를 읽었다. 기사에는 하루 중 많은 시간
을 투자하는 통신수단의 어제와 오늘을 소개하는 내용도 있었다. 지금
은 스마트폰으로 상대방의 목소리를 언제 어디서든 들을 수 있지만 예
전에는 말도 안 되는 일이었다. 스마트폰은 현재 통화기능 뿐 아니라
밖에서도 업무 처리를 가능하게 하고, 거기다 카메라 기능, 건강관리,
독서, 그림 그리기, 악기 연주와 같은 여가생활까지 책임진다. 전화 대
신 편지를 전하러 직접 걷거나 말을 타고 가거나 비둘기 다리에 묶어
보내던 시절의 사람이 듣는다면 깜짝 놀랄 이야기다. 현재 우리가 말
을 타고 오는 답장을 기다리거나 창문 앞에서 비둘기를 맞이하는 일이
믿기지 않는 것처럼 말이다.

실패도 스마트하게

통신수단은 사람의 다리, 말, 마차, 유선 전화기, 삐삐, 시티폰, 카폰, 디카폰, 영상폰, 스마트폰까지 엄청난 변화의 과정을 거쳤다. 손가락 터치로 모든 것이 가능하게 하는 마법의 물건을 탄생시킨 데에는 숨겨진 공신이 있다. 바로 더 나은 것을 위해 계속해서 색다른 시도를 한 사람들이다. 이들은 남다른 시도에서 생기는 색다른 실패에도 주저하지 않고 부단히 발전된 단계로 가기 위해 노력했다. 유선 전화기가 발명되었을 때 직접 가지 않고 말을 전달할 수 있다는 것에 만족했다면, 또는 무선 전화기 개발하던 중 생긴 난항에 포기했다면, 아직도 우리는 유선 전화기를 사용하고 있었을 것이다. 혹은 전화카드를 들고 공중전화 앞에서 다른 사람이 전화를 끊기만 기다려야 했다.

참신한 시도의 실패는 현재와는 다른 차원의 수준에 도달하게 한다. 아역스타들이 아역 티를 벗고 진정한 연기자로 거듭나느냐 아니냐도 그들의 다양한 시도가 영향을 준다. 아역의 경험을 가진 연기자가 성인 연기를 할 때면 아역 시절의 캐릭터가 남아 있어 극 속에 제대로 녹아들기 어렵다. 이것이 극을 매끄럽지 못하게 하면서 몰입을 방해한다. 그래서인지 아역배우는 드라마의 시작을 이끄는 중요한 역할을 하지만 그 때의 경험이 때로는 독이 되기도 한다. 반대로 유승호, 이현우, 김유정, 여진구, 김소현, 진지희 등의 아역배우 출신의 연기자들이 성숙한 연기 실력을 보여주며 인정받는 경우도 많다.

아역출신의 좋은 예로 불리는 이들은 외모적으로 귀여웠던 어릴 때만큼이나 잘 자라준 것은 물론 계속해서 다양한 역할을 시도하고 파격변신을 했다. 그 결과, 리틀 ○○○, 제 2의 ○○○로 머무를 수 있는 상황 속에서 자신만의 색깔을 찾고 진정한 연기자로 거듭난다. 아역출신 연기자뿐 아니라 다른 연예인도 자신의 스펙트럼을 넓혀갈 때 더욱더 실력이 향상된다. 가수의 경우도 매번 비슷한 패턴의 음악을 하는 사람보다 다양한 시도를 해보는 사람이 더 일취월장한다. 인기 가수들이 매번 앨범에서 기존의 스타일과는 다른 생소한 장르나 스타일에 도전하는 이유도 점차 도태되는 것을 막고 음악적 성장을 하기 위해서다. 물론 해오던 대로 유지하여도 충분히 인기를 얻을 수 있다. 오히려 원래 스타일을 좋아하던 팬들에게 새로운 시도는 아쉬움을 주고 대중의 냉혹한 판단을 감수해야 하는 일이다. 하지만 그만큼 뮤지션으로서는 스펙트럼이 넓고 깊어진다. 세상을 놀라게 한 모든 것이 항상 그랬다. 파격적인 시도였으며, 차가운 반응과 뜨거운 반응을 동시에 몰고왔다. 대부분이 부정적인 반응이었지만 말이다.

그럼에도 다양하게 시도하면서 부딪혀보라고 말하는 건 평범한 실패와 시도로는 변화를 일으키기 어렵기 때문이다. 이제는 실패도 스마트하게, 색다르게, 남다르게 해야 한다. 한 가지 색으로는 한 가지 밖에 나타낼 수 없지만, 다른 색을 섞고, 도구를 바꾸어 그린다면 전혀 다른 색감이 된다. 참신한 시도와 실패를 활용한다면 우리도 더욱 더 놀라운 변화를 경험할 수 있다.

드러내는 사람과 감추는 사람

단, 스마트하게 실패를 활용할 때 주의할 점은 숨기지 않는 것이다. 내가 잘못하거나 실수한 부분을 쉬쉬하지 말라는 뜻이다. 실수와 실패는 덮어버릴 때 활용가치가 크게 줄어든다. 안타깝게도 사람들은 자신에게 불리한 일 또는 안 좋은 일은 덮고 넘어가버리는 습관이 있다.

'실패를 숨기지 말고 드러내라.' 반도체 밀폐장치 상용화에 성공한 씰링크 이희장 대표는 이렇게 말한다. 그는 씰링크를 창업하기 전에 매출 20억 원의 잘 나가는 회사의 대표였다. 그러나 큰 실패를 겪으며 완전 바닥을 경험한다. 이후 관리 실패를 인정하고 새로운 사업 아이템을 찾아 나섰다. 그러던 중 기존 개발 경험을 바탕으로 밀폐 장치의 누출장치 시스템을 개발했고 이를 이용해 기존 고객들에게 안전 모니터링 서비스를 시작했다. 그로부터 5년이 넘은 지금은 실패를 딛고 일어나 세계시장의 특허 출원을 준비 중이다. 그에게 사업 실패는 새로운 사업으로 확장하게 해준 기회이자 크고 뚜렷한 목표를 만들게 해주었다.

모르는 것이 있다면 창피해하지 않고 물어야 하듯 드러내야 한다.

당시는 바보가 된 것 같지만 아는 척만 하다가는 평생 바보가 된다. 실패를 한 사람도 드러내기를 부끄러워하지 말라. 드러내는 순간은 놀림을 받는다. 그러나 감춘 사람은 영원히 실패 속에서 자유로울 수 없다. 감추려 할수록 내 안에서 더욱 뚜렷해지고 타인의 시선에 더 신경 쓰게 된다. 실패를 감추면 영원한 실패가 된다는 니콜라스 홀의 말처럼 실패할 수는 있어도 그것을 영원한 실패로 만드는 일은 없도록 하자.

경기의 흐름을 뒤바꾸는
후퇴는 공격을 위해
시간을 버는 일이다.
단지 한 걸음 뒤로
물러선다는 것에만 집중하면
뒤로 가기는 어렵다.
그러나 중요한 것은
현재 뒤로 가는 게 아니라
결국 앞으로 갈 일이다.
이제 우리는 나아갈 때다.

Chapter 07

비바람을 이겨낸 나무는
쓰러지지 않는다

클러치로 돌파하라 그리고 그라운드를 누벼라

실패에도 종류가 있다
: 재기할 수 있는 실패, 미래로 이어지는 실패

모든 볼이 득점으로 이어지지 않듯이 모든 실패가 기회가 되지는 않는다.
우리는 이들을 정확하게 구별하는 선구안이 필요하다.

거짓말은 모두 나쁘다?

'거짓말은 모두 나쁜 것이다.' 동의하는가? 당연하다며 찬성하려다
가도 다시금 앞 문장으로 돌아가 고개를 갸웃할 것이다. 어려서부터
우리에게 거짓말은 절대 해서는 안 될 나쁜 말이었다. 학교에서도, 집
에서도 거짓말이 무엇보다 옳지 않다고 가르쳤다. 가족, 친구, 연인,
사람 간에 거짓말은 서로의 신뢰를 잃게 한다. 신뢰를 잃으면 관계를
지속적으로 이어가기가 힘들다. 그런데 사람들에게 신뢰를 저버리고
관계를 무너뜨리는 거짓말이 반대로 좋은 영향을 미친다면 어떨까?
거짓말이라 할지라도 용서받을 수 있지 않을까? 영국 과학박물관 조
사 결과, 남녀 응답자 전체 중 75%가 타인의 기분을 고려한 하얀 거짓

말을 하는 것에 동의한다고 답했다. 즉, 사실이 아닌 말임에도 불구하고 이해하고 넘어간다. 이는 다른 말로 하자면 거짓말에도 용서받을 수 있는 거짓말과 그렇지 않은 거짓말이 있다고 볼 수 있다.

흔히 우리는 이런 속성에 따라 거짓말을 색깔로 나눈다. 용서받을 수 있는 거짓말에는 하얀색을 붙이며 상대를 이롭게 하고 도와주려는 뜻에서 좋은 의도를 가진다. 암에 걸린 환자에게 삶을 포기하지 않게 하기 위해 암이라고 말하지 않는 것과 같다. 비록 거짓말일지라도 상대방을 위해 하는 어쩔 수 없는 거짓말이기에 용서받을 수 있다. 반대로 절대 용납되지 않는 거짓말은 검은 거짓말이다. 이는 하얀 거짓말과는 반대로 나쁜 의도를 가지고 상대를 해치려는 목적이다. 하얀 거짓말이 악의 없는 거짓말이라면, 검은 거짓말은 악의에 찬 거짓말이다. 두 사람 사이를 갈라놓으려 중간에서 이간질하는 거짓말이 여기에 속한다. 이는 다른 사람을 불행하게 하고, 거짓말로 피해를 주기 때문에 절대 용서받을 수 없다. 토마토라는 이름 아래에 방울 토마토, 송이 토마토, 찰토마토, 대추 토마토와 같이 여러 종류의 토마토가 있듯이 거짓말이라고 해도 모두가 같은 거짓말은 아닌 것이다.

재기할 수 있는 실패, 미래로 이어지는 실패

마찬가지로 실패에서도 거짓말과 같이 용인될 수 있는 것과 절대로 용인될 수 없는 것으로 나눌 수 있다. 지금까지 이 책은 실패는 나쁜 것이 아니라 성장의 발판이 된다며 실패의 중요성을 계속해서 강조해 왔다. 이는 실패에 대한 긍정적인 이미지를 심어주려는 의도로서 사람들이 그럼에도 불구하고 좌절하지 않고 다시 일어나 시도하기를 바라는 마음이었다. 그러나 이것이 잘못 전달되어 어떤 면에서는 계속해서 잘못된 실패를 조장할 수도 있겠다는 생각이 들었다. 혹여나 실패해도 괜찮다는 생각을 가진 사람들이 자신의 모든 실패를 무조건적으로 용서하고 반복할 우려가 있기 때문이다. 여기서 한 가지 짚고 넘어가야 할 부분은 모든 실패가 용납되어서는 안 된다는 점이다.

책에서 말하는 실패는 보통의 모든 실패 가리키지는 않는다. 실패는 중요하지만, 모든 실패가 중요하지는 않다. 말장난처럼 보이지만, 아주 중요한 핵심이다. 이제까지는 실패가 무조건 나쁜 것이라는 생각에서 벗어났다면, 지금은 선택적으로 포용할 실패를 가려내야 한다.

검은 실패(BF:Black Fail)

소중한 실패 속에서 무조건적으로 받아들여서 안 되는 것은 검은 실패(BF:Black Fail)이다. 이는 검은 거짓말처럼 용납할 수 없는 실패라는 의미에서 이름 붙였다. 검은 실패는 목표를 향해 아무것도 시도하지 않았기 때문에 실패가 당연한 경우이다. 스스로가 이를 자초한 것이다. 검은 실패자는 일을 해결할 방법을 찾지도 않고, 찾았다 하더라도 게으름으로 미루거나 조심성이 없어 스스로 일을 망친다. 결과적으로 악순환이 반복된다. 이해하기 쉽게 철수와 민수 이야기를 해보겠다. 철수와 민수는 어린 시절부터 함께 자란 둘도 없는 절친한 친구 사이다. 철수는 제2의 우사인볼트를 꿈꾸며 육상 선수 생활을 하고 있고, 민수는 엔지니어가 되기 위해 과학고에 진학했다. 그런데 철수는 아주 작은 부상에도 핑계를 대며 훈련에 자주 빠지곤 했다. 그리고 자신의 작년 기록에 자만해 연습량도 현저히 줄었다. 민수 역시 좋은 성적으로 학교에 진학했지만, 자신의 뛰어난 기억력에만 의존해 공부에 소홀하기 시작했다. 이 둘은 전보다 함께 만나서 게임을 하고, 노는 시간이 많아졌다. 그 결과, 당연히 철수는 경기에서 자신의 이전 기록보다 훨씬 떨어졌고, 순위권에조차 들지 못했다. 민수 역시 선생님과 상담을 할 정도로 성적이 심하게 떨어졌다. 철수와 민수는 전혀 노력하지 않은 검은 실패자의 전형적인 모습을 보여준다.

하얀 실패(WF:White Fail)

반대로 검은 실패처럼 부진했다는 면에서는 같지만 용서되는 행동이 하얀 실패(WF:White Fail)이다. (이것 역시도 하얀 거짓말에서 착안했다.) 하얀 실패는 자신이 원하는 방향대로 되지 않았지만, 그 과정은 검은 실패와 완전

반대이다. 후자가 최선을 다하지 않은 결과의 실패라면, 전자는 최선을 다한 실패이다. 즉, 무언가 시도하고 도전했지만 좋지 않은 결과를 얻은 경우이다. 비록 좋은 결과는 아니더라도 하얀 거짓말처럼 선한 의도를 가지고 최선을 다했다는 면에서 인정된다. 다시 시도했을 때 충분히 개선될 가능성이 있고, 성장의 밑거름이 되는 것이다. 이는 지금 당장은 처참하지만, 더 나은 미래로 이어지는 실패이다. 다른 말로는 재기할 수 있는 실패라고 할 수 있다. 실패를 11만 번이나 한 사람이 있다. 그 사람은 과연 어떻게 되었을까? 좌절해서 모든 것을 포기하고 자살을 했을까? 전혀 그렇지 않다. 그 사람은 오히려 사람들의 존경을 받는 사람이 되었다. 그 주인공은 바로 전기를 발명한 에디슨이다. 에디슨은 대략 11만 번의 실패를 했고, 전구를 발명할 때는 무려 2,000번의 실패를 했다. 끝없는 실패에도 포기하지 않은 에디슨에게 한 기자가 물었다. "이제껏 그만두고 싶었던 적은 없었나요?" 그는 자신의 실패는 전구가 빛을 내지 않는 2,000가지 원리를 알아낸 것이라고 대답했다. 그에게 2,000번의 실패는 앞으로 나아가는 실패였다. 삼성의 이건희 회장도 직원들에게 실패를 두려워하지 말라고 말한다. 실패를 하지 않는 사람에게 발전이 없기 때문이다. 이때의 실패도 더 나은 미래로 나아가는 하얀 실패이다. 하얀 실패를 경험한 사람은 이를 계기로 한걸음씩 더 나아간다. 하얀 실패는 언제든 기회로 바뀔 수 있다.

창조적 실패 그리고 실패 장려

최근 들어 하얀 실패를 북돋으려는 움직임이 많아졌다. 예전에는 실패 책임을 개인 스스로 져야했다. 일에서 빠진다거나 심하게는 그만두고 쫓겨나는 경우도 많았다. 그러나 이는 실패에 대해 끝까지 책임지는 일이 아니다. 오히려 책임질 수 있는 기회를 빼앗아버리고, 도망쳐 나오는 것이다. 회사에서도 최대한 실패와 실수를 줄이는 데만 급급했었다. 그러나 지금은 실패비용을 따로 책정하여 사원들이 새로운 것을 시도하도록 지원하고 있다. 이노레드 회사에서는 1억 원의 실패 예산을 잡았다. 미국에서는 실제로 과거의 실패 경험을 덮고 숨기는 대신 서로 나누며 장려하고 있다. 2008년 카산드라 필립스의 주도로 실패를 공유하는 실패 컨퍼런스 FailCon을 개최했다. 실패 컨퍼런스는 요인은 무엇이고, 그 과정에서 어떤 점을 배웠으며, 어떻게 재기했는지에 관해 토론한다. 이를 통해 참가자들은 서로 경험을 공유하고 위로하며 재기하도록 북돋아주었다. 이 컨퍼런스는 엄청난 반응을 얻었다. 그러나 올해부터는 더 이상 열리지 않는다. 이제 미국 실리콘밸리에서는 이미 실패 이야기를 나누며 재기를 도모하는 문화가 일반화되었기 때문에 행사의 필요성이 없어졌기 때문이다. 우리나라에서도 Failcon과 비슷한 의미로 2013 재도전 컨퍼런스가 열렸다. 컨퍼런스에스는 '실패를 넘어! 미래를 향해!' 라는 주제로 중소기업들이 실패 경험과 재도전의 가치를 토론했다. 사업실패 후 재도전을 한 실제 사람들의 사례와 재기 전문가들의 이야기를 통해 실패의 교훈과 재기 과정을 공유했다. 이처럼 회사뿐 아니라 가정, 학교, 사회에서도 성장 가능한 창조적 실패를 북돋아주어야 한다.

실제 BMW는 창의적 실패의 덕을 본 회사이다. 1983년 독일 남부 지방의 공장 건설을 계기로 조직문화 개혁에 나섰다. 새로운 공장 건설처럼 하드웨어 적인 부분의 개선에만 그치는 것이 아니라 일하는 방식의 소프트웨어적인 부분까지 변화를 주길 원했다. 처음 개선을 실시할 때 직원들은 전혀 변화된 모습을 보이지 않았다. 오히려 자신이 낸 혁신 아이디어가 주변의 질타를 받을까 두려워했다. 이러한 조직문화는 회사의 성장을 막는 방해요소라고 생각한 담당자 게르하르트 빌은 두 가지 행동 규범을 만들었다. 첫째, 누구나 실수해도 좋다. 다만 회사에 터무니없는 손상을 입히지는 말자. 둘째, 미리 계산된 리스크는 허용하자. 빌은 사원들이 실패를 두려워하지 않고, 창의적인 실패를 하길 바랐다. 또한 '이달의 창의적 실패상'을 도입하여, 창의적인 도전을 했지만 실패한 사원의 이야기를 나누었다. 그 결과, 공장에서는 실패할 것처럼 보이는 일들에 시도하게 되었고, 자연히 경쟁력이 생기고 생산성이 높아졌다. 이제 실패는 더 이상 골칫거리가 아니라 보물덩어리가 되었다. 모두 원석을 가지고 있지만, 깎고 깎는 실패를 시도하는 사람만이 반짝이는 다이아몬드를 얻는다. 만약 지금껏 창조적 하얀 실패를 제한해왔다면, 이제 그 금기를 풀어주자. 혹시 누가 알까?
당신이 에디슨처럼 위대한 화이트 페일러(White Failer)가 될지.

위기 상황시 행동요령

부정적인 사고는 다시 일어날 힘을 뺏어버린다.
한 발 떨어져 마음을 가라앉히고 문제를 바라보자.
전에는 보이지 않던 실마리가 보일 것이다.

사람은 실패를 무서워해서 다가오지 않은 미래까지 그르칠까 걱정한다. 하지만 정말 실패하고 싶지 않다면 실패와 마주했을 때 어떻게 해야 하는가에 대해 알아야 한다. 대처하는 행동에 따라 그 상황에서 빠르게 탈피하거나 계속 머무르게 될 수도 있다. 최근에는 실패공포증이라는 말이 생길 정도로, 어떤 일에 실패하거나 패배할 가능성에 대해 심하게 공포를 느끼는 사람이 늘고 있다. 실패 앞에서 주춤거리지 않으려면 어떻게 해야할까?

한 발 물러서서

한 발 물러서서 바라보면 전에 보이지 않던 것들이 보이기 시작한다. 문제가 발생한 시점에는 격하게 감정에 동요한다. 그나마도 조절이 가능한 사람은 시간이 지나게 되면서 점차적으로 이성을 되찾고 해결점을 찾으려한다. 화가 났을 때 10초에서 1분간 숨을 들이마쉬고 내쉬라는 말도 비슷한 논리다. 감정적으로 대응하는 경우, 나중에 자신의 행동에 많이 후회한다. "내가 왜 그랬을까? 조금만 참을 걸."

일을 망친 경우도 마찬가지로, 계속해서 그것을 생각하게 되면 점점 더 비관적으로 변한다. 즉, 실패했다는 것에서 빠져나오지 못하고 더욱 더 집착하게 된다. 예를 들어, 입사 면접에서 떨어졌을 때 그 사실을 계속해서 되새김질한다면 어떻게 될까? 망친 면접뿐만 아니라 안 좋던 나의 습관까지 모두 꺼내게 된다. 내가 제대로 하는 게 뭐 있었냐고 나 자체를 부정함과 동시에 단점 투성이로 만들어버린다. 부부 싸움에서도 사소한 의견 다툼에서 시작한 것이 일전에 잘못했던 모든 일들을 들춰내게 된다. 그리고는 결국 상대방 자체를 탓하며 잘못 결혼했다고 한탄한다. 그러나 불합격에서 한 발 물러서서 바라본다면, 면접에서 떨어졌다는 것이 아니라 내 행동에 대해 객관적으로 분석할 수 있다. 때로는 문제에 대해 시간을 두고 생각하는 것도 좋은 방법이다. 부정적인 생각이 자꾸만 들면 다른 것으로 화제를 돌리면서 부정적인 생각에서 빠져나와야 한다. 부정적인 사고는 다시 일어날 힘을 뺏어버린다. 가끔은 나를 내가 아닌 타인으로 바라볼 때 좀 더 나은 해결법을 찾을 수 있다.

조금만 더 마인드

한발 물러서서 생각했다면, 다음 단계는 조금만 더 마인드를 가져야 한다. 앞서 말했듯이 사람은 자신이 얼마나 해왔는지, 얼마나 목표에 다다랐는지 눈으로 가늠하기 힘들다. 때문에 목표 앞에 와있더라도 모르고 그만두는 것이다. 우리가 잊고 있는 것은 과정이 없으면 결과도 없다는 점이다. 멋진 피아노 연주도 99번째 틀리다가 100번째 시도에 성공하는 것을 우리가 듣는다. 마술 역시도 공연 전에는 수 없이 많이 티가 나고 서툴다. 하지만 이들은 99번의 실패를 통해 연습했고 포기하지 않고 1번 더 시도한다.

순간순간 살면서 좌절과 실패를 만난다. 학생 때는 수많은 시험과 진로, 성인이 되어서도 끝나지 않는 테스트와 인간관계 속에 살아간다. 때로는 자신의 노력을 인정받을 때도 있고, 그렇지 못할 때도 많다. 그럴 때마다 주저하면 아무것도 변하지 않는다. 보다 넓은 시각으로 도전해야 한다. 지금 내 눈앞에 뿌연 안개와 먹구름이 가로막고 있지만, 그것만 걷힌다면 더 환하게 빛을 볼 수 있다. 안개와 먹구름 속에 아주 많은 가능성과 기회가 있다. 그 순간 "더는 못하겠어"라는 말 대신, "한 번만 더"라고 스스로에게 말해보자. 신기하게 더 이상 할 수 없을 것 같던 지친 마음에서 한 번쯤은 더 해볼만하다는 숨겨진 에너지가 나온다. 오죽하면 신입사원에게 '1년만 버티자'라는 말이 전설처럼 내려오겠는가. 아무리 힘들 것 같던 일들도 시간이 지나면 웃으며 이야기할 수 있는 때가 온다. 다만, 그 때까지 참고 포기하지 않는 사람만이 웃으며 말할 수 있다. 실패를 피할 수 없는 상황이라면, 자신의 기술을 연습해 볼 수 있는 기회라고 생각하자.

타인과의 관계 회복이 최우선이다

나 혼자가 아니라 타인과 함께 하는 일에서 실수를 했을 경우는 우선순위가 조금 달라진다. 물론 멀리보고, 한 번 더 도전하는 마인드가 이때도 필요하지만, 그보다 앞서 해야 할 것이 하나 있다. 진심으로 상대방에게 사과하고, 문제를 해결하려는 마음을 표현하는 것이다. 함께 하는 일에서는 성과뿐만 아니라 관계도 무척 중요하다. 일이 잘못 되었을 때, 서로의 관계가 무너지지 않도록 하는 게 우선이다. 내가 잘못하지 않았지만, 주변에서는 내 탓으로 보이는 일도 있고, 반대인 경우도 있다. 이런 경우는 절대 그냥 넘어가서는 안 된다. 충분히 자신의 입장을 설명해주어야 한다. 사람은 알지 못하는 부분을 자신이 편한 대로 상상하는 경향이 있기 때문에 오해가 생기기 쉽다.

자신의 잘못으로 일을 망친 경우는 솔직하게 인정하는 것이 가장 좋다. "제가 제대로 일 처리를 하지 못했습니다. 죄송합니다. 그러나 절대 이 일을 망칠 의도는 없었습니다."라고 잘못은 인정하되, 자신의 의도는 제대로 설명해야 한다. 사람 사이에 진심을 이길만한 것은 없다. 사과와 감사는 제때 빠르게 할수록 좋다. 시간이 지나면 지날수록 때를 놓쳐버려, 진심이 제대로 전달되지 않을 수 있다. 사과와 감사의 타이밍은 '지금 바로'이다.

사람들은 가장 빠른 길을 두고 돌아갈 때가 많다. 어느 상황에서든 잊어서 안 될 것은 우리 모두가 인간이라는 점이다. 인간과 인간 사이에는 마음이 있고, 그 마음을 잃으면 모든 것을 잃는다. 실패해도 언제든 다시 일어설 수 있다. 그러나 사람의 마음을 얻는 데 실패하면 회복하기란 쉽지 않다. 사람 마음을 되돌리는 것이 그 어떤 것보다 힘들기 때문이다. 그러니 절대 관계를 소홀히 하지 말기를 바란다. 사람의 마음을 얻는다면 실패에서 일어서는 것은 생각보다 쉬울 것이다.

나 사용설명서

매일의 기록을 해보자.
무엇을 배웠는가, 어떻게 극복할 것인가.
위기의 순간 해결의 실마리가 된다.

2015년 12월 31일 12시 10분

한 해를 마무리하며 정리해본다. 잘한 일, 잘못한 일, 아쉬운 일, 그리고 앞으로 할 일. 조금씩 적다보니 올해 꽤 많은 일이 있었다. 2016년엔 또 어떤 귀여운 실수를 할까?

실패일기를 쓰자

실패일기를 들어본 적이 있는가? '실패', '일기' 각각의 단어는 익숙하지만, 이를 합친 '실패일기'는 생소한 사람이 많을 것이다. 그렇다면 감사일기는 어떤가? 들어본 적도 있고, 한 번쯤은 써보기도 했을 것이다. 이는 하루 동안 일어난 일 중 감사한 일 5가지 정도를 일기처럼 기록하는 것이다. 감사 일기를 쓰게 되면 매사 긍정적으로 바라보게 되고 덩달아 감사하는 일이 더 많이 생긴다는 이야기에 한때 유행이 된 적이 있다. 또한 미국 토크쇼의 여왕 오피라 윈프리가 자신의 성공 비결 중 하나로 뽑으면서 더 화제가 되었다. 그녀는 어릴 적부터 감사하는 일 5가지를 쓰며 힘든 현실을 극복할 수 있는 자신감을 얻었다.

'실패일기'는 '감사일기'와 친구, 아니 친척 같은 존재이다. 같은 피를 나누되, 촌수가 다른 것처럼, 같은 뿌리를 가지되 그 성격이 다르다. 실패일기는 하루 중 실수했거나, 잘 되지 않은 일, 예상보다 아쉬운 결과를 보인 것을 적는 것이다. 이로서 실수나 실패에 대해 관대하고, 긍정적인 시각을 가진다는 점에서는 감사일기와 비슷하다. 그러나 감사했던 일에 대해서만 적는 것에 그치는데 반해 실패일기는 What, Why, Lesson, How, Idea 순으로 적는다. 즉, '무엇을 실패했는지, 왜 실패 했는가, 실패로 인해 무엇을 배웠는가, 어떻게 실패를 극복 하겠는가, 실패를 통해 얻은 아이디어는 무엇인가'를 생각하고 되짚어본다. 이는 문제를 파악하는데 그치지 않고 구체적인 실행 방안과 향후 개선 방안까지 고민해보게 한다.

원칙

1. 한 줄이라도 좋으니 일이 발생한 그날그날 쓴다.

2. 잘못에 초점을 두기보다는 이것을 긍정적인 방향으로 돌리는데 집중한다.

3. 실패를 극복하기 위해 어떤 노력을 할 것인지 구체적으로 적는다.

2014. 12. 8	What?	Why?	Lesson	How?	Idea
1	인터뷰 거절.	사전 커뮤니케이션 제대로 이루어지지 않음.	인터뷰 약속시 날짜, 시간 정확히 잡기.	인터뷰 이틀 전이나 하루 전날 다시 확인 연락 필수! (기업은 변동성 많기 때문에 갑자기 인터뷰 날짜에 일이 생길 수 있음)	약속은 무조건 정확히 잡는다. 통화 말고도 문자나 이메일과같이 서로 오해가 생길 수 없는 문서로 다시금 확인. −약속 알리미 어플 아이디어
2 P.145 참조	비누가마 기계끄지 않음.	점심시간 실수로 방치.	−공기가 많이 들어가면 거품이 많이 남. −실수가 꼭 실패로 이어지는 건 아님. −만회하려는 시도를 게을리 하지 말기.	−확인체크 List 만들기. −다양한 비누 실험 해보기. −공기 양에 따른 실험해보기.	−공기가 많이 들어간 비누는 물에 뜸. − 빨래 비누, 화장품 비누로 사용 가능성 있음.

What: 무엇을 실패 했는가

Why: 왜 실패 했는가

Lesson: 실패로 인해 무엇을 배웠는가

How: 어떻게 실패를 극복하겠는가

Idea: 실패를 통해 얻은 아이디어는 무엇인가

나 역시도 실패일기를 쓰면서 나만의(실패) 매뉴얼을 만든 느낌이 들어서 더 든든했다. 우리는 갑작스런 문제 상황이 생기면 당황하게 되는데 그 때 제품 설명서와 같이 문제 상황 설명서가 있다면 꽤 쉽게 해결할 수 있다. 실패일기를 적다보면 이처럼 위기의 순간 해결의 실마리가 된다. 조금씩 적은 것들이 모여 나의 매뉴얼이 되기 때문이다.

실패 경험은 더 이상 끔찍한 것이 아니라 성장의 발판이 된다. 더 나아가 남이 아닌 내가 스스로 실패를 판단할 수 있다. 다른 사람의 기준으로 보기에는 실패한 것이 나에게는 아닐 수도 있고, 성공으로 보이는 것이 나에게는 아쉬운 점일 때가 있다. 이 때 실패일기는 나의 입장에서 되돌아보고 개선할 수 있게 해준다. 시각이 바뀌다 보니 일의 과정과 결과도 달라진다. 어떠한 문제를 만나도 불평하기보다는 어떻게 개선할까를 먼저 생각하고, 예전 목록을 참고해 미리 특정한 상황에 대비하기도 한다. 성공은 실패를 많이 할수록 이룰 가능성이 크다.

머릿속으로 아는 것과 실제로 적어보는 것은 매우 다르다. 우리가 알고 있다고 하는 것을 직접 말하고 써볼 때는 백지가 되어 아무 것도 생각나지 않을 때가 많다. 때문에 실제로 적어볼 때 제대로 정리가 되고, 더 오래 각인된다. 자신이 살아오면서 실패한 경험이나 사례 등을 떠올리며 한 번 적어보자. 이러한 경험으로 생각지 못한 것을 많이 얻었음을 발견하게 될 것이다. 더불어 그것을 고치기 위해 어떻게 노력했는지 보게 되면 전보다 더 견고해지고 있다는 것에 동의할 것이다.

실패를 교류하자

인간은 넘어진 곳에서 또 걸려 넘어진다. 나쁜 남자에 매번 당하는 사람이 당하는 것처럼 말이다. 실패일기를 200% 아니, 1,000%로 활용할 수 있는 방법은 서로의 실패를 공유하는 것이다. 자신이 하는 실수가 비슷하듯, 사람들이 실수하는 부분도 크게 다르지 않다. 큰 계약을 앞두고 김대리가 계약서에 한 실수는 다음의 송대리도, 그 다음의 박대리도 일어날 수 있는 일이다. 이 때 김대리가 자신의 실수를 바탕으로 부서원들과 토론했다면 실수를 줄일 수 있을 것이다. 또한 그 내용으로 계약서 작성시 주의사항을 만들어 놓으면 같은 실수를 막을 수 있다.

영국 극작가 겸 소설가인 조지 버나드 쇼가 교류를 사과에 빗대어 설명한 이야기를 참고해보자. 나에게 사과 한 개가 있고, 상대방에게 사과 한 개가 있다. 서로 사과 한 개를 교환하면 나와 상대방은 여전히 사과 한 개밖에 없다. 하지만 나에게 한 가지 생각이 있고, 상대에게 또 다른 생각이 있다. 이 때 두 가지 생각을 교류하면 서로 두 가지 생각을 갖게 된다. 사과는 교환해도 하나지만, 생각은 나누면 두 가지 혹은 그 이상이 될 수 있다. 비슷하게 두 사람이 5의 능력을 가지고 있는데, 아무런 교류가 없다면 둘의 능력이 단순히 합해진 10(5+5)이 될 뿐이지만, 서로 능력을 협력하고 교류한다면 능력은 두 능력을 더한 10보다 훨씬 큰 25(5×5)만큼을 발휘할 수 있다는 뜻이다. 실패도 마찬가지다. 스스로 가지고 있다면, 5만큼의 힘을 발휘하지만, 서로 공유한다면 더 큰 시너지를 발휘한다.

실제로 꾸준히 성장하고 있는 기업들은 모두 실패 공유 시스템을 가지고 있다. 특히 도요타는 실패를 통해 학습하는 문화로 유명한 기업이다. 직원들 모두가 실패노트를 작성한다. 이것은 회사의 좋은 공부 교재가 되고, 이를 바탕으로 전 직원이 향후개선 방향을 잡는다. 판매 현장에서는 실수나 잘못에 대한 반성문, 시말서 외에 제출해야하는 것이 있다. 그것은 어떻게 잘못을 개선할 것인지에 관한 개선안이다. 실수를 했다면, 앞으로 어떻게 행동할 것인지에 대한 내용 없이 반성만 한다는 것은 의미가 없다고 생각하기 때문이다.

맥킨지 출신으로 현재 NPO 법인 코페르닉의 대표인 나카무라 도시히로는 사분기에 한 번 열리는 전체 미팅에서 사원들의 실패 사례를 익명으로 공유한다. "이메일을 쓰는 법부터 아웃풋 자료를 만드는 법, 인간관계에 이르기까지 다양한데, 실제 사례를 바탕으로 어떻게 개선

하면 좋을지 다 함께 생각합니다. 그 덕분에 조직에서 자신에게 무엇을 기대하고 있는지가 명확해져 조직의 결속력이 높아졌다고 생각합니다."[13] 실패를 공유하는 문화는 5대째 가업을 이어온 맛집의 비법과 같다. 레시피는 예부터 전해내려 오면서 선조의 노하우와 새로운 노하우가 더해져왔기에 누구도 감히 흉내 낼 수 없는 맛을 낸다. 실패 공유 시스템도 기업을 좋은 기업을 넘어 위대한 기업으로 만들고, 위대한 사람으로 만든다.

---

13) 세계 최고의 인재들은 실패에서 무엇을 배울까, 사토지에.

나눌수록 줄어든다

한 번도 실패해보지 않은 사람은 경험에서 배운 것이 적다.
실패를 바르게 받아들이는 문화, 이것은 성공에 자만하지 않고
실패에도 좌절하지 않도록 한다.

'We are the ONE, 우리는 하나다'
를 외치며 전 세계가 가까워진 시대에 살고 있다. 전보다 훨씬 거리감
이 줄어들고 교류는 늘었다. 그러나 세계가 하나라는 말이 무색하게
아직 나라마다 다름이 존재한다. 외국여행을 가서도 특히 자국과 다른
제스처에 놀랄 때가 많다. 엄지를 올리는 제스처가 우리나라에서는 최
고라는 의미로 쓰이지만 호주에서는 욕설, 거절, 무례함을 뜻하는 아
주 부정적인 의미로 통한다. 심지어 중동에서는 음란행위를 나타내는
표현이기도 하다. 별 생각 없이 '잘했다, 최고' 라는 뜻으로 평소처럼
제스처를 사용했다가는 큰 일 날 수 있다.

그러므로 vs 그럼에도

　서로 다른 제스처 만큼이나 문화권별 사고는 큰 차이를 보인다. 그 중 실패를 대하는 태도도 매우 상이하다. 나는 이것을 크게 두 가지 '그러므로^(때문에) 문화', '그럼에도 불구하고^(덕분에) 문화' 로 나누어 보았다. 먼저, '그러므로 문화' 는 '때문에' 가 어울리는 나라권이다. 이 사회에서는 실패가 부끄러운 것으로 통용된다. 그러다보니 실패에 대한 두려움도 크다. 웬만해서는 위험을 무릅쓰고 시도하는 것을 꺼린다. 어렸을 때부터도 실패하기보다는 상대적으로 안정되고 보장되는 길을 선호한다. 이미 성공한 사람이 있는 길을 따라 보고 배우는 데 익숙하다. 사회에서도 실패확률이 적은 길, 잘 닦여 있는 길을 가는 것이 옳다고 배우며 자란다. 태국에서는 연속 실패한 사람이 전적을 잊고 새로 시작하기란 엄청 어렵다. 재기하기 위해 이름을 개명하는 사람까지 있다. 2008년 베이징 올림픽 태국 금메달 역도선수는 실제로 올림픽 시합 전에 바꾼 이름 덕분에 금메달을 땄다고 했다. 스페인에서는 돈을 빌린 사람이 주변 이웃들로부터 창피를 당하기도 한다. 돈을 꿔준 사람이 특이한 복장으로 부채 소문을 내려고 집으로 찾아가기 때문이다.

　유럽과 아시아도 경제적 실패, 즉 파산에 너그럽지 않다. 한 번의 사업 실패가 곧 개인의 실패로까지 이어진다. 큰 부도나 실패는 고스

란히 개인의 빚이 되고, 당사자는 물론 가족들까지 그 빚을 갚기 위해 남은 인생을 바쳐야 한다. 부도의 꼬리표는 평생을 떨쳐버리기 힘들다. 특히나 독일에서는 무엇을 하건 간에 절대 부도를 선언해서는 안 된다. 독일 사회에서 부도 선언은 자신은 물론, 자녀와 손자들까지도 카인의 후예라는 낙인을 이마에 새기고 다니도록 만든다. 독일에서 부도를 선언해야한다면 차라리 그 나라를 떠나는 편이 낫다는 말이 있을 정도다.

'그럼에도 불구하고 문화'에 가까운 나라는 '덕분에'라는 개념이 어울린다. 이 문화권 사람들은 실패 덕분에 더 나은 결과를 만들어낼 수 있다고 생각한다. 주로 미국은 다른 나라에 비해 파산에 상대적으로 너그럽다. 사업을 하다 실패를 하게 되면, 정당한 절차를 이용해 빚을 탕감 받을 수 있다. 새로운 사업을 다시 시작하기에도 큰 제약은 없다. 오히려 사업 실패 경험은 실리콘 밸리에서 경력으로 통하기도 한다. 구글, 애플, 페이스북, 인스타그램과 같이 세계적인 IT 기업 창업자들도 20대의 나이에 대학을 중퇴하고 새로운 시도를 했다. 그 외에도 많은 사람들이 창업하고 망하고 다시 일어나기를 반복한다. 그만큼 분위기가 다른 곳에 비해 자유로운 편이다. 이들은 절대 한 번에 성공할거라고 생각하지 않고 실패를 부끄러워하지 않는다.

실리콘 밸리 정신

실리콘 밸리는 열정적인 청년 창업자들로 붐빈다. 왜 세계 각국의 인재들은 실리콘 밸리로 몰려드는 걸까? 혁신적인 기술 때문인가? 이곳에는 특별한 무언가가 있다. 나는 이를 실리콘 밸리 정신이라 부른다. 실리콘 밸리 정신은 실패를 대하는 특별한 그들의 태도를 말한다. 이곳에서 실패는 혁신을 이루는 자연스러운 과정 중 하나다. 미국에서도 가장 너그러운 곳인 셈이다. 이를 증명하듯 실리콘 밸리에는 '쓰리피터스'가 많다. '쓰리피터스'는 영어 Three⁽³⁾와 Repeat^(반복하다)가 합쳐진 말로, 세 번 이상 벤처 기업 창업에 도전한 사람들이다. 다른 곳에선 한 번도 어려운 창업을 이곳에서는 계속 지원한다. 세 번씩이나 고배를 마셨음에도 불구하고 그들이 다시금 창업하도록 한 것에는 실리콘밸리 벤처 생태계가 큰 몫을 했다. 성공에 자만하지 않고 실패에도 좌절하지 않는 너그러운 문화가 쓰리피터스를 꽃피우게 한 것이다.

KPCB의 랜디 코미사르는 실패를 자산으로 생각하는 것은 기업가적 환경의 중요한 특징이라고 했다. 한 번도 실패해보지 않은 사람은 그렇지 않은 사람보다 경험에서 배운 것이 적다고 본다. 때문에 실리콘 밸리에서는 부도를 기술혁신을 위한 불가피한 비용으로 생각한다. 이러한 가치관이 퍼져있어서 도전에 좀 더 적극적이며 실패가 충분히 용인된다. 다섯 번 이상 엎어지고 다시 시작하기를 반복한 해리 사알은 말한다. "실패가 곧 유능함과 현명함의 어버이라는 것이 실리콘밸리의 사고방식이다. 이러한 사고 덕분에 한 번 실패한 사람도 다시 도전할 때, 전보다 쉽게 자금을 조달받을 수 있다. 사람들은 첫 번째 사업에서 부도낸 사람이 실패를 통해 틀림없이 배웠을 거라고 생각하기 때문이다."

실패를 용인하는 문화

실리콘 밸리에서 정말 배워야 할 점은 혁신적인 기술이기에 앞서 그들의 정신이다. 어떻게 혁신적인 제품과 기술을 만들어냈느냐에 초점을 두어야 한다. 이 답은 바로 실패를 바르게 받아들이는 문화, 이것이 지금의 실리콘 밸리를 만들었다. 대게 직원들이 하고 싶어 하는 것에 자유를 주고, 설사 실패하더라도 두 번, 세 번 기회를 준다. 실수해도 심한 처벌을 두려워하지 않는 문화가 회사를 더 성장하게 만든다. 인류가 발전하게 된 것도 시도와 실패 덕분이지만, 아직도 우리는 틀려서는 안 되며 당장의 성과가 없는 것에 돈과 시간을 낭비해서는 안 된다고 눈치를 준다. 즉, 첫 시도부터 굉장히 큰 성과를 바란다. 스웨덴을 포함한 몇몇 나라에서는 기업이 한 번 망하면 파산법 특성상 부채에서 벗어나기 힘들다. 부도가 날 경우 재기하기가 어렵다. 아마 웬만한 모험심이 아니고서는 창업을 쉽사리 꿈꾸지 않을 것이다. 이처럼 한 번의 실패가 주홍글씨처럼 박힌다면 발전을 기대하기란 어렵다. 실패 없이는 혁신도 없다. 다시 도전을 결심할 때, 자기 자신 말고는 그 어떤 것도 방해해서는 안 된다. 이제는 실패를 다그치기 보다는 용인하고 권하는 사회가 되어야 한다.

실패를 용인하는 사회가 된다면 개개인도 자신의 실패를 당당하게 인정할 수 있다. 이러한 문화가 필요한 이유도 개인이 떳떳하게 스스로의 실패를 인정하고 공개할 수 있게 하기 위해서이다. 자신의 실수와 잘못을 알고 넘어가는 사람과, 무엇이 문제인지도 모르는 사람의 미래는 아주 큰 차이가 난다. 사람은 누구나 실수를 한다. 그 실수를 숨기도 싶어 하는 것도 비슷하다. 그러나 실수를 했다는 사실이 나쁜 것이 아니라 제대로 된 원인을 찾아 개선하려하지 않고 숨기려고 했다는 사실이 나쁘다. 이는 스스로 자신이 성장할 수 있는 기회를 숨겨버리는 것과 같기 때문이다. 자신의 성장을 숨기는 사람에게 누가 신뢰를 느끼겠는가. 우선은 숨겨진다고 해도 시간이 지날수록 일에서, 관계에서 더 크게 드러난다. 우리는 실패에 대해 오픈 마인드를 가져야 한다. 누구나 실패할 수 있고, 다시 일어설 수 있다. 우리의 튼튼한 두 다리로.

도와주세요

때로는 혼자 해결하려고 미친 듯이 노력한 일보다 주변의 아주 작은 도움으로
금방 해결되는 경우가 많다. 그것이 우리가 다른 사람과 함께 살아가는 이유이기도 하다.
당신이 누군가에게 손을 내밀 때 거절할 사람은 없다.

위급한 상황에서 사람들은 119를 가장
먼저 떠올린다. 119는 위험에 처한 우리를 구하고 생명이 위독한 순간
도움을 준다. 그렇다면 정신적으로 고통스러운 순간에는 누구에게 연
락을 해야 할까? 119에 전화해서 '지금 너무 힘든 고민이 있는데 도와
주세요.' 라고 말해야 하는가? 그랬다간 장난전화라고 오해를 받아 공
무집행방해 처리될지도 모른다. 위급할 때 119를 바로 떠올리는 것처
럼 도움 받을 누군가를 바로 생각해낼 수 있는가? 슬프게도 우리는 도
와달라고 말할 누군가를 쉽게 떠올리지 못한다.

도움 받는 것은 절대 창피한 일이 아니다

특히 모든 것을 잃고 희망이 보이지 않을 때는 더 그렇다. 주변에 가족, 친구, 많은 사람들이 있지만 선뜻 도와달라고 당당하게 말하기란 어렵다. 자신의 비참한 상황을 마구 떠벌리고 싶지도 않을뿐더러 아마도 우리는 도움을 청하는 일을 대단히 창피한 것이라 생각한다. 때문에 많은 사람들이 어려운 일이 생겼을 때 스스로 먼저 해결해보려고 노력한다. 그렇게 혼자 생각하고 고민하다보면 저절로 나는 혼자라는 감정에 휩싸이게 된다. 그러나 "도와주십시오." "도움이 필요합니다"라고 말하는 것이 부끄러운 일이라고 오해하는 일이 있어서는 안된다.

우리는 살면서 아주 많은 착각을 한다. 그 중에서도 모든 일을 혼자서도 해결할 수 있다는 엄청난 착각을 하는 사람이 있다. 그 착각은 자신은 물론 주변 사람까지도 힘들게 한다. 예를 들어 회사에서 신입사원에게 프로젝트 업무를 맡겼다. 그는 이번을 기회로 내 실력을 보여주겠다고 다짐했다. 그러나 일은 생각보다 벅차고 어려웠다. 그렇다고 맡겨준 선배에게 못하겠다고 말하고 싶지도 않았다. 혼자 고군분투하는 동안 시간은 흘러 마감 날이 다가왔다. 결국 신입사원은 어떠한 대책도 마련하지 못한 채 일을 맡긴 이대리와 마주했다. 이대리는 지금까지 아무 말도 없다가 못하겠다고 말한 신입사원이 어이없었다. 그 결과, 일은 다른 사람에게 맡겨졌고, 민폐를 끼치고 싶지 않았던 신입사원은 민폐남이 되었다.

만약 신입사원이 마감 며칠 전이 아니라 일을 받고 나서 얼마 되지 않아 도움을 요청했다면 어땠을까? 관련된 자료와 정보를 얻거나 도와줄 선배를 소개받아 기간 내에 일을 잘 처리했을 것이다. 업무에 대한 조언과 피드백을 받을 수 있는 상황을 청해보기도 전에 부족해보일지도 모른다는 부끄러움과 귀찮아할 거라는 두려움이 그를 망설이게 했다. 항상 신입사원들은 선배들이 묻는 것을 귀찮아할 거라는 근거 없는 오해를 한다. 그러나 상사는 질문하는 것보다 모르는 것이 있는데도 묻지도 않고 있는 것을 더 싫어한다. 회사에서 가장 골칫거리인 사람이 바로 모르는 데도 물어보지 않는 사원이다. 선배들은 해결하지 못하는 문제를 혼자서 가지고 있기보다 재빨리 도움을 청하는 신입사원을 더 선호한다. 마감 전까지 아무 말도 없다가 갑자기 마감 날에 와서 못하겠다고 말하는 사람을 누가 예뻐할 수 있겠는가?

상사가 신입에게 일을 맡길 때는 완벽하게 일을 처리할거라고 예상하며 맡기지 않는다. 무리한 일이라면 맡기는 상사 자신도 어려운 것을 이미 알고 있다. 대신 어디까지 할 수 있는지 역량을 알아보고 싶을 뿐이다. 즉, 신입은 실패를 예상하고 일을 맡길 것이라고 인식하면 마음도 편해질 것이다. 또한 신입의 업무는 선배가 도와줄 수 있는 수준의 일들이다. 그러므로 혼자 해결하지 못하는 일이 있을 때는 반드시 주변에 도움을 요청하는 게 좋다. 회사뿐만 아니라 학교, 사회에서, 친구들, 가족, 연인 간에도 예외는 없다. 의문점이나 도움이 필요한 부분이 있을 때는 사정을 이야기하고 도움을 요청하는 것이 가장 좋은 해결 방법이다.

반기문과 오프라 윈프리가 멘토가 되는 시대

혼자 해결할 수 없다는 것을 알았음에도 말하지 못하는 이유는 거절당할지도 모른다는 두려움 때문이다. '아마 바빠서 나의 문제 따위를 들어주는데 쓸 시간이 없을 거야.' 스스로 단념한다. 그러나 실제로 부탁을 받은 사람은 그리 기분이 나쁘지 않다. 누군가 나에게 도움을 요청하는 것은 나의 힘을 필요로 한다는 의미이기 때문이다.

요즘 같이 SNS가 발달된 시대는 부탁하기가 더욱 쉽다. 마음만 먹으면 빌 게이츠, 워렌버핏, 운동선수, 스타, 교수와도 친구가 될 수 있고 연락할 수 있다. 더군다나 20, 30대라면 확률은 더 높다. 부탁받는 사람은 청년의 모습에서 예전 나의 모습이 떠오르고 당시 어려웠던 청춘을 회상하면서 저절로 도와주고 싶다는 생각을 한다. 이것이 바로 청년의 특권이다. 청춘의 부탁은 어디서든 환영받는다. 대학생이라며 물어보면 다들 예쁘게 봐주신다. 조금 어설프고 서툴러도 열정만 있다면 청춘이라는 이름 하나로 기특해 보인다.

나도 한 강연에서 실제로 연락처를 받은 경우가 있다. 사람들은 유명한 사람이 바쁘기 때문에 알지도 못하는 내가 보낸 메시지나 부탁을 거들떠보지도 않을 거라고 생각한다. 하지만 그들은 의외로 더 친절하고, 온화하다. '~에 정말 관심이 있어서 그런데 명함 한 장 받을 수 있을까요?' 라고 물으면 안 된다고 하는 사람은 거의 없을 것이다. 그들 역시도 명함을 달라고 하는 사람이 거의 없고, 설사 준다고 해도 연락 오는 사람은 거의 없기 때문이다.

의외로 우리는 부탁하기도 전에 미리 안 될 거라고 생각하고 기회를 차단한다. 때로는 혼자 해결하려고 미친 듯이 노력한 일보다 주변의 아주 작은 도움으로 금방 해결되는 경우가 세상에는 많다. 그것이 우리가 사회에서 다른 사람들과 함께 살아가는 이유이기도 하다. 당신이 누군가에게 손을 내밀 때 거절할 사람은 없다. 도와달라고 손을 내밀어본 사람이 도움이 필요한 사람을 품을 수 있다. 미래를 위한 꿈도, 인생을 위한 복된 만남도 노력해서 찾는 당신을 절대 배신하지 않을 것이다.

도움 베풀기

도움을 받는 사람이 있다면 반드시 도움을 주는 사람도 있다. 세상에 도와달라고 하는 사람만 있다면 누구도 도움 받을 수 없을 것이다.

도움을 주는 것은 부탁하는 것만큼이나 중요한 일이다. 사람은 힘들고 어려울 때 도와줬던 사람을 잊지 못한다. 모두가 등 돌렸을 때 자신에게 손 내밀어 준 사람을 누가 잊을 수 있을까? 그렇다고 도와주는 일이 그렇게 거창하고 큰 일이라고 생각하는 건 오산이다. 주변 사람들이 평소 우리에게 부탁하는 것만 봐도 알 수 있다. 예를 들면, '자료 좀 찾아줄래? 인쇄 좀 해줄래? 이것 좀 사다줄래?' 와 같이 사소한 것이 대부분이다. 이는 곧 당신이 사소한 것을 도와주지만 그에게는 사소하지 않는 도움을 받은 것으로 기억된다는 뜻이다. 물론 어려운 부탁을 하는 사람도 종종 있다. 들어주기 어려운 일의 경우는 상대방도 얼마나 어려운 부탁인지 알고 있기 때문에 100% 해결해주지 않더라도 도와주려고 노력했다는 그 자체만으로도 상대방은 충분히 당신의 마음을 알고 있다. 상대를 도와주려는 마음만으로도 진심이 전해질 수 있는 것이다.

사람들에게 호감과 긍정적인 에너지를 얻는다는 많은 장점에도 우리는 보통 도움을 주는 것을 주저한다. 우리에겐 '도와주는 사람은 자기 것을 챙기지 못한다, 해서 남 좋은 일 시킨다.' 는 식의 고정관념 때문이다. 이는 남을 밟아야 내가 올라설 수 있다는 아주 옛날 사고방식이다. 학교에서도 1등을 하기 위해서는 친구들을 이겨야 하는 식의 경쟁이 강조된다. 심한 경우는 시험기간에 친구의 노트를 못 보게 하려고 찢어놓기도 한다. 서로는 도움을 주고받기 보다는 경쟁의 상대일 뿐이다. 시험을 잘 보기 위해서는 나만 열심히 하는 게 아니라 상대가 얼마나 잘하는지도 견제해야함을 의미한다. 이러한 분위기에서 남을 도우려는 생각을 하기는 결코 쉽지 않다. 그러나 우리는 이러한 마인드 덕분에 오히려 덜 성장했다. 선한 교류는 할수록 서로에게 더 큰 도움이 된다.

인간은 서로 원원하는 존재이다. 와튼스쿨 최연소 종신교수 애덤 그랜트가 쓴 기브앤 테이크 책에서는 자신보다 남을 더 배려하는 사람이라는 명성을 얻으면 일종의 마법 같은 힘이 생긴다고 말했다. 그리고 그 혜택은 헤아릴 수 없이 다양한 방법으로 자신에게 되돌아온다고 한다. 실제로는 타인의 성공을 돕는 사람이 성공한다는 뜻이다. 애덤 그랜트는 '호혜의 고리'를 통해 이를 증명했다. 호혜의 고리는 15~30명으로 구성된 소그룹을 만들고는, 한 사람이 어떤 부탁이든 하면 나머지 사람들이 그 자리에서 해결책을 제시하는 것이다. 이것을 IBM, 시티그룹, 에스티로더 등 많은 기업에서 활동을 한 결과, 약 80퍼센트 이상의 부탁이 해결되었다고 한다. 또한 일주일에 한 번 20분씩만 해도 조직 내에 혁신적인 아이디어와 생산성이 넘쳐날 것이라고 말한다.

그렇다고 우리가 선행을 베푼 모든 행위에 만족하는 것은 또 아니다. 내가 도와준 사람이 내 공을 모른 체 하고 가로채기도 하고, 이를 악용하는 사람도 많다. 그럼에도 우리가 다른 사람을 도와주는 것을 계속해야 하는 이유는 베풂은 돌고 돌기 때문이다. 내가 도와준 사람에게서 무조건 똑같이 도움을 받는 것이 아니라 다른 곳에서 다시 우리에게로 돌아온다. 그러니 허무한 도움은 없다. 단지 상대의 행동에 따라 도움이 허무하거나 의미 없어 보일 수는 있다. '너무 어두워서 아무것도 보이지 않는 길에 성냥 하나와 촛불 하나 있다고 달라질까? 그러나 작은 촛불 하나를 켜보면 달라지는 게 너무나도 많다. 아무것도 없다고 믿었던 내 주위에 또 다른 초 하나가 놓여져 있다. 곧 촛불은 두 개가 되고 그 불빛으로 다른 초를 또 찾고, 점점 어둠은 사라져간다.' 이 노래처럼 지치고 힘들 때 기댈 누군가가 있었으면 좋겠다. 그리고 기꺼이 나도 누군가의 촛불 하나가 되었으면 한다. 함께 맞잡은 우리의 손이 상처를 어루만지고 든든한 지원군이 될 것이다.

빨리 실패해라

아픈 경험은 피할 수 없는 매이다.
매는 맷집을 키우고, 아픈 경험은 나를 성장시킨다.
미리 좌절을 경험하는 건 꽤 도움이 된다.

나이가 들수록, 늘어가는 건 뱃살만
이 아니다. 높은 곳에 숨겨놓은 과자를 먹으려고 의자를 밟고 올라가
야했던 키가 손으로 집을 만큼 커졌고, 탱탱하던 피부도 자글자글 세
월의 흔적이 생겨난다. 학교, 집, 학교, 집을 반복하던 생활 반경도 넓
어져 다양한 사람과 새로운 경험을 한다. 지식과 경험은 날로 풍부해
진다. 동시에 아는 게 많아지는 만큼 두려움과 망설임도 많아진다. 달
걀을 품어서 병아리로 만들겠다는 순수함과 무모함 대신 우리는 자라
면서 많은 것이 변했다. 불가능과 가능의 경계가 없던 그 시절의 패기
는 머뭇거림이 되었다. 어쩌면 어른의 눈에 현실적으로 불가능하다고
느끼는 게 많아지는 것도 근거 없는 이야기는 아닌듯하다. 자라보고
놀란 가슴 솥뚜껑보고 놀란다더니, 수없이 데이고 데인 마음이 작은

것에도 움츠러드는 것은 어쩌면 당연한 일 같다.

유치원생에게 배우는 승리 비결

노키아 최고경영자 피터 스킬먼은 주어진 과제를 가장 빨리 해결하는 집단이 누구일까 궁금했다. 연륜이 많은 집단이냐, 패기가 있는 집단이냐. 그리하여 그는 유치원생부터 경영 대학원 학생까지 다양한 연령층의 사람들에게 같은 문제를 주고 실험을 했다. 과제는 마세멜로와 스무 개의 스파게티면을 이용해 높은 구조물 만들기였다. 참가자들은 각자 나름의 방법으로 높은 구조물을 만드는데 집중했다. 대학생과 대학원생들은 높은 곳에서도 버틸 수 있는 구조를 설계하거나 기존에 배운 지식을 이용해 문제에 접근했다. 적어도 유치원생들보다는 구조물에 대해 더 많이 알고 있을 테니까 가장 높게 쌓는 것도 당연히 이 집단이라고 예상했다. 하지만 결과는 유치원생들이 더 높은 건축물을 만들었다. 과연 실험 과정에서 무슨 일이 있었던 걸까?

유치원생들은 높은 건축물을 직접 볼 기회도 적고, 수학이나 건축학을 배운 적도 없다. 그들은 그저 실험 내내 계속해서 스파게티면을 달라고 말했다. 아이들은 계속 높은 구조물을 쌓았고, 도중에 스파게티면이 부러지더라도 다시 쌓았다. 새로 받은 스파게티면으로 쌓기를 반복했다. 쓰러져도 빠르게 집중해 나갔다.

마시멜로와 스파게티면은 건축물로 사용한 적이 없는 재료다. 실제로 이것으로 만든 건물은 어디에도 존재하지 않는다. 과제는 기존의 문제 해결 방식으로는 풀 수 없는 새로운 일이었다. 새로운 일은 전과는 동일한 방법과 이해력으로는 절대 풀 수 없다는 아인슈타인의 말처럼 색다른 시도를 많이 해보아야 한다. 유치원생들은 다양한 시도로 높이에 집중했다. 반면에 어른들은 망가뜨리지 않으려고 애를 썼다. 심지어 어떤 사람은 스파게티면이 부러지지 않도록 하는데만 집중한 사람도 있었다. 스파게티면을 새로 달라고 하는 것 자체를 생각하지 못했다. 또한 한 번의 시도에 너무 많은 시간과 공을 들였기 때문에 무너진 건축물을 다시 쌓는데 더 많은 시간이 걸렸다. 아이들은 만들면서 빨리 실패했고 보완하는 방법을 택했고 이것이 어른들보다 빠르게 과제를 수행한 비결이었다.

빨리 실패한 자가 살아남는다

창조력은 처음부터 그럴싸해 보이는 것이 제작되기보다 오히려 여러 단계를 거쳐 탄생할 때가 많다. 앞 사례의 유치원생들처럼 다양한 시도를 하여 빨리 실패하고 수정해갈 때 창조력이 더 발전한다. 기업에서도 아이디어가 생기면 일단 시험 삼아 만들어본다. 시제품을 만들게 되면 기획 단계에서는 생각하지 못한 문제들을 발견할 수 있기 때문이다. 덕분에 완제품을 만들만큼 괜찮은 것인지, 수정과 보완을 해 보면서 제품으로 만들어질 때의 손실을 줄이게 된다. 또한 직접 사용하는 소비자들이 실제적으로 원하는 것과 개선이 필요한 점도 파악이 가능하다. 개발자들이 아무리 꼼꼼히 살펴보아도 볼 수 있는 것에는 한계가 있기 마련이다. 바둑을 둘 때 보이지 않던 수가 제 3자일 때는 너무나 잘 보이는 것과 같다. 그래서 훈수를 둘 때는 쉬워보여도 막상 하게 되면 이상하게 수가 잘 보이지 않는다. 개발에 참여하지 않은 사람도 개발자들이 보지 못한 부분들까지 짚어내는 경우가 있다. 이것이 선출시 후보완이 가지는 가장 뛰어난 점이다. 카카오톡 역시 선(先)출시 후(後)보완을 잘 이용하여 모바일 메신저계의 점유율 1위가 되었다.

모바일 메신저 시장 점유율(기준: 2014.9)[14]

---

14) 2015 국내 모바일 메신저 시장점유율, 통계전문사이트 Stafista.

카카오톡은 4 · 2 법칙으로 탄생했다. 4 · 2 법칙은 어떠한 프로젝트라도 4명 이상, 2달 이상을 끌지 않는 것이다. 카카오톡 회사는 초창기에 많은 자원과 인력을 투입한 프로젝트를 여러 개 진행했다. 그러나 프로젝트들이 연속 참패하면서 회사에 엄청난 타격을 입었고, 이제범 대표는 이를 계기로 4 · 2 법칙을 만들었다. 그는 개발에 들이는 공이 시간이 흐를수록 결과물에 미치는 영향에 비례하지만, 일정 시간이 지나면 그 속도가 현저히 줄어든다는 걸 깨달았다. 사람에게는 특정 투입 시간 이후, 아이디어와 개선 속도에 한계가 오는 시점이 있다고 본 것이다. 즉, 오래 붙들고 있다고 해서 계속해서 혁신적으로 영향을 미치지 않는다. 대신에 이대표는 그 시간을 줄이고, 소비자 반응을 살피며 그들이 원하는 방향으로 보완하는 방법을 택했다. 제품은 결국 소비자가 원하는 것이 중요하기 때문이다.

카카오톡은 선출시 후에 소비자들의 요구사항을 받아들여 더 발전시켰다. 그룹채팅 기능 때문에 스마트폰을 구입하는 사람들이 생길 정도로 영향력이 있는 이 기능도 이렇게 생겨났다. 카카오톡 사용자들은 이용 중에 함께 대화할 수 있는 기능이 있으면 좋겠다고 요구했고, 제작팀은 이를 받아들여 개선했다. 이들은 출시와 함께 대박을 노린 전략보다는 고객들의 불만사항에 초점을 맞추었다. 자신들이 발견하지 못한 새로운 문제점들을 대신 발견해주기를 바라며 빠른 출시를 한 것이 신의 한수였다. 만약 출시를 미루고 계속해서 팀 내에서 회의를 거

첬다면 메신저 왕좌를 차지하지 못했을 것이다. 현재 카카오톡과 비슷한 기능을 하는 메신저들이 많지만 소비자들이 카카오톡을 쓰는 이유는 처음부터 사용했던 덕을 많이 보았다. 사람은 한 번 익숙해진 것을 바꾸기가 매우 어렵다. 그것을 바꾸는 데는 처음보다 몇 배의 시간과 노력이 더 필요하다. 우리가 쓰는 컴퓨터 키보드 자판도 자음과 모음이 혼합된 QWERTY 방식인 것도 익숙함 때문이다. 상식적으로 글자는 자음과 모음의 조합으로 자음과 모음이 좌우에 분리되어 빠르게 쓰도록 해야 한다. 하지만 이미 QWERTY에 익숙해진 사람들은 뒤죽박죽된 배열의 자판을 계속해서 사용하고 있다. 만약 처음부터 인체에 적합한 배열의 자판이 나왔더라면 어땠을까?

내 인생의 파일럿 테스트

매를 맞아야 하는 상황이라면 매를 먼저 맞는 게 나을까, 나중에 맞는 게 나을까? 우리 속담에는 '매도 먼저 맞는 놈이 낫다' 라는 말이 있다. 나는 피할 수 있다면 끝까지 피하는 게 좋다고 생각하지만, 어차피 맞아야 할 거라면 먼저 맞아버리는 게 낫다고 본다. 속담에서 말하는 '매' 는 진짜 회초리로 맞는 매를 말할 수도 있고, 좌절의 경험, 안 좋은 결과로 볼 수도 있다. 이 모든 경우를 통틀어, 단언컨대 미리 좌절의 경험을 해보는 것은 꽤 큰 도움이 된다. 인생에서 아픈 경험은 피할 수 없는 매이다. 매는 맷집을 키우고, 아픈 경험은 나를 성장시킨다.

빨리 시도해서 실패해보는 것은 나만의 길을 더 튼튼하게 한다. 스파게티면을 계속 쌓아보는 것이 높은 건축물을 만들 수 있는 빠른 방법이듯이 말이다. 이미 실생활에서 스파게티면 쌓기는 자주 사용되고 있다. 방송국의 경우, TV 프로그램 정규편성 결정에 있어 파일럿 프로그램으로 시청자의 반응을 알아보고 객관적으로 평가한다. 그 중 몇 개를 선별해 보완과 피드백을 거친 후 정식으로 방영된다. '아프니까 청춘이다'를 쓴 김난도 교수는 실제로 인생에서도 파일럿 테스트가 필요하다고 말한다. 그는 청춘의 멘토로 떠오르면서 이들에게 수많은 상담 요청을 받고 있다. 그 중에서도 빠지지 않는 질문이 있는데 바로 선택에 관한 것(Which one is better?)이다. 예를 들면, 전공을 바꿔도 될까요? 취업하는 게 나을까요? 대학원 가는 게 나을까요? 대부분의 청춘은 스스로 선택하는 것에 어려움을 느낀다. 심한 경우는 타인의존적인 경향을 보이며 자신의 선택을 모두 다른 사람에게 돌려 버린다. 아마도 스스로 결정하고 선택하는 데에 익숙하지 않고 나에 대한 확고함이 부족하면서 자연스레 생기는 현상이다.

그럼에도 불구하고, 나는 스스로 선택하고 빠르게, 처참히 실패해봐야 한다고 말하고 싶다. 제아무리 많이 배우고, 뛰어난 식견을 가진 인생 선배일지라도 당사자에게 가장 잘 맞는 것을 결정해줄 수 없다. 자신의 인생을 가장 잘 아는 타인은 없기 때문이다. 물론 미리 겪은 사람으로서 어느 정도의 충고는 가능하다. 하지만 나를 가장 사랑하고, 지켜낼 사람은 오직 나다. 불안하더라도 결국 자신이 직접 해보는 게 현명하다. 부모님이나 친구가 스파게티면을 쌓기가 어렵다는 이야기를 듣는 것과 실제로 내가 한 번 쌓아보는 것은 아주 큰 차이가 난다. 도전하는 것마다 대단한 성과를 보이지 않더라도, 몸소 해보고 느끼는 것은 나를 찾아가는 아주 좋은 방법이다. 나에게 무엇이 맞는지, 내가 무엇을 잘하는지 일단 해보지 않고는 알 수가 없다. 그런 면에서 스파게티면을 계속 부러뜨리는 일을 아주 가치로운 일이다. 남들보다 빨리 더 많이 잘 해내야한다고 다짐하기보다는 더 많이 실패하면서 나에게 맞는 것을 찾아가 보자는 마음을 갖자. 분명 지금보다 더 깊고 넓은 사람이 되어 있을 거라고 믿는다.

두려움을 없애는 법

앞으로 계속 실패할 것이다.
무언가 잘못 돌아가고 있음을 느끼는 건 더 나아지게 하는 법을 고민하게 한다.
이를 피하려는 것이 공포를 더 키운다.

사람들은 실제로 자신에게 일어날 일보다 더 크게 생각하는 경향이 있다. 우리 뇌는 의식적·무의식적이든 하루 6만 가지 이상의 생각들을 떠올린다. 그중 약 5만 7,000개가 별 의미없거나 부정적인 것이다. 매일 하는 6만 가지 생각 중 현실에서 진짜로 일어날 일은 극히 드물다. 미국 매사추세츠 병원의 정신과 의사 조지 월튼 박사는 우리가 하고 있는 '걱정'에 대해 분석했다. 그 결과 우리가 하는 걱정의 40%는 절대 일어나지 않을 사건들이고, 30%는 이미 일어난 일들, 22%는 사소한 일들, 4%는 우리가 어찌할 수 없는 일이고, 오직 나머지 4%만이 우리가 대처할 수 있는 일이다.

실패해선 안 된다는 생각이 두려움을 만든다

현실에서 느끼는 공포와 두려움은 우리가 머릿속으로 생각하는 것보다 훨씬 작다. 오히려 스스로가 걱정을 통해 두려움을 키우고 대담히 행동하지 못하게 한다. 우리가 우려하는 것 중에 실제로 일어날 일은 4%도 안 된다. 그마저도 우리가 통제할 수 있는 일이다. 그러나 상상과 공상이 지나치면 모든 걱정이 일어날 것처럼 느껴진다. 실패할지도 모른다는 생각도 마찬가지다.

문제는 실패가 아니라 실패를 두려워하는 마음이다. 우리는 왜 실패하는 걸 두려워할까? 모든 것을 잃고 다시 시작할 수 없을까봐? 실패는 무서운 존재가 아니라 함께 가는 친구 같은 존재여야 한다. 살아 있는 한 우리가 이들을 피할 수는 없다. 성공만 할 거라는 생각이 아주 위험한 생각이다. 우리는 매번 실패할 것이다. 이를 피하려는 것이 오히려 공포를 더 키운다. 무언가 잘못 돌아가고 있음을 느끼는 건 더 나아지게 하는 법을 고민하게 하고 새로운 시도를 하게끔 한다.

개그맨보다 달인으로 더 유명한 김병만이 자신의 끼를 펼칠 수 있게 된 것도 반드시 성공해야 한다는 압박감을 버렸을 때였다. 그는 항상 무대에 올라갈 때마다 실패와 성공 두 가지 가능성을 모두 염두해둔다. 만약 성공한다면 무대를 즐기면 되고, 실패한다면 그마저도 웃음으로 승화시키도록 대비할 수 있기 때문이다. 그는 밀어내고 피하기

보다는 같이 가는 친구로 인정하면서 진짜 달인이 되었다.

적절한 포기는 때로 경기의 흐름을 바꾼다

실패를 인정하는 것은 두려움을 없애주면서 빠르게 다른 방법을 찾게 한다. 인정하지 않는 건 현재 방법이 옳다고 믿고 바꿀 의사가 없다는 말이기 때문이다. 결국 계속해서 같은 방법으로 행하겠다는 뜻이다. 이는 사각 링 안에서 날아오는 펀치를 속수무책으로 맞고 있는 것과 같다. 자신의 전략대로 진행되지 않는 상황이라면 맞고만 있을 것이 아니라 이번 라운드를 끝내는 것이 급선무다. 일반적으로 운동선수들이 경기 중에 주도권을 빼앗겨 지고 있는 입장에서 최소한의 타격으로 경기의 흐름을 끊는 것도 마찬가지다. 라운드를 될 수 있는 한 빠르게 끝내고 전략을 새롭게 짠 후 링으로 나가야 한다. 한 번도 제대로 펀치를 날리지 못했음에도 '이제 날릴 거야' 하며 기회를 엿본다고 해서 승패를 뒤바뀌지는 않는다. 차라리 이번 라운드는 깔끔히 내주고 새 라운드를 시작하는 게 맞다.

경기의 흐름을 끊기 위해 잠시 중단하는 것은 절대 포기가 아니다. 제대로 공격하기 위한 시간 벌기이다. 설사 포기처럼 보일 수 있다 해도 상관없다. 대신에 우리는 판세를 뒤집을 기회를 얻은 거나 다름없기 때문이다. 2보 전진을 위한 1보 후퇴처럼 스프링이 튀어 오르기 전에 온 힘을 다해 구부리는 것이다.

사람들은 2보 전진은 하고 싶지만, 1보 후퇴는 하고 싶지 않아한다. 그 1보 후퇴가 2보 전진을 위한 것일 때도 말이다. 단지 내가 한 걸음 뒤로 물러선다는 것에만 집중하면 뒤로 가기는 어렵다. 그러나 중요한 것은 현재 뒤로 가는 게 아니라 결국 앞으로 갈 일이다. 때로는 승산 없는 게임은 포기하고 **빠져나오는** 게 현명하다. 그래야 피해를 줄이고 다시 도전할 수 있는 힘을 남길 수 있다. 인정하면 다시 시작할 수 있다. 이별을 겪은 사람이 새로운 사랑을 하기 힘든 이유도 헤어짐을 완전히 받아들이지 못했기 때문이다. 헤어짐을 완전히 떠 앉았을 때, 비로소 새로운 사람과 시작할 수 있다. 그렇지 않고 상처를 묻어두고 누군가를 계속해서 만난다면, 그 상처는 언제 어디서든 다시 나타난다. 이미 일어난 일과 지나간 일에는 미련을 두지 말고 품고가야 한다. 그러면 자연스레 다시 시작할 길이 보인다.

실패하면 어때?

떼어내려고 할 때는 피할 수 없었던 실패가 받아들이기로 결심을 하고나면 신기하게도 훨씬 자유로워진다. 자신이 실패할 수도 있다고 생각함으로서 더 이상 문제에 우울하거나 침울해하지 않는 것이다. 해리포터를 지은 조앤 케이 롤링은 하버드 졸업식 연설에서 졸업생들에게 실패의 이점을 강조했다. 그녀는 실패를 통해 온전한 자신을 그대로 받아들이게 되었다. 그리고 원하는 한 가지에 집중할 수 있었다. 그녀는 결혼생활이 파탄 났고, 직장도 없이 가난에 허덕이며 자녀를 키워야 했다. 자신이 두려워하던 실패를 경험하고 있었다. 어쩌면 자신이 생각했던 것보다 더 심각한 처지였을지도 모른다. 그러나 그 상황에서 조앤은 실패할지도 모른다는 두려움에서만큼은 가벼워졌다. 벌써 자신에게 닥친 일이기 때문에 잘못되면 어쩌나하는 그런 걱정은 필요가 없었다. 도리어 그녀는 자신이 아직 숨 쉬며 살아있고, 곁에는 사랑하는 딸과 낡은 타자기 그리고 꿈이 있다는 걸 깨닫는다.

실패를 두려워하는 사람들은 그 두려움 때문에 섣불리 시도하지 못한다. 그러나 두려움이 자신을 실패로 더 몰아넣는다. 잘못될까 겁나하는 사람들은 그 두려움 때문에 섣불리 시도하지 못한다. 결국 사전의 공포가 실패로 더 몰아 넣는다. 그녀 또한 어려움을 겪지 않았다면, 계속해서 두려움을 안고 아주 조심스런 삶을 살았을 것이다. 하지만 그녀는 자신에게 온 실패를 기꺼이 안았다. 실패를 받아들이게 되자, 오히려 어떤 일이라도 해낼 수 있다는 자신감을 얻었다. 실패해도 괜찮다. 우리는 삶에 너무 많은 힘을 주고 산다. 뭐든 잘해야 한다는 강박관념을 내려두기 바란다. 대신에 실패할 수도 있다고 겸허히 받아들이는 자세가 필요하다. 이미 그것만으로도 두려움은 사라질테니 말이다. 그녀는 처참히 패배를 당하고도 다시일어서 멋진 승부를 펼쳤다. 우리도 상대에게 점수를 내어주고 어쩌다 9회말에 서있다고 느낄 수 있다. 그러나 경기는 끝나지 않았다. 끝까지 공을보고 제실력을 발휘한다면 언제든 역전의 기회는 있다. 자신을 잡아두는 모든것을 이겨내고 반전을 향해 그라운드로 나가자.

"내 안에 유용한 돌연변이를 키우자"

인간은 실패인자를 몸에 지니고산다.
잘 관리한다면 이것은 어떤 유익균보다 더 이롭다.
결국 결합의 돌연변이가 우리를 보호하는 것이다.

최초의 인류는 원숭이에 가까웠다. 두
발로 걷기는 했지만 구부정한 모습으로 곧게 서게 된 것은 손을 사용
하면서 도구를 이용한 이후의 일이다. 곧이어 이성적인 사고를 하는
인간으로 진화했고 지금의 인류와 비슷해졌다. 점차 생활에 적응하면
서 우리는 생존에 필요 없거나 해가 되는 것보다는 도움 되는 부분을
더 강화했다. 꼬리를 사용하지 않는 우리에게 꼬리가 사라지고 꼬리뼈
만 남은 것처럼 말이다. 하지만 우리에게 해를 입힌다고 느껴지는 것
들이 무조건 도움이 되지 않는 건 아니다. 그것이 오히려 우리에게 좋
은 영향을 주기도 한다.

우리 몸에는 산소를 공급하고 이산화탄소를 제거하는 적혈구 세포
가 있다. 이 혈액세포 안에는 핵이나 미토콘드리아 같은 소기관이 존

재하지 않는다. 산소 운반을 위해 이를 대체하는 헤모글로빈이 존재하는데 하나의 적혈구에는 약 300만 개 정도의 헤모글로빈이 들어있다. 헤모글로빈은 철을 포함하고 있어서 산소와 잘 결합하기 때문에 온몸을 돌면서 허파에서 가져온 산소를 신체의 각 부분으로 전달한다. 그런데 유전적으로 헤모글로빈의 구조에 결함이 생긴 사람은 산소의 농도가 낮아지면서 적혈구가 낫 모양으로 바뀐다. 낫 모양이 된 적혈구는 모세혈관을 통과하기 어려워져 혈액순환 장애나 빈혈을 유발한다. 현재로서는 이를 치료할 방법은 없으며 스트레스를 줄이는 방법이 최선이다. 대신 겸상 적혈구(낫 모양의 적혈구)는 몸속에 말라리아 원충이 기생하지 못하게 한다. 말라리아는 모기에 의해 원충이 전파되어 적혈구에 기생하다가 이를 파괴하는데 기이한 모양이 된 적혈구에는 말라리아 원충이 살 수 없기 때문이다. 결국 결함으로 생긴 돌연변이가 우리 몸을 보호하게 된 것이다.

모든 인간은 적혈구의 유전적 결함처럼 실패 인자를 계속해서 몸에 지니고 살 수 밖에 없다. 그러나 이것 또한 잘 관리한다면 어떤 유전자보다도 더 유익한 역할을 한다. 특히나 젊은 날의 고난과 좌절은 아픔을 주지만 시간이 흐를수록 더 나은 사람이 되게 해준다. 실패는 마디와 같아서 이것이 새 살이 자라는 마디가 될지, 마지막 성장을 끝맺는 마디가 될지는 모른다. 그 자체로는 좋고 나쁨이 없으며 단지 우리가 그 순간을 어떻게 하느냐에 따라 달라진다. 만약 계속해서 피해만 다닌다면 마음의 공포를 키우게 되고 그 시간들이 쌓여 습관이 될 것이다. 우리는 신체적 결함이나 장애를 부정적인 시선으로 바라보기보다는 이러한 마음의 장애를 더 경계해야 한다. 앞으로는 더 많이 시도해 본 패자가 살아남는 시대가 올 것이다. 얼마나 유용한 돌연변이를 만들 것인가, 이것이 우리가 살면서 해야 할 과제이다. 클러치 히터로서, 결정적 순간에 최고의 능력을 발휘하여 찬스를 잘 살리는 사람이 되길 바란다. 우리 모두 실패 DNA를 안고 더 건강한 삶을 살자.

2016년 5월 봄날에...

저자 **정광민**

참고자료
Reference materials

-20대 심리학, 곽금주, 랜덤하우스코리아, 2008

-공병호의 소울메이트, 공병호, 흐름출판, 2009

-꿈꿀 권리, 박영숙, 알마, 2014

-나에게 더 미안해지기 전에, 김창완 외, 쌤앤파커스, 2013

-내 인생을 바꾼 스무살 여행, 브라이언 트레이시, 작가정신, 2002

-더 인터뷰, 조선일보 위클리비즈 팀, 21세기북스, 2014

-뛰어라 지금이 마지막인 것처럼, 양준혁, 중앙북스, 2011

-명사들의 졸업사, 크리스토퍼 놀란, 스티브 잡스 외 12명 저, 문예춘추사, 2016

-미친발상법, 김광희, 넥서스BIZ, 2013

-상처는 나의 힘, 양광모, 무한, 2012

-실패에 감사하라, 루어무, 해피맵북스, 2010

-실패의 사회학, 매건 맥아들, 처음북스, 2014

-어떤 하루, 신준모, 프롬북스, 2014

-엄홍길의 휴먼리더십, 김경준, 에디터, 2007

-온리원, 오종철, 북퀘스트, 2013

-위대한 기업 로마에서 배운다, 김경준, 원앤원북스, 2008

-지금 힘들다면 잘하고 있는 것이다, 전옥표, 중앙북스, 2013

-지는 것도 인생이다, 구지선, 성안당. 2009

-창조경영, 신순철 김동준, 이코북, 2007

-크리티컬 매스, 백지연, 알마, 2011

-프레임, 최인철, 21세기북스, 2007

-회복탄력성, 김주환, 위즈덤하우스, 2011

김현용 · 이원선 공저
192면/15,800원

금융산업은 정보의 비대칭에서 오는 우위를 한동안 누려온 것이 사실이다. 그러나 숨겨진 비용과 투자 위험, 세금에 대한 과장된 공포 마케팅에 대해 현명한 금융 소비자들이 알아채기 시작했다. 재무설계사는 여전히 정보의 사각지대에 놓인 이들이 더 이상 시행착오를 겪지 않게 하기 위해 존재해야 한다. 필자는 소비자들에게 현명해지기 위해서 좋은 재무설계사를 찾고, 그들을 적극적으로 활용하라고 조언한다. 이 책을 통해 일반인들은 현명한 금융소비자가 될 수 있는 안목을, 재무설계사 지망생들은 재무설계사의 세계를 미리 엿볼 기회를 갖게 될 것이다.

정동훈 이상호 지음
264면/값 15,000원

이 책은, 뿌리가 사과나무인데 노력하면 감을 얻을 것이라고 말하지 않는다. 먼저 내뿌리가 무엇인지 발견하도록 안내 할 것이다. 당신의 삶에서 가장 소중한 것이 무엇이고 그것을 실현시키는데 재정관리의 초점을 맞추도록 도울 것이다.

이우각 지음
296면/값 13,000원

이 한 권의 책이 많은 이들의 생각과 인생을 바꿔 먼 훗날 자신의 성공과 이웃의 자랑거리를 차곡차곡 쌓아놓게 되기를 진심으로 바란다. 먼 길을 걷는 데는 단 한 켤레의 신발이면 족하다. 어둡고 무서운 긴동굴을 무사히 빠져나가려면 무엇보다도 등불이 필요하다. 이 한 권의 책이 먼길을 걷는 신발이 되고 동굴을 통과하는 등불이 되기를 바란다. 그리고 우리시대의 '아픈' 십대, '아픈' 청춘들에게도 무지개 곱게 뜬 높은 하늘이 멋들어지게, 희망차게 펼쳐지기를 진심으로 바란다.

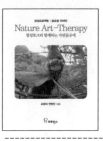

조창이 안현진 지음
240면/값 20,000원

이 책은 휴양림에서 즐기는 일반적인 숲체험 내용을 바탕으로 엮었습니다. 최근들어 어디든 숲을 찾는 이들이 많아졌습니다. 산림청에서는 산림휴양서비스의 일환으로 산림치유 프로그램 등 다양한 산림문화로 숲을 찾는 이들에게 즐거움을 주고 있습니다.

이영주 지음
224면 / 값 15,000원

이 교재는 재무설계를 시도하면서 많은 고민을 하고 있는 재무설계사들에게 보다 쉽고 보다 간편한 방법으로 재무설계를 실행할 수 있도록 도움을 주기 위해 만들었다. 재무설계 프로세스 6단계를 원칙대로 준수하면서도 재무설계 교재들의 이론적이고 딱딱한 내용이 아닌 현장에서 바로 적용할 수 있는 생생한 내용들을 담았다. 필자가 5년여 동안 재무설계 상담을 하면서 경험한 내용들을 바탕으로 '어떻게 하면 고객을 상담 테이블에 앉힐까?', '어떻게 하면 고객의 마음을 움직여서 재무설계를 실행하도록 할까?'에 대한 실제적인 답을 제시하고자 했다.

김현용 지음
400면 / 값 18,000원

재무상담실에선 어떤 이야기가 오고 갈까? 내 동료는 재무상담을 통해 어떤 고민을 털어놓을까? 재무설계사는 그런 고민들을 어떻게 풀어갈까? 저금리, 고령화의 화두를 뛰어 넘어, 구체적인 재무상담 사례를 통해 이 시대를 살아가는 우리 자신의 생생한 고민들이 이 한 권에 담겨 있다. 또한 4년에 걸친 오프라인 수업을 통해 검증된 재무설계학교 최신 수업내용의 일부도 살짝 공개한다. 한국FP협회가 주관하는 'Best Financial Planning Contest'의 2011년 수상자인 저자와 함께, 재무상담의 실제 현장을 엿보는 소중한 경험을 통해 독자들 한 분 한 분이 '현명한 금융소비자'로 거듭날 수 있기를 기대해본다.

프로방스 경기도 고양시 일산동구 백석2동 1301-2 넥스빌오피스텔 904호
이동전화 010-3939-9290 전화 031-925-5366~7 이메일 provence70@naver.com